宮澤洋一

往時夢の如し

~続・おさと寧府紀事余聞~

郁朋社

往時夢の如し／目次

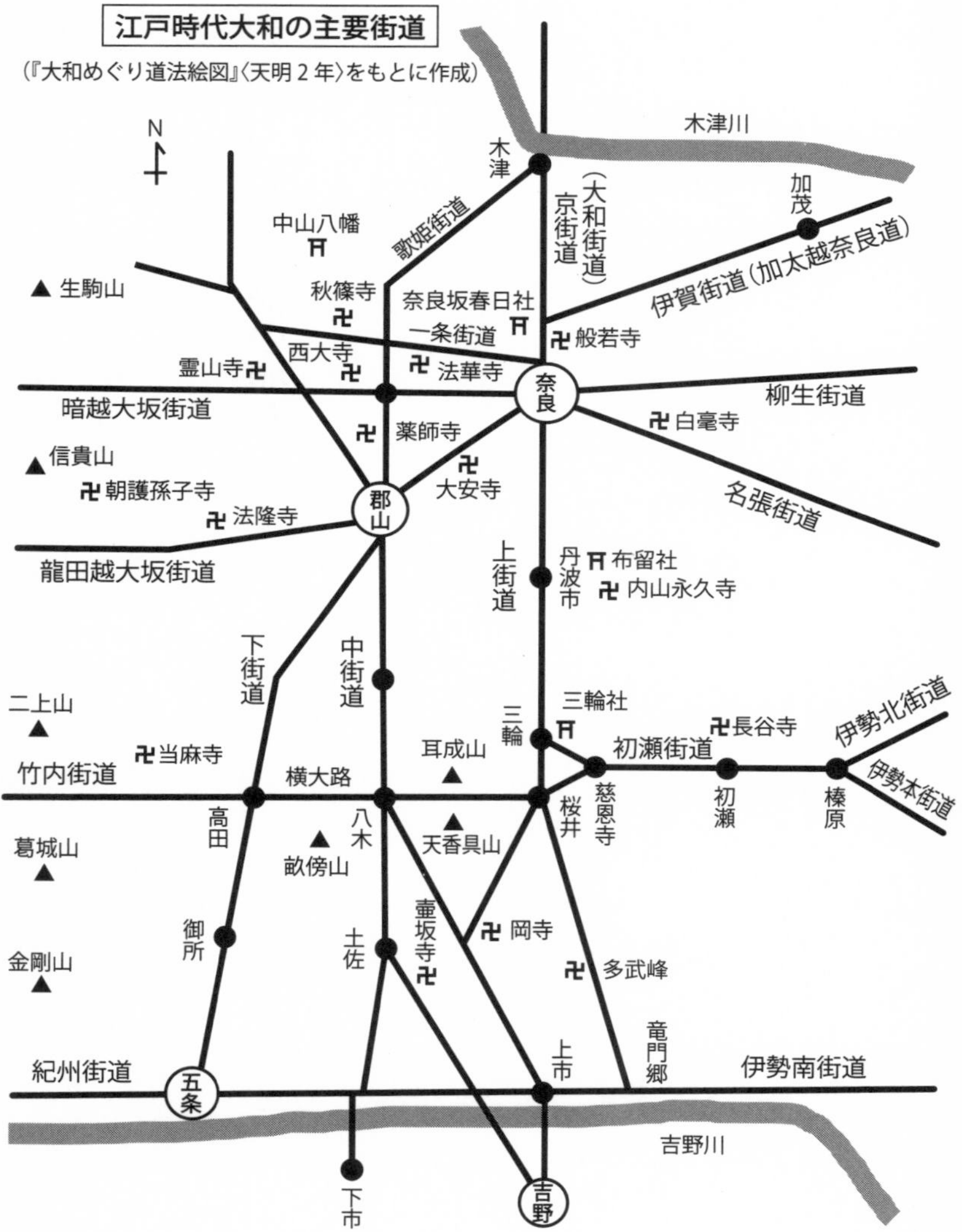

江戸時代大和の主要街道

(『大和めぐり道法絵図』〈天明 2 年〉をもとに作成)

江戸時代の奈良概略図

（『和州奈良之絵図』〈天保 15 年絵図屋庄八版〉をもとに作成）

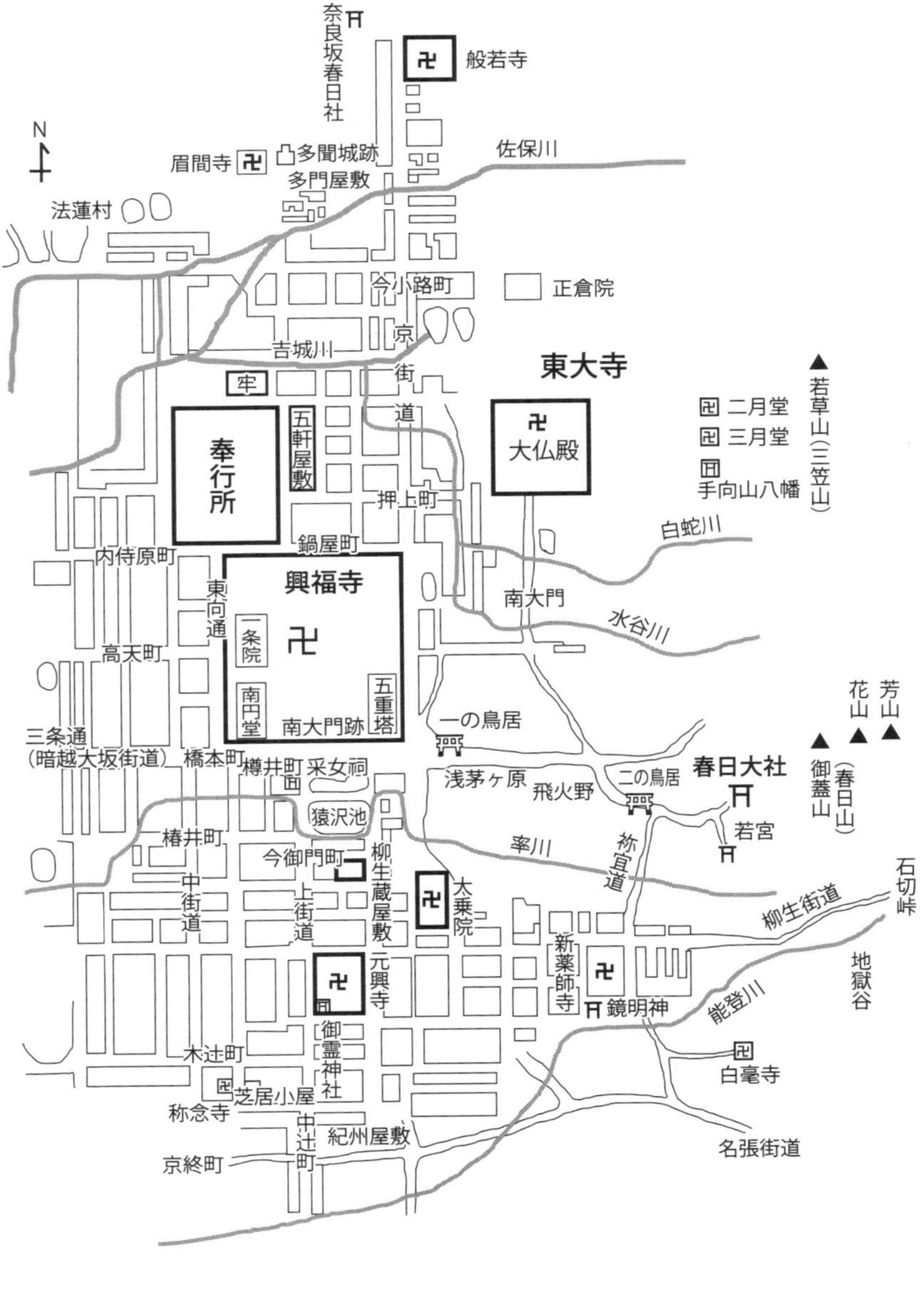

装丁／宮田麻希

往時夢の如し

——続・おさと寧府紀事余聞——

上総《かずさ》

旅宿無事。けふは亡君御四七日なり、別て、さま〳〵在し世の事とも思ひつゝけ、江戸の形勢もいかゝに成行しやと……

（『上総日記』慶応四年四月十二日）

江戸へ情勢を探りに行った利右衛門《りえもん》どのが、市三郎らの書状を携えてもどってきました。そのお話によれば、勅使の橋本卿と柳原卿がつい先頃、四月四日に御城へお入りになり、明け渡しをお命じになられたというのです。これにより慶喜《よしのぶ》公は死一等を減じられ、水戸への謹慎で済むとのこと。夫の川路聖謨《かわじとしあきら》はこうなることを予見し、江戸開城を前に自らこの世を去ったのでした。

あの時の壮絶な最期を忘れることはできません。夫は七十になんなんとしている老いの身で、半身不随でした。切腹だけで確実に死ぬことはかなわないとみて、作法通りに腹を切ってから、のどを短銃で撃ったのです。わたくしは後追いすることを考えましたが、結局踏みとどまったのです。夫に代わって子や孫たちを見守り、世の行く末を見届けなければなりません。しかも長男の弥吉《やきち》は若くして亡くなり、家督を継いだ嫡孫の太郎は英国に留学の身です。その太郎に祖父の死を告げるのは、わたくしの務めなのです。そう思い定めて葬儀を済ませると、上総にある平沢村という山里へ逃れました。ここには次男市三郎の養子先である旗本原田家の知行所があったからです。

それから二十日あまりがたちました。お世話になっている名主の岩瀬《いわせ》利右衛門どののお屋敷は広く、母屋のほかに父母どのが隠宅として使っている門長屋などがあり、庭には風流な泉水まで造られています。

屋敷の裏手は手入れが行き届いた持ち山で、美しい杉や松の下にツツジやフジ、ユリ、スミレなどがたくさん生えています。わたくしはその花々を毎日摘み取り、夫の位牌に手向けています。幼い新吉郎と又吉郎がそれを手伝ってくれます。側女《そばめ》の梅が生んでくれた子たちですが、わたくしにとってもかわいい三男坊と四男坊なのです。

山家住まいは心静かに夫の菩提《ぼだい》を弔うことができますが、遠く離れた江戸のことが片時も心から離れることはありません。夜の静けさの中で耳を澄ますと、遠くからやさしい河鹿《かじか》の声が聞こえてきます。その秋の虫にも似た鳴き声でさえ、江戸への懐郷の念を募らせるのです。

亡き夫は微禄の幕臣川路光房《みつふさ》の養子でした。十八歳で幕府に出仕して以来、勘定所や評定所で働き、勘定奉行にまでなった努力の人です。そんな夫との思い出は数え切れないほどですが、この上総の山里にあっても何かにつけて思い出されるのは、弘化三年（一八四六）に普請奉行から左遷され、奈良奉行として赴任した南都でのことどもです。大坂町奉行を命じられる嘉永四年までの五年と少々でしたが、南都のことは今でもすべてが鮮やかに思い出されます。

川路は筆まめな人で、旅に出ると必ず日記を書き、便りとして自宅へ送っていました。奈良においても、江戸に残っておられる実の母上さまに読んでもらうため、『寧府紀事《ねいふきじ》』と題する日記をしたためて送っていたのです。わたくしもまた江戸へ帰ったときにお聞かせしようと、『紀事』の零《こぼ》れ話を書き留めておいたのでした。

今のわたくしは、この『上総日記』を記しています。いまだ生々しい夫の死と江戸の様子を、そして平沢村の日常を、帰国した太郎に伝えるためです。

農作業の唄が聞こえてきました。平沢村は今日も田起こしです。利右衛門どのは勤勉な農民で、名主とはいえ、率先して農作業に汗を流します。女の人たちは野良仕事の合間にも機織りや糸繰りをするので、一日中働き通しです。暮らしはつましく、家にある家具類や道具はとても質素です。常の日に菓子などを見掛けることもありません。ですが、祝い事のある日には必ず強飯《こわめし》や餅を作り、人にも分かつのです。わたくしたちもお裾分けにあずかっています。そのお返しに、ときおり江戸から届く菓子などを差し上げます。山里の暮らしに無駄や奢りはなく、わたくしは物に満ちあふれた江戸の生活を恥じてしまいます。

新吉郎と又吉郎は父の死を忘れたかのように、毎日、土地の子と一緒に野山を駆けめぐっています。今日は、わたくしが縁側でおだやかな陽の光を楽しんでいるとき、山できれいな笹の葉をたくさん採ってきました。二人はその笹の葉を見せて、父上にお供えをすると言いました。やはり、老父の死を子供なりに意識しているのです。そこへ利右衛門どのが水を入れた桶を天秤棒でかついできました。笹の葉を見た利右衛門どのが笹舟の作り方を教えてあげると言ったので、子らは大喜びです。

一通り教わると、作った舟を桶の水に浮かべ、息を吹きかけました。それを利右衛門どのがニコニコしながら見つめています。このほほえましい光景を見ているうちに、わたくしはまた南都の日々に思いを馳せているのでした。

竜門郷《りゅうもんごう》の手毬《てまり》唄

ならの堂社案内といふもの、旅人をあさむきて、いろ〳〵のことをする也

（『寧府紀事』嘉永《かえい》二年三月五日）

一

この日は辰巳《たつみ》（南東）の稲荷社の祭礼だった。奈良奉行所の南の堀に沿った場所は馬場になっており、辰巳の社はその東の端にあった。稲荷祭りは江戸の初午《はつうま》のようなものだが、ここでは二月一日と定まっている。稲荷の社は乾《いぬい》（北西）の方角にもあり、こちらの祭礼は十一月二十一日に行われるのが決まりだった。

二月の祭りは、始めに奉行が熨斗目《のしめ》と麻上下《あさかみしも》の礼装で参拝し、紅白の梅の枝を奉納する。そのあとで馬場は開放され、町の人々の出入りが自由になる。馬見所の前には仮屋が設けられ、

稲荷に花を奉納する町人たちはここで花を生ける。奉行所は子どもたちのためにみかんと赤飯の包みを用意する習わしで、みかんは馬見所から投げ与え、赤飯は仮屋のそばで手渡すのである。囃子や狂言それに相撲興行がある秋の祭りほどではなかったが、それでも多くの人々が集う賑やかな祭りだった。

川路は参拝を終えると、急いで役宅へもどって平服に着替え、市三郎を呼んだ。

「水を張ったたらいを持ってきてくれ」

すぐに市三郎が運んできた。川路はついてくるようにと言い、自分は墨の入った壺を持って、春らしい気配が満ちてきた庭へ出た。快晴で風もなく、観測にはもってこいの日和だ。

「父上、何をされるのですか」

「これから日蝕が始まるので、それを測定する。昨日読んだ奈良暦の予測どおりなら、間もなくだ」

川路はたらいに墨を流し込んだ。水面が黒く染まっていく。市三郎が首をかしげた。

「この水鏡に日輪を映して欠け具合を見ていくのだ。じかに見つめると、目がつぶれてしまう」

「おやおや、日蝕ですか」

おさとも庭に下りて、話に加わった。

「おさと、知っていたのか」

「はい、せんだって勝南院宮内《しょうなみくない》さまから教えていただきました。あの方は日月星辰《にちげつせいしん》のこともよくご存じでいらっしゃいます」

「名医と言われるだけあって、さすが博識だな」

勝南院は興福寺の衆徒《しゅと》で、荒ぶる僧兵のような雰囲気を漂わせている大男だが、腕のいい医者だ。おさとは持病が出ると治療を受けていたのである。

おさとは今年四十六歳で、実名は佐登子。雅号を持ち、高子と称している。川路の後妻に入って十一年ほどになり、子はなさなかったものの、三歳年上の川路や前妻の子たちと仲むつまじく暮らしてきた。父親は大工頭をしている旗本で、おさと自身は若い頃から長年にわたって大名家で奥勤めをしてきた。そのためもあって文章と和歌に秀で、また機知に富んでいたので、川路にとっては何かと頼りになる話し相手だった。

「久しぶりの日蝕ですね。江戸で殿さまがご覧になったのは十年前。天保十年（一八三九）の夏でした」

「そうだ。あのときは金環蝕《きんかんしょく》だった」

川路が勘定吟味役のときである。屋敷は牛込御門《うしごめ》にほど近い船河原橋《ふながわら》にあったので、川路は長男の鍬五郎《くわごろう》を連れて小高くなっている牛天神まで行き、まだ暗い東の空を見た。予測通り、蝕は日の出前から始まっており、日が出るともう進んでいた。

やがて日輪を覆う月が薄墨色に染まり、まわりの日の光がみごとな金環になった。この日は八朔《はっさく》（八月一日）で総登城の日とあって、旗本たちは寄ると触ると、豊年の兆しだ、いや凶事の前触れだなどと話していたのだった。

「わたくしが殿さまに嫁いで一年と半年ほどのときでした。あの年の暮れに、鍬五郎は元服して弥吉と名を改めましたわね」

おさともそう言って懐かしんだ。弥吉は川路が奈良奉行に転任した年の秋、江戸で病死してしまった。南都での暮らしもまもなく四年目に入る。何かにつけ、江戸が思い出された。

「あの頃は、渡辺崋山《かざん》さんたちが鳥居燿蔵《ようぞう》どのに幕政批判の罪を着せられ、大変な時期だった。わたしも嫌疑をかけられたが、なんとか難を逃れ、日蝕を見ることができたというわけだ」

「殿さまは渡辺さまを救おうと、ひそかに駆けずり回っておいででした」

「それもかなわず、結局、崋山さんは自刃《じじん》という道を選ばざるをえなかった。わたしがいつも使っている寒暖器は崋山さんから頂いたものだが、結局、形見となってしまった。崋山さんは先見の明がありすぎた。一方の鳥居どのは頑迷固陋《がんめいころう》そのものだった」

「その後、鳥居さまは町奉行を免じられ、江戸から流されたと聞きましたが」

「讃岐《さぬき》の京極《きょうごく》家に幽閉されている。人の運命はわからぬものよ。妖怪と恐れられた人物だったが……」

「父上。始まりました」

市三郎の言葉が二人を日蝕へとひきもどした。

「墨を通すにしても日の光は強いから、細目にしてのぞきなさい。それでもあまり長く見つめてはならんぞ」

川路はおさとと市三郎に注意をすると、たらいに目をやりながら、控え帳に欠け具合を記入した。半時（一時間）もたつと、空が暗くなってきた。三人はしゃべらずに、じっとたらいの中を見つめた。庭の生き物たちも沈黙したと思ったとき、最大蝕の瞬間がやってきた。空がたそがれのようになり、日輪が三日月に変わったのである。川路は目を空に転じた。日は光をわずかに発し、東方にくっきりと大きく赤い星が見えた。

「蝕分《しょくぶん》は九分半だな」

おさとがたずねた。

「あの不気味な赤い星は何でしょうか」

「おそらく啓明《けいめい》だろう。五星の一つだ」

「父上。五星とはどのような星々を言うのでございますか」

「古の唐土《もろこし》の人々が名付けた星で、歳星《さいせい》（木星）、熒惑《けいこく》（火星）に鎮星《ちんせい》（土星）、太白《たいはく》（金星）、辰星《しんせい》（水星）の五つを指す。太白は啓明とも言うのだ。平たく言うと明星《みょうじょう》だ」

そう答えて、川路が観察を切り上げると、空が明るくなってきた。

「次はいつになるのかわからないが、江戸で見たいものだ」

「ほんに。江戸が恋しゅうございます」

「父上と母上はぜいたくです。世の人々は奈良を遊覧したい、大和めぐりを楽しみたいと願っておりますのに。その中にいて江戸を恋しがるとは」

市三郎の言葉に、二人は顔を見合わせて笑った。

「こりゃやられたわ。市三郎が言う通りだ。江戸を懐かしまずに、奈良の風光や年中行事をもっと楽しまねばならんな。市三郎も大人になったものだ。もう十七だからな」

川路はそう言った後で、為すべきことを思い出した。東大寺二月堂の修二会《しゅにえ》が今日から始まり、興福寺の薪能《たきぎのう》が続く。多くの遊覧客が奈良へやってくる時節になったのだ。いつもの旅籠《はたご》屋同士のやっかいな争論に加え、鳴りを潜めていた不埒《ふらち》な堂社案内人たちがまた蠢動《しゅんどう》するおそれがあった。その対策を講じなければならない。

元禄までの奈良町は、奈良晒《ならざらし》に酒、墨、武具など物作りの町と言っていい。寺社へ詣でる人々がおとずれるのは、伊勢参宮や長谷寺《はせでら》参詣のついでが多かった。しかし宝永六年（一七〇九）に大仏殿が再建されると、奈良遊覧そのものを目当てに来る人々が増えてきたのである。京とは一味違う古き寺社と古式ゆかしい年中行事の魅力に引かれて、というわけだ。それは奈良晒や武具など産業の衰退と時を同じくしたので、民政を預かる奈良奉行所にとっても、遊覧に関係する生業《なりわい》の重要性は増していった。土産物屋や茶店などが増え、芝居小屋や遊郭もにぎわった。それとともに、旅籠屋がもめ事を起こすようになった。

奈良町には旅籠屋が百軒ほどあり、そのほとんどが別々の街道に面した三つの町に集中していた。そこで各町は街道ごとに受け持ちを決めていた。京街道に面している今小路《いまこうじ》町の旅籠屋は京や伊賀街道からの客を相手とし、三条通の樽井《たるい》町は大坂方面から来る人々をもっぱらにしていた。残る一つの上街道に沿った今御門《いまみかど》町は、伊勢や初瀬《はせ》を経由してくる旅人を対象とした。それぞれの町の旅籠屋は、持ち場の街道筋以外での客引きを慎み、共存共栄を図ってきた。

ところが取引の自由を図る天保の改革が始まり、変化が生じた。どの町の宿屋に泊まろうが客次第となり、樽井町の宿泊客が増えて今御門町が減ったのだ。今御門町は、これを樽井町が初瀬などの旅籠屋と談合して客を誘導しているためと考え、奉行所に訴えた。以来、何度か和解と訴えが繰り返されており、今は和解中だが、いつまた争いが起きるかわからなかった。

旅籠屋に加えて、堂社案内人も奉行所の悩みの種だった。堂社案内人とは、奈良見物に来た旅人を東大寺や春日社、猿沢池、興福寺などの名所に案内し、賃料を得る者たちのことである。仲間を組んで旅籠屋や土産物屋と提携している者と、仲間に加わらずに客を見つける気まま稼ぎがいた。合わせて七十人ほどが奈良町で営業していたが、案内の強要や詐欺恐喝をする者が跡を絶たなかった。旅の案内書に「奈良の名所案内人、よろしからず」と書かれたほどである。目に余った川路は、一年前の春、案内人仲間の頭取に対して指導の強化を命じ、質《たち》が悪い三人を入牢させたのだった。

二

悪天候に祟られはしたものの、薪能と修二会が無事に終了した。十一月の春日若宮おん祭りとともに、奉行所が警衛に当たる南都きっての年中行事である。二月の前半、奉行所はこの行事にかかり切りとなる。川路は与力筆頭の中条惣右衛門《そうえもん》を小書院《こじょいん》に呼び、労をねぎらうとともに旅籠屋の動向をたずねた。

「連中はもめ事を起こしていないか」

「今のところ、問題はありません。仲良く棲み分けているようです。ただ……」

「堂社案内人どもがまた悪さを始めたのか」

「はい。昨日も被害に遭った江戸者が駆け込んでまいりまして」

「ここのところ、おとなしくしていたのに、性懲りもない者たちだ。で、今度はどのようなことを」

「二月堂が舞台でして」と中条は一件を語った。

被害者は近江屋茂兵衛という江戸大伝馬町《おおでんまちょう》の木綿問屋の隠居で、故郷の近江に里帰りをしたついでに奈良遊覧を楽しもうと、一昨日の夕刻に南都入りした。般若坂《はんにゃざか》を下って佐保川《さほがわ》の石橋を渡ると、案内人が客引きをしており、半日二百文で案内をすると売り込んできた。供をしている手代に高いと諫められたが、感じのよい男だったので、つい口説かれた。

男は久吉《ひさきち》と名乗り、宿も紹介すると言った。それは断り、江戸の商い仲間が教えてくれた今小路町の山城屋に投宿した。朝になると約束通り宿へ迎えに来たので、最初に大仏殿を案内してもらった。そこまでは何の問題もなかったし、久吉も親切だった。

そして二月堂で秘仏の大観音《だいかんのん》と小観音《こがんのん》を拝み、舞台から眺めを楽しんでいたときのことだった。久吉がこっそり耳元でささやいた。秘仏を特別に開帳してもらってじかに拝むことができるが、そのためには寺へ小判二両分の冥加金《みょうが》を納めなければならない。秘仏を直接拝めば商売が長く繁盛する、と久吉は言葉巧みだった。

茂兵衛は値が高いと思ったが、十二歳で近江から江戸へ出て以来、丁稚《でっち》、手代、番頭と一所懸命に働き、独立してから自分一代で大きくした店である。子や孫、曾孫の代まで繁盛するなら二両など惜しくはない。この機会を逃したくないと思い、金を久吉に渡した。久吉は寺務所で手続きをしてくるから茶店で待っているようにと言い、去っていった。

ところがなかなかもどってこない。半時たっても音沙汰《おとさた》がないので、だまされたのではないかと手代が言った。茶店の主に聞いてみると、本尊を特別に開帳するなど聞いたことがないと答えた。手代と顔を見合わせたが、あとの祭りだった。

「茂兵衛は十二日のお水取りを見物するつもりだったのですが、故郷で風邪を引いて寝込んでしまい、間に合わなかったそうです。そのことを久吉に話したということなので、残念という気持ちにつけ込まれたのではないでしょうか」

「案内人どもは遊覧客の気持ちを読むのが得意だからな。それにしても二両か。吹っかけたな。案内賃の二百文もかなりの値だ。そもそも案内賃は何人《なにびと》にても八十八文が定めではなかったのか」

「はい。交渉によりいささか前後はしますが、東大寺、春日社、猿沢池、興福寺を半日でめぐる場合は八十八文が基本です。二百文は取りすぎでございます。ですが茂兵衛は、案内料の多寡《たか》は問わないが、人をだます案内人を野放しにしているのは奉行所の恥だと申していたそうです」

「穴があったら入りたいものだ」

川路はそう言って笑ったが、目は怒っていた。茂兵衛の言うことはもっともで、あくどい案内人を放置しておくわけにはいかなかった。このままでは奈良の悪評が高まり、遊覧客が減る。だが取締りを強化しすぎて、町に閑古鳥《かんこどり》が鳴くのは避けたかった。まじめに働いて家族を養っている者のほうが多いのだ。そのうえ案内人がいなくなると旅人は途方に暮れる。

川路が何かいい方法はないかと考えていると、中条が言った。

「とりあえず、悪質な案内人はお咎《とが》めを受けるという町触《まちぶれ》を出しましょう。町触は奈良町の惣年寄《そうどしより》と町代《ちょうだい》が奥書きをして町中に回すのが基本ですが、今回はその写しを各番屋と旅籠や茶店、土産物屋など案内人や遊覧客が集まる場所にも張り出させましょう」

「そうだな。文案も工夫しよう」

そう言ったとき、なぜか川路の脳裏に鳥居燿蔵の顔が浮かび、もう一つの方法を思いついた。

「いや、待て。準備は進めてかまわないが、実際に張るのは別の手立てが成果を上げてからにしよう」

「と申しますと」

「おとり探索をして、旅人をだます者をその場で捕縛するのだ」

おとり探索は、鳥居燿蔵が江戸市中を取り締まるためにしばしば使った手だ。川路はこうした手立てを避けていたが、今回は試みてもいい。人をだます輩を欺くという妙なことになるが、やむをえない。奉行所はいつも目を光らせているという恐れを、懲りない案内人たちに植えつけ、悪事を未然に防ぐためである。

「すぐに捕まったという風聞《ふうぶん》が広まれば、みな行いを改めるであろう。触書《ふれがき》がそれを補完する」

「やつらはおののくでしょうな。ですが、おとりはいかがいたしましょう。奉行所の者では顔が知られております」

「そうだな。わたしの家来から選ぼう」

川路はおとりには徒士《かち》の田村直助《なおすけ》がふさわしいと思った。直助は女犯僧《にょぼん》の一件でも起用したが、機転が利き、芝居気もある。

「田村直助なら適任だ」

「それでは、掛かりの同心は遊覧客相手の商いに明るい久保良助にいたしましょう。吟味はわたくしが担当いたします。それから、お奉行。おとりは夫婦《めおと》連れにしたほうがよろしいかと存じますが。相手の油断を誘います」

「おお、そうだな。女房と奈良見物をのんびり楽しむ田舎のお大尽《だいじん》、といった体《てい》のほうがカモらしく見える。警戒されることもないだろう。直助は好人物だが、いかにも機敏そうな男だ。おっちょこちょいで気がよさそうな女房を配役して、ぼけ味を加えたほうがいいかもしれん」

川路に呼ばれたおみつは、いぶかしげな顔をして小書院へ入ってきた。奥向きの者が奉行の執務室に呼ばれることなどめったにない。川路は、直助が来るまで待てとおみつに言ったきり、また書物に目をやった。じきに直助がやってきた。ニヤニヤしている。何か面白いことを命じられるのではないかと期待しているのだ。

「おやまあ、おみつさんも呼ばれたんですか」

「はい」

直助とおみつの亡夫の新八《しんぱち》は親しかったので、二人は気安い仲だった。川路はいたずらっ気を出し、口調を改めて言った。

「大儀である。二人を呼び立てたのはほかでもない、子細これありで、夫婦になってもらいたい」

おみつは大柄な身体を揺すって、娘のようにケラケラ笑った。

「いやだぁ。直助さんとなんて、まるで兄《あに》さんと夫婦になるようなものです。悪ふざけがひどすぎますよ、殿さま」

川路の戯れはおみつには通用しなかったが、直助は顔をぶるぶる震わせた。

「めっそうもない。いくら殿さまのご命令でも、こればっかりは。新八に申しわけが立ちません」

川路はわざとらしく首をかしげた。

「お互いに憎からず思っていると見ていたが、わたしの目は節穴だったか」

「はい」と二人は顔を見合わせて笑った。

川路も笑みを浮かべると、「冗談はこれまで」と言って、おとり探索の件を説明した。直助もおみつも常ならぬ仕事とあって、心が浮き立つのを抑えきれなかった。しかも芝居をするのだ。

川路は最後に実行日を二日後と告げると、二人に念を押した。

「くれぐれも奉行の家来だとわからないように頼む。変な話だが、警戒されてまともにふるまわれては元も子もない。良からぬことをした者をその場で召し捕り、白州《しらす》で裁いて御仕置《おしおき》をする。それがほかの者たちへの戒めとなるのだ。これをきっかけに、みながまっとうな案内をするようになれば、人々は安心して奈良見物ができる。案内人たちの信用も回復して千客万来。奈良町のもろもろの商売は繁盛と、近江商人が言うところの『三方よし』だ。おまけに奉行所の面目も立つ」

川路の計画では、直助とおみつは奥州《おうしゅう》の裕福な商家の夫婦になりすまし、初瀬のほうから歩いてきた体で奈良町に入る。中辻《なかつじ》町に来たら、高札場《こうさつば》で網を張っている案内人に引っかかり、猿沢池、春日社、東大寺、興福寺をめぐる半日の案内に応じる。泊まる宿は猿沢池の前にある印判屋とし、翌朝、ここから久保良助とその手先たちが尾行する。二人がだまされて金を取られた時点で久保良助に合図をし、召し捕る。このおとりが成功すれば、江戸の隠居をだました男も芋づるで捕まえられると、川路は踏んでいた。

直助とおみつは奥州言葉をまねることができた。川路の家来には奥州出身者が何人かいたし、江戸の知り合いにも奥州育ちの者がけっこう多かったからだ。奈良は狭いので、いったん顔を覚えられると、二人をおとりにすることはもうできない。成否は二人の演技にかかっていた。川路は見せ銀《がね》がたっぷり入った巾着《きんちゃく》を直助に渡した。

三

翌日、二人は夕刻に印判屋へ入るつもりで逆算し、奉行所の北門から町へ出た。奈良町の中心部を避け、奉行所の西側の通りを京終町《きょうばて》まで南下。そこから少し東へ行って上街道に入る。旅装束もしっかりと整えた。

「あんだ。おらどは奥州のどっから来たことにすんべ」

京終が近づくと、おみつが奥州弁で直助に話しかけた。練習のつもりだ。

「んだな、仙台領から来たことにすんべえか」

「ばばば、中垣新右衛門《しんえもん》さまが行ったどこでねが」

「おめは、あの春日社の禰宜《ねぎ》さんを憎からず思ってたんだべ。この浮気者」

「やんたなっす。おらを小馬鹿にしてまあ」

二人は顔を見合わせて大笑いした。

「直助さん、なんとか行けそうだなっす」

「奥州の言葉もいろいろあるども、上方《かみがた》の人間は仙台弁かどうかなんてわかんねべさ。名前はおみつと直助のままでよかんべ」

上街道に入り、旅人の姿が目立つようになった。能登《のと》川の木橋を渡って少し行くと、道の両側に大きな石の灯籠《とうろう》が立っていた。奈良町の南の入り口だ。若草山が間近く見える。通り過ぎると中辻町で、右手に広大な屋敷があった。屋敷のすぐ北の辻は高札場になっており、案内人がたむろしている場所だ。二人は屋敷の前で立ち止まった。すると半纏《はんてん》姿の中年男がすっと近寄ってきた。半纏には『奈良名所案内春日屋』と襟《えり》文字が入っている。

「こちらのお屋敷は紀州さまの南都御用所でござりますよ。はい」

男は小太りで腰が低く、いかにも名所案内人が話すような口調だった。

「お客さま方はお伊勢参りからのお立ち寄りのようでござりますね。どちらのお国からお越しでござりますか？」

「おらどは奥州だべ」

「ほな、今宵は南都に泊まらはって、明日は奈良遊覧でっしゃろか？」

「んだ」

その答えを聞いた男は半纏の襟文字を指さした。だんだんなれなれしくなってくる。

「わしは案内業をやっとります春日屋の松五郎と言いますねんけど、どないでっしゃろ、わしに明日の堂社案内さしてもらうちゅうのは」

「なじょすんべ、あんだ」

「いいべさ。ほんだども、なんぼだべ」

直助が応えると、松五郎は二人を見て、値踏みした。大金持ちではないだろうが、裕福な感じには見える。

「そうでんな。猿沢池から春日さん、東大寺さん、興福寺さんと回って半日で二百文はどないでっか」

「あんだ。それはちょこっと高いんでねべか」

おみつがそう言うと、松五郎は少しうろたえ、笑いで取り繕った。

「はっはっは。やはりご内儀はしっかりしてまんな。ほな百八十文でどないでっしゃろ」

「もっと負けてけらっせん」

おみつがふっくらとした頬《ほお》に笑みを浮かべた。

「いやいやいや。奥州の方にはかないまへんな。ほっぺたはゆるめても、巾着のひもはしっかり締めはってまあ。しゃあない。長谷寺の舞台から飛び降りまひょ。百五十文でどないだす。これ以上お安うはでけまへんで」

「よがんべ。すぐ払うんだべか」

直助は懐から巾着を取り出し、わざと口を広く開けた。一分金や二朱銀それに銭がたっぷり入っていた。松五郎はそれをのぞき込み、返事をした。

「いえいえ。ご案内後でよろしゅうございます。南都の案内人はお客さまの信頼を損なわんよう、お代はあと払いということにしてまっさかい。はい」

松五郎は直助たちの名前と宿を聞いたうえで、朝食後に迎えに行くと約束し、高札場で別れた。二人はそのまま上街道を猿沢池へと向かった。

「直助さん。引っかかってきたわね」

「ああ。あいつ見せ銀をじとーっと見ていたぜ。必ずわしらをだましにかかる」

「どんな風にたぶらかしてくれるのか、楽しみだわ」

二人は顔を見合わせて笑った。

四

「ご内儀。そろそろ一休みなさりませんか。あのお店の奈良まんじゅうは名物でして、とてもおいしいでござりますよ」

松五郎は二人を茶屋へと誘った。約束通り迎えに来て、猿沢池、春日社、二月堂と案内しての道すがらである。

「あんだ、まんじゅうだっちゃ」

「うめえべなあ、奈良のまんじゅうは」

「んだんだでござります。甘いあんこがたっぷり入っておりますよって」

おみつと直助はぎくりとした。おみつが恐る恐るたずねた。

「おめさま、おらほの言葉しゃべれんのすか」

「いえいえ。『んだんだ』はお二人のまねでござります。いろいろなお国からのお客さまをご案内申し上げていまっさかい、おもてなしのつもりで、ときどきお国言葉をしゃべらせてもろうとるんでござります。はい」

「『あん』に『こ』をつけんのも、まねしたんだべか。おらほじゃ、『馬《ま》っこ』どか『姉《あね》っこ』どか、めんこいものに『こ』をつけるんだども」

おみつが直助の袖を引いた。

「あんだ。あん『こ』はめんこいからでねえべ。めんこいものには『っこ』ってつけるんだべさ」

「ほんだども、おら、あんこが好きだから、めんこいべさ。文句あるべか」

「まあまあ。なんだか頭が混乱してまいりましたが、上方でも『あん』には『こ』をつけ、『あんこ』と呼ぶ場合が多うござります。そのわけは存じませんが、旦那さまのように、あんをめんこいと思っているわけではござりません。はい」

「あちゃー」

二人はほっとした。松五郎が奥州弁を知っているのかと思ったのだ。知っていたら、二人がニセの奥州者だとばれるおそれがあった。胸をなで下ろした二人は茶店に入り、まんじゅうを注文した。

「奈良まんじゅうは五百年の伝統があるのでござります。唐土《もろこし》からやってきた林浄因《りんじょういん》さんという方が工夫をして作ったんだそうでござります。それが日の本で初めてのあん入りのまんじゅうというわけでして。もっとも、それが甘いあんだったかどうかは、定かではござりません。ささ、お召しあがりなさりませ」

おみつも直助も甘いものを好んだので、出てきたまんじゅうを松五郎にも勧めると、ぺろりと平らげた。二人が茶をすすっていると、松五郎がさらりと切り出した。

「奥州からですと、南都はめったに来れるような土地ではござりませんですね」

「んだな。これが最初で最後だべな」

「と申しますのも、お客さまたちはご存じかどうか、これからご案内をする東大寺の正倉院には蘭奢待《らんじゃたい》という名香《めいこう》がござりますんです」

「織田の信長さんがちょっくら切り取ったつう宝物だべさ」

奥州の田舎者とばかり思っていた直助が知っていたので、松五郎はどきっとしたが、そのまま何食わぬ顔で話を続けた。

「ははは、ご存じでしたか。さようでござります。聖武帝《しょうむ》の御代《みよ》にこれまた唐土から渡来したちゅう、まあ伽羅《きやら》でござります。蘭奢待は蘭という文字に東、奢という文字に大、待という文字に寺が入っておりますんで、別名を東大寺と申しますんです。ほんで今年は聖武さんが孝《こう》謙《けん》さんに譲位をされて千百年ちゅうことで、希望があれば特別に聞香《もんこう》を許すちゅうことになっておりますんです。この蘭奢待を聞香すれば百年生きられると言い伝えられておりますんですが、そのー、まー、ちょっとお布施が要るんでござります」

「おめさま、聞香ってなんだべ」

直助が質問をした。

「香りを聞く。つまり匂いを嗅ぐことでござります」

「ばばばー。なんと、みやびなことだべ。ほったら、あんだらは、うんこやおしっこの匂いを嗅ぐのも聞香って言うんだべか」

「いえいえ。そりゃやっぱり、くんくん、嗅ぐでござります」

「そったらありがてえものを、おらどみてえな者でもいいんだべか」

おみつがたずねると、松五郎は猫なで声を出した。

「ええ、ええ。よろしいんでござりますよ。本来は帝《みかど》より勅許を賜らねばならんのでござりますが、これは神君《しんくん》家康公が切り取られたときに、大仏さんへお裾分けされたものでござります。ですから、東大寺さんの判断で民百姓に匂いを嗅がせてもええということになっておりますんです。はい」

直助とおみつは相談でもするように、目を見つめ合った。それぞれの目が、これが詐術だと語っていた。

「なんぼだべ」

「金一両でござりますが、銀貨をお持ちでしたら、そちらの方がよろしいかと。貴重な香木でござりますので、少々お高くなっておりますですが、このお布施は大仏殿の屋根瓦の直しに使われる予定でして、屋根瓦にはお布施を頂いた方々のお名前が記されるんでござりますよ」

「ほったら、あんだ、一両なんぞ安いもんでねが」

おみつが乗り気になったと見て、松五郎はだめ押しをした。

「お名前は奥州の直助さまとおみつさまでよろしゅうござりますか」

直助は満足そうにうなずき、巾着から一分銀を四枚取り出した。

「屋号の松島屋も入れてけろ」

「かしこまりましてござります」

松五郎は実直な案内人を装った。おみつと直助も喜んでいる客のふりをした。

「あんだ。一生の思い出になんな」

「んだ、んだ。とびっきりの土産話だべさ」

「では寺務所で手配をしてまいりますので、こちらでお待ちくださりませ」

松五郎は銀貨を懐にしまい込むと、さっさと寺務所の方へ歩き出した。直助はそれを見て、手を高くあげた。

五

松五郎が白州に連行されてきた。川路は意気消沈している松五郎を見て、口が達者なお調子者だろうが、根は悪い男ではないと思った。下調べでは、松五郎の案内人としての評判も悪くはなかった。松五郎は案内人仲間に加わっており、ふだんは旅籠屋から客を紹介してもらっていたが、気が向くと奈良町の入り口で客引きをしていたという。

川路が一通紀《ひととおりただし》など冒頭手続を始めると、松五郎は直助とおみつをだましたことを素直に認め、出来心だったと弁解した。最後に、松五郎は恐る恐るたずねた。

「お奉行さま。わしがあの二人をたぶらかしたとおわかりになったんは、なぜでござりましょう」

「大仏さまは其の方どものことをすべてお見通しだ。案内人が旅人を困らせぬよう、常に市中に目を光らせておるのだ。奉行所も直ちに召し捕る手はずがついておる」

松五郎は首をひねった。寺務所へ行くように見せかけて逃げ去ろうとしたとき、突然、物陰から奉行所の同心が登場したのである。なぜ悪巧みがばれたのか、不思議で仕方がなかったのだ。

川路はおかしかったが、素知らぬ顔をして話を変えた。

「ところで松五郎。一両と吹っかけた理由はなんだ」

「へえ。知り合いの案内人から、江戸の隠居じいさんをだまして二両ふんだくったと聞きましたんです。ほんでまあ、あのおっさんは慣れてはるし、わしは初めてやさかい、一両程度が適当な金額やろと思いましてん」

「ほほうー。それは殊勝な心がけだ」

川路はその言い分を聞いて吹き出しそうになったが、かろうじてこらえた。それからぴんと来た。知り合いの案内人とは近江屋をだました久吉のことだ。うまく持っていけば、身元がわかる。

「聞けばおまえは話が上手で案内が巧みという評判だそうな。愚かなことをしたものだな。出来心にせよ、評判を棒に振ったではないか」

「煮売屋《にうり》の女に入れ込みましたんや。ほんで銀《かね》が欲しいと思ったんが運の尽きちゅうわけでして。はい」

「女か。よくある話だな。それはさておき、おまえがやり方を模した男は久吉と名乗っていたのではないか」

「えっ、久吉と名乗ってだましよったんでっか。わしはほんまの名前でやってもうた。あほやー」

川路は思わず失笑した。

「どのみち、おまえは春日屋という名入りの半纏を着ていたではないか」

「あれはだまし用にでっち上げた店の名ですねん。襟文字入りの半纏やったら信用されるやろと、嫁はんに作ってもろうたんでござります」

「はっはっはっはー。高くついたものだな」

「へえ、もうこりごりです」

松五郎はしおれてしまった。

「で、久吉の実の名はどのように申すのだ」

「ほんまは鶴蔵《つるぞう》と言いまんねん」

川路が住まいを聞き出そうとすると、松五郎は仲間を売るのはいやだと渋ったが、奈良案内人の評判を回復するためだと川路にさとされ、結局は打ち明けた。

鶴蔵は今辻子《いまづし》町にある西照寺《さいしょうじ》の近くに住んでいた。案内人仲間には入らず、特定の旅籠屋や土産物屋と組むこともなく、気まま稼ぎをしているという。

夕の七ツ頃、久保良助が捕り手とともに向かうと、鶴蔵はすぐに捕まった。

川路の前に引き出された鶴蔵は、ちょっと見は堅気の商人だが、一皮むけば博奕《ばくち》好きの遊び人と察せられた。

「鶴蔵。調べによれば、其の方は近江屋茂兵衛の一件以外にも、数々のあくどい案内をしておるそうだな。おのれの利欲のために旅人に害を与え、奈良の案内人の評判を落とした。まともに働いている者たちに対して申し訳ないという気持ちはないのか」

鶴蔵は神妙な顔をしていたが、どこか高をくくっているように見えたので、川路はびしっと言った。

「堂社案内人の評判が落ちれば、遊覧に来る旅人が減り、人々の生業に差し障りが生じる。其の方の悪行は許しがたい。厳罰を覚悟いたせ」

鶴蔵は川路の言い方に震えあがった。

「すんまへん」

「ならば聞く。なぜこのような悪事に手を染めたのだ」

「へえ。以前、一条院の筑地塀《ついじべい》に小便引っかけはった客を注意したら、銭を差し出しはったんですわ。それに味を占めまして……。ほんで、ここんとこ博奕の負けが込んでたもんやさかい、つい脅しやら何やらを重ねてしもて。お許しを」

「ならぬ。許すわけにはまいらぬ。それ相応の御仕置となろう」

川路が冷たく言い放つと、鶴蔵は恐れをなし、聞きもしないのに同業者の悪事をしゃべりだした。それは合わせて九人に及び、土産物屋などへの強引な誘いと賃料の水増しが六人、だまし や脅しにより多額の金を取った者が三人いた。

「其の方、朋輩《ほうばい》を売り、罪を軽くしてもらおうという魂胆だろうが、それは通用せんぞ。どうせ締め上げれば白状したに相違ない。手間が省けただけのことだ」

川路があきれたように言うと、鶴蔵は開き直った。

「ああ、そうでっか。そんならお聞きしますが、お奉行さん。わしらみたいに取るに足らん雲助もどきを捕まえて、上から役人面で説教するのは気分がええでっしゃろが、もっと悪いやつらを捕まえたらどないだ。あんたらお役人はいつでもそうなんや。おのれの細《こま》こい手柄を上げることばっか考えよってからに。世の中のことはこれぽっちも思ってないやろが」

鶴蔵は啖呵《たんか》を切ったが、どことなく言い方が変だったので、川路はおかしかった。その一方で何か引っかかるものがあった。川路は鶴蔵をとがめず、ちょっと考えた。この男は別の大きな悪事を知っている……。鶴蔵は松五郎よりずっと悪質だが単純だ。短気でもある。話を引き出すのは簡単だ。

「案内人の面汚しに言われる筋合いはない。其の方のような悪人を島流しにせねば、奈良奉行所の名折れだ」

「ふん、島流しやと。そりゃあいつのほうや」

「ほう、あいつとは、名がないのか。名無しの権兵衛か」

「あほかいな。あいつは重兵衛ちゅうやつや。あいつはわしなんぞより数段上の悪党や。重兵衛こそ島流しやろが」

「と申しても何のことやら」

「せやから、あいつが遊覧客を勾引《かどわ》かし、親から金をふんだくる魂胆やっちゅう話や」

「どうもおまえの話はわけがわからぬ。人間も悪いが頭も悪いらしいな」

「どたまが悪いのはお奉行さんやろが。じりじりするなあ。江戸の大店《おおだな》の道楽息子が奈良遊覧に来てやな、木辻町へ連れてけとか、ええ女子のいる煮売屋を紹介せえとか、重兵衛に案内を頼んだと思ってみい。重兵衛はええカモが飛び込んできよったと、アホ息子を言葉巧みに連れ去った。ほんで、力ずくでどこぞへ閉じ込めて人質にしたうえ、親父から二百両を頂こうちゅう魂胆や」

「それはおまえよりかなり悪いやつだな。しかしにわかには信じられん話だ。具体的なことが何もわからぬ」

「せやからな、お奉行。重兵衛はアホ息子に『お父ちゃん、カネ送れ』の手紙を書かせたんや。お供としてついてきた番頭がそれを持って京の取引先へ行き、六日限《むいかぎり》の早飛脚で江戸へ届ける。親父はびっくりして、急いで為替を京に送る。番頭はそれをカネに換えて奈良へもどる、ちゅう寸法や。この話を聞いたんが十日ほど前やから、あと十日もせんうちに番頭はんがカネを持ってくるやろ」

「そういうことになるなあ。いやあ、鶴蔵はなかなか勘定が早い。いやいや、見直したぞ。で、そのことを知ったのはどのようなきっかけだ」

鶴蔵はほめられたせいか、言葉遣いが少し丁寧になった。

「わしが元林院《がんりいん》町の居酒屋へ入ると、さっきお奉行さまにお教えした案内人のうちの一人が小上がりにおったんですわ。喜助《きすけ》ちゅうもっさりした親父なんですがね。知らんやつとひそひそ話をしとったんです。横を通るときに『カネが来るのはいつやろ』と聞こえましてん。こりゃ儲け話を企んどるなと思って、ついたての後ろに座って聞き耳を立ててたんです。ほんでわかったんです。わしらのような稼業は噂が伝わりやすいもんやから、喜助もどこぞで聞きよったんでっしゃろ。わしは重兵衛の居どころを突き止めて、口止め料をたっぷり頂こうと考えたわけでして……」

川路はあきれたが、話をもっと引き出そうと、鶴蔵の自尊心をさらにくすぐった。

「なかなかいい耳をしておるな。もちろん、その大店の屋号は存じておろう」

「それは言わんかったと思いますわ。おっしゃる通り、わしは地獄耳の鶴蔵と言われるほどええ耳してまっさかい、言ったら聞こえますわ。お役に立てず、すんまへん」

「よいよい。ところで、鶴蔵はこの世界ではだいぶ顔が利くのであろう」

「いや、なにね、堂社案内で悪さしよったら、わしの耳にすぐ入りまっさかい」

「それなら当然、重兵衛がどんな男かも耳にしているのであろう」

「それが、重兵衛のことはよくわからんのですわ。今年になって仕事をやりだした新参者らしいんでっけど、案内人仲間には加わっとらんちゅう話で。わしらみたいな気まま稼ぎの連中とも付き合ってまへんし。顔も見たことあらしまへん。住んどるとこも知らんのですわ。みんなにも聞きましたんでっけど、正体不明の野郎でっせ」

「では、どのようにして重兵衛のことを知ったのだ」

「気まま稼ぎは、客待ちの場所を仲間で申し合わせております。京街道は般若坂、上街道は高札場といった具合でっけど、やつはその外で客待ちしていたんですわ。それを見つけた仲間が問い質すと、やつは重兵衛と名乗り、わしらの商売をさまたげるようなことは二度とせえへんと言いよったわけです。ところが、それが二度三度と重なったもんやさかい、名前だけは広まったちゅうわけで」

六

白州から小書院にもどると、川路は盗賊方与力の橋本文一郎を呼んだ。勾引《かどわ》かしは案内人の不祥事とは異なり、明らかに凶悪な犯罪である。首謀者は死罪《しざい》、手助けした者も重追放《おもきついほう》だ。ふつうは女子供をだまして連れ去るか、強引にさらっていき、女郎屋などへ売り飛ばす。ところが鶴蔵が話した件は、一人前の男を人質にして金を要求するという大胆な犯行で、川路は今まで経験したことも聞いたこともなかった。犠牲者が出るおそれがあるうえ、堂社案内人が首謀者とあっては、解決を急がねばならない。

文一郎が入ってきた。冷静で思慮深く、川路が高く評価している男だ。白州で鶴蔵の吟味に立ち会っていた中条も同席した。川路は鶴蔵が語った話を文一郎に聞かせたうえで、まず中条に言った。

「不届《ふとどき》な案内人は思ったよりも多いようだ。だが、たいそうな召し捕り騒ぎにすると、奈良の案内人の悪名がさらに広まり、土産物屋や旅籠屋、茶店、駕籠《かご》かきとさまざまな商いに影響を及ぼすだろう。ここは九人の案内人をひそかに調べたうえで、質の悪い者だけを所払《ところばらい》などの刑に処し、ほかの者たちへの戒《いまし》めにしようと思う。松五郎のように出来心で悪さをしたという者は、過料か叱《しかり》にとどめる。そもそも今回のおとり探索は、案内人どもに注意を喚起して、まっとうな営みをさせることが主眼だった」

「御意。では、この件は引き続き久保良助に調べさせます」

中条が手短に答えると、川路は文一郎に向かった。

「これを勾引かしと呼ぶべきかどうかはともかくとして、鶴蔵の話に偽りはないと思う。断片的に聞こえてきた言葉をつなぎ合わせ、話を脚色しているのだろうが、番頭が江戸からの為替を京で受け取り、二百両に替えて南都へもどってくるという大筋に間違いはなかろう。単独では無理なので、仲間もいるはずだ」

「はい。そのように思われます。そこで、まずは一味に悟られないように京街道で番頭を待ち伏せし、奈良町へ入る前に身柄を押さえたらいかがでしょうか。重兵衛は番頭に待ち合わせ場所を指示しているでしょうが、案内人がたむろしている場所や人の目につきやすい町中は避けると思われます。その一方、土地鑑のない江戸者が相手ですから、寺社などわかりやすい場所にするはずです。おそらくは般若寺か奈良坂春日社です。ですからもっと前、高座《こうざ》の刑場あたりで待つのです」

「うむ。で、それからどうする」

「成り済ましはいかがでしょう」

川路と中条が怪訝《けげん》そうな顔をしたので、文一郎は詳しく説明した。

番頭と接触したら、因果を含めてすぐに放ち、手代《てだい》に変装した若い同心《どうしん》を付き添わせる。人質を無事に取りもどすためだ。大金を京から運んでくるからには、用心のために取引先の手代が供をしてもおかしくはない。だから疑われることはないだろう。実際に手代がついてきた場合は、同心と交替させる。

次に、一味の者は番頭と落ち合うと、すぐに監禁場所へ連れていくはずだ。長吏《ちようり》たちがその跡をつけていき、着いたらこっそり近寄って取り囲む。ここから先の対応は重兵衛たちの出方で異なる。

二百両と引き替えに人質を解き放ったら、三人が監禁場所の外へ出たのを確認して、長吏たちが踏み込む。解放を渋った場合、手代役の同心は番頭を外へ逃がし、人質を守りながら捕り手が来るまで戦う。手代の正体を知られるなど危険が迫った場合も同様だ。

川路が感想を述べた。

「良案だが、判断力と腕っ節を要する。刀を差すわけにはいかないし、道中差《どうちゆうざし》も取られるだろう」

「池田半次郎なら柔術も得意です。刀はなくとも、みなが駆けつけるまで、かなりの戦いができます」

半次郎は文一郎の幼なじみで二つ下の二十五歳だが、武芸が得意だった。

「そうだったな。半次郎なら、とびっきり腕が立つ。よし、くれぐれも江戸者を無傷で確保するように。重兵衛もできるだけ生け捕りにしてくれ」

「はい」

七

張り込みはもう三日目だった。この日も池田半次郎は、磔刑場《たつけいじよう》の入り口にある供養塔の前で、番頭がやってくるのをひたすら待ち続けた。もちろん大刀は帯びず、脇差《わきざし》だけを腰に差している。一味に武器を取られるにしても、二百両を運んでいる手代が護身用の道中差すら持たなかったら、不審に思われるからだ。まげも身なりも手代風に装ったが、鍛え上げた怒り肩の体は隠しようがなかった。

長吏の官之助は少し離れたところに潜み、その手下たちはもう少し京都寄りで街道筋を監視していた。長吏とは大和に五人いる非人頭の呼称で、奉行所で捕り方や探索、刑の執行に携わる非人たちも束ねていた。奈良町の西はずれに独自の役所と仮牢を持っており、大和一円の町や村々の治安維持に、ここから非人番と称する番人を送り込んでいる。また畿内各地の非人頭とつねに連絡を取り合い、風説や消息を集めていたので、探索と捕り物の能力は侮れなかった。したがって、最下層の身分に置かれている非人の頭とはいえ、悪人たちはその実力を恐れていたのである。官之助はその筆頭だ。がっしりした体格で精悍な風貌をしており、いかにも人を束ねる頭といった貫禄があった。帯刀を許され、一刀流の達人でもある。

半次郎は官之助と相談のうえで、張り込みは早朝から日暮れまでと決めた。夜間は物騒なうえ人物を見分けにくいので、待ち合わせの刻限にはしないと踏んだのである。見つける相手は番頭一人または手代と二人組だ。店の屋号はわからないものの、番頭は江戸者であり、心配と不安で疲れた顔をしているだろう。容易に判別できる。駕籠が来たときは止めて、確かめればいい。

官之助が近寄ってきた。手持ち無沙汰《ぶさた》なのだ。

「池田さま。わしの勘では今日でんな。飛脚のことやらなんやら勘定してみると、おとついには為替が到着していてもおかしないでっせ。それやったら、きのう京を出発して玉水宿《たまみず》あたりに泊まったんとちゃいまっか。小判をたっぷり持ってまっさかい、無理な歩きはせんでっしゃろ。ほんでお昼前後に南都へ入ると。昼なら客待ちしている案内人どもはおらんよって、目立ちまへんわ。重兵衛が指示しそうな刻限でっせ」

「そうやな。ということは、官之助はんの勘が当たればもうそろそろや」

二人が話をしていると、見張りをしていた官之助の手下が報告に来た。

「江戸のお店者らしい中年男と若いのんが、もうすぐ坂を上がってきますわ」

半次郎と官之助は汗をぬぐい、供養塔を見ているふりをした。まもなく、元気のない中年男と道中差を差した若い男が通りかかった。二人とも風呂敷包みを背負っている。官之助がそっと行く手をさえぎると、半次郎が声をかけた。

「江戸から来た、どこぞの番頭さんやな」

番頭はぎょっとして立ちすくんだ。

「びっくりした。重兵衛さんのお仲間ですか。約束した場所と違うじゃありませんか。若旦那さまはご無事なんでしょうね」

「わしは重兵衛の手の者やない。こんな格好をしとるが、奈良奉行所の同心や。若旦那を助けるために待っとったんや」

「ど、どうしてそのことをご存じなので」

番頭は怪しんだ。半次郎は奉行所が人質の件を知ったわけを手短に話し、自分が手代として同行すると言った。話の筋が通っていたので番頭は安心し、手代から風呂敷包みを受け取ると、半次郎に手渡した。京の手代は来た道をもどり、半次郎は番頭と連れ立って街道を進んだ。

道々、番頭は万兵衛と名乗り、日本橋の通旅籠町《とおりはたごちょう》で小間物諸色《こまものしょしき》問屋をしている伊勢屋の中番頭で、人質になっているのは若旦那の伊三郎だと告げた。一味と落ち合うのは般若寺の門前で、三月の朔日以降、毎日午《うま》の刻に待っているという約束だった。また伊三郎が人質になるまでのいきさつについては、こう語った。

伊三郎は商売をきらい、二十二歳になっても身を固めようとせず、芝居見物や芸事を楽しんでばかりいる跡取り息子だった。目に余った主人の長兵衛は、商いに身を入れなければ勘当すると、伊三郎を説教した。すると伊三郎は遊芸をきっぱりやめると約束し、そのかわり上方見物に行かせてくれと頼んだ。長兵衛はこれで息子がまっとうな商人になってくれるなら安いものだと旅を許し、商用で旅慣れていた万兵衛を同行させることにした。

二人は正月十五日に江戸を出発した。伊勢から奈良、大坂へと回り、最後は京見物かたがた取引先にあいさつをして、三月の半ばに江戸へ帰る予定だった。

長谷寺を見物したあと、二月十日の八ツ半（午後三時）頃に奈良町へ入った。町の入り口に大きな石灯籠が立っていたので、刻まれた文字を二人で読んでいると、一人の男が近づいてきた。男は、この石灯籠が造られた文政十三年（一八三〇）はおかげ参りでにぎわった年だと教え、奈良見物の案内を半日八十八文でどうかと誘った。

二人が承知すると、男は重兵衛と名乗り、宿のことを聞いてきた。小刀屋《こがたな》という猿沢池のそばにある旅籠屋に決めていると答えると、そこへ案内すると言った。重兵衛は案内人というよりは百姓のように見え、朴訥《ぼくとつ》で律儀《りちぎ》そうだった。道々、重兵衛は二人の生業などを聞いた。万兵衛が江戸の小間物諸色問屋の跡取り息子と番頭だと答えると、繁盛しているんでしょうね、などと言った。後から考えると、探りを入れたのだ。

途中で街道をはずれてだいぶ歩いたが、猿沢池も小刀屋もいっこうに見えなかった。それどころか人気のない場所になっていた。不安を感じて疑いを口にすると、重兵衛は懐から出刃包丁を取り出して伊三郎の首に突きつけ、万兵衛に道中差をよこせと言った。伊三郎は重くて邪魔だと差していなかった。

すぐにどこからか仲間が一人現れ、二人に目隠しをして猿ぐつわをかませ、手を縛った。それからまた歩き、荒ら屋《あばらや》に入ってから目隠しをはずされた。小屋の中は建具などない土間だったが、ござや布団などが置かれていたので、数人が何日か生活できるように思われた。

重兵衛は伊三郎の縛りを解き、殺されたくなければこの通り書けと言って、手紙の文面を渡した。父親に金を出させるための文句が書いてあったので、身の代金を取るために拉致《らち》されたのだとわかった。万兵衛に対しては、伊三郎を無事に返してほしければひと月以内に二百両を持ってこいと命じ、落ち合い場所と時を指定した。

万兵衛は思った。金を調達するために江戸を往復するとひと月前後かかり、川留めや不測の事態で間に合わない可能性がある。ここは、帰りに寄るつもりだった京都の取引先を窓口にして早飛脚を使い、江戸から為替《かわせ》を送ってもらうほうが確実だ。それを金に換えればいい。取引先の筒井屋には商用で何度か行ったことがあり、主人や番頭とは顔なじみだ。便宜を図ってくれるだろう。重兵衛にそう伝えると、どんな方法でも金さえ手に入れば、伊三郎を無事に返すと約束した。

そこまで話を聞くと、半次郎は確認した。

「その手紙の文句はどんなんやった」

「たしか、『奈良の案内人に連れ去られた。二百両出してくれ。さもないと殺される』という文面でした」

般若寺が近づいてきた。どこで一味が見張っているかわからない。半次郎は本物の手代がそうするように万兵衛の半歩ほど後ろを歩いた。街道に面した楼門の前に来ると、すぐに声がかかった。女の声だった。

「伊勢屋の万兵衛さんでっか」

「へえ」と本人が返事をすると、楼門の横から質素な身なりの老けた女が出てきた。半次郎は拍子抜けした。

「このお人はどなたでっしゃろ」

女がただしたので、万兵衛は緊張した。

「筒井屋さんの手代さんです。ご親切にもご主人がお供につけてくださったのです」

半次郎は腰を低くして手代を装い、頭を下げた。

「道中は物騒やし、お金は重いよって助かるわな。ほな、ついてきておくんなはれ」

女は疑いもせず、二人の先に立った。人質を取っているからか、二人を警戒するそぶりは見られなかった。一行は街道を左にそれて、東大寺の広い境内を突っ切った。それから春日社の参道を横切って浅茅ヶ原《あさぢがはら》に出ると、大きな松の木の下で五十がらみの男が待っていた。男は半次郎の道中差を取り上げ、二人に手ぬぐいで目隠しをした。万兵衛はこの男と話をすることはなかった。つまり重兵衛とは別の人物ということになる。

一行はさらに歩き、丘をのぼった。男は用心深く、ここで二人をぐるぐる回して方向をわからなくし、森の中へ入った。しばらくして立ち止まり、目隠しを取れと言った。半次郎の目に見えたのは、いまにも朽ち果てそうな一軒の庵《いおり》、というよりは掘っ立て小屋らしきものだった。かつては隠遁者《いんとんしゃ》が住んでいたらしく、畑に使ったと思われる空き地が戸口の前に広がっていた。半次郎は、天満《てんま》山の東か北に当たるだろうと見当をつけた。天満山は興福寺の門跡《もんぜき》の一つである大乗院《だいじょういん》の領地だ。

男は引き戸を開けて、入れと言った。中は十畳ほどの土間で、隅にむしろが敷いてあり、縄で縛られた若い男が座っていた。そばに別の五十前後の男が立っている。伊三郎と重兵衛だ。重兵衛は道中差を受け取って自分の腰に差すと、半次郎をじっと見た。女が手代だと説明すると、重兵衛は目をはずした。

「万兵衛さん、ご苦労さんやった。ほな、お金をもろうときますわ」

重兵衛は丁寧に言った。その顔はどう見ても実直な百姓だった。半次郎は悪党面むき出しの男だろうと思い込んでいたので、拍子抜けした。

「金を渡したら、すぐに若旦那を返してもらえるんでしょうな」

「わしらは約束を守ります。役人みたいなことはせん」

「では手代さん、背中の荷をこちらに渡しておやりなさい」

万兵衛が指示したので、半次郎は風呂敷包みを背中から下ろした。すると重兵衛は何を思ったか、すばやく道中差の柄袋《つかぶくろ》を取って刀身を抜き、半次郎に突きつけた。

「あんたはどこの者や」

重兵衛は万兵衛に目を向け、とがめた。

「取引先の奉公人を『手代さん』と呼んで物事を命じるちゅうのはおかしいで。わざとらしいやないか。商人なら取引相手の店に敬意を表すやろが。いくら自分より格下でも、店の屋号か本人の名前をさんづけで呼ぶはずや。命令せんで、頼むんやないか」

重兵衛は見掛けによらず鋭い男だった。半次郎は風呂敷包みを右手に持ったまま、ゆっくりと半身に構えた。

「まあまあ、落ち着いてくださいな。伊勢屋さんは江戸の方ですよって、わてらとちょっと言い方がちゃいまんねん。わては京の筒井屋の手代、文吉《ぶんきち》だす。間違いあらしまへん」

重兵衛は納得しなかった。

「あんたは手代やない。ふつう、刃物を突きつけられたら、恐ろしゅうて身がすくむはずやろ。ところがあんたは恐れを見せん。身のこなしも攻めに備えているようや。武芸の心得があるんやろが」

仲間の男がいつの間にか重兵衛の後ろへ回りこみ、伊三郎を立ち上がらせて首筋に小刀を当てていた。以前に万兵衛から奪った道中差だ。半次郎が横目で見ると、女のほうは万兵衛が動かないように腰にしがみついている。半次郎はじっと重兵衛と仲間の男を観察した。重兵衛は刀の使い方に慣れているようには見えなかった。殺気も感じられず、いくぶん腰が引けている。仲間の男のほうは手が震えている。半次郎は重兵衛に向かって一歩踏み出した。

「来るな。来たら、刺すで」

重兵衛は鋭い声で威嚇し、両手で持った道中差の切っ先を突き出した。その腕が伸びきったと見るや、半次郎はさっと重兵衛の右横をすり抜け、振り向きもせずに左のひじで背中を突いた。すぐさま目の前にいる男の道中差を風呂敷包みではねのけ、頭突きを食らわせた。男は反撃できずに呆然《ぼうぜん》とした。半次郎はその手から道中差を奪って横へ突き飛ばすと、伊三郎をかばって後ろを向き、つんのめった重兵衛と対峙した。

ところが重兵衛は体勢を立て直すと、奇妙な行動に出た。引き戸を開けて持っていた刀を外へ放り投げ、戸口に立てかけてあった棒を握ったのである。重兵衛は棒を大上段にかざすと、そのまま背後に隠した。棒の先が見えず、相手が間合いを取りにくい構えだった。刀を手にしていたときのへっぴり腰も消え、すきがない。半次郎は構えに気を取られ、伊三郎を確保したら捕り方を呼ぶという手順を一瞬忘れた。中段に構えてじわじわと寄るが、重兵衛は少しずつ下がり、攻めようとしない。狭い小屋から出ないと、長い棒を振れないのだ。

半次郎は万兵衛に「女を振り切って、その男を押さえ込め」と指示し、外に出て叫んだ。

「捕り方、まいれ」

「くそったれ。おのれは奉行所の手の者やったんか」

半次郎の正体がわかり、重兵衛は怒りをあらわにして棒を打ち込んできた。半次郎は身をかわすだけで精いっぱいだった。棒が振り下ろされる直前まで、どの方向から来るのか判断できなかった。

官之助たちが駆けてきた。半次郎は首を横に振って小屋へ行けと命じた。捕り手の一人が半次郎に加勢しようと、六尺棒を回転させて重兵衛に向かっていった。重兵衛はひるまず、またもや棒を背中から振り下ろした。風を切る音が聞こえたかと思うと、捕り手は六尺棒を取り落としていた。すさまじい打ち込みだった。だが、重兵衛はそれ以上のことはしなかった。護身に徹しているのだ。

「重兵衛、もうあきらめろ。おまえは棒術をやるようだが、捕り手はまだまだいる」

その言葉を聞いた女が、小屋の中から重兵衛に叫んだ。

「わてのことはええから、重兵衛さんは太吉さんと逃げてくだされ。奉行所の木っ端役人どもに捕まったらあかん。逃げて。逃げて、わてらの恨みを晴らしておくれ」

「おとくさん、それはでけん。あんたを残して逃げるなんて、でけるわけないやろが」

重兵衛はひざを落とし、力なく地面に座り込んだ。

八

橋本文一郎は与力の吟味所で頭を悩ませていた。重兵衛とおとく、太吉を牢へ返したあとだった。三人は伊三郎を人質にして二百両を奪おうとしたことは認めたが、身元や動機を明かそうとはしないのだ。科人《とがにん》を痛めつけて自白を引き出す牢問《ろうもん》はなるべく避けたい。証拠に基づく明快な論理と説得により相手を落とす。それが吟味与力の誇りだ。どうすれば口を開かせることができるのか。

文一郎は考えた。伊勢屋の伊三郎と万兵衛が拉致されたとき、二人に目隠しをした男がいたが、それは太吉ではない。太吉は万兵衛が今回初めて会った男だからだ。ということは、一味は少なくとも四人だということになる。また、地獄耳の鶴蔵は居酒屋で案内人の喜助の話を盗み聞きしたが、それは重兵衛が企んだ悪事の噂をしていたのではなく、実は仲間の内輪話だったのではないか。そう考えると、喜助が二人に目隠しをした男で、話し相手は重兵衛か太吉だったということになる。おそらく、伊三郎が小屋へ連れ込まれたとき、その場にいなかった太吉が話し相手だ。

つまり、重兵衛と一緒に伊三郎を拉致した喜助が、その日のうちに結果と今後の見通しを仲間の太吉に伝えていたのだ。このとき重兵衛は小屋で伊三郎を監視していた。ここは喜助を連れてきて、伊勢屋に面通しをさせてみよう。その結果を待ってからでも、牢問は遅くない。

文一郎は中条に面通しの件を伝えるため、与力詰所にもどった。中条は久保良助と話しているところだった。

「文一郎、ええところや。こっちは鶴蔵が密告した九人をしょっ引いてきて、良助たちが下吟味を終えたばかりや。みな悪さを認めとる」

「ほな、喜助も召し捕ったんですね。そりゃ都合がよろし」

文一郎は、喜助は重兵衛の仲間と思われるので、伊勢屋に面通しをさせたいと言った。中条は少し眉をぴくりとさせた。

「ええやろ。良助、仮牢にいる喜助を吟味所へ連れてきてくれへんか。奉行所に客から新たな苦情があったさかい、話を聞きたいとでも言えばええ」

「お安い御用で。喜助が一味の一人でっか。面白うなってきましたな」

良助はニヤリと笑うと、さっさと部屋を出ていった。

「相変わらずせっかちな男や。で、喜助の件やが、おぬしの興味を引くと思われる事実があったぞ」

「伺いますわ」

文一郎は膝を乗り出した。

「知っての通り、奈良の堂社案内人は奈良町か奈良回り八か村の者が多いわな。たまに郡山《こおりやま》町とか柳生《やぎゅう》村の出もおるが、あんまり遠くの者はおらん。ところがな、吉野《よしの》郡の出身がいたんや。それが喜助ちゅうわけや」

「吉野郡いうても、上市《かみいち》に下市《しもいち》、吉野山から大塔《おおとう》、十津川《とつかわ》まで広いでっけど」

「喜助は案内人仲間に入っているよって、良助が仲間頭取に在所を聞いてみたんや。そしたら吉野川のすぐ北にある柳《やなぎ》村やった。柳村は山里で、東側は宇陀《うだ》郡や。わしは何かの件で関わったような気がすんのやが、思い出せへん」

「面通しで黒やったら、徹底的に吟味しますわ」

二人とも喜助に妙な引っかかりを感じていた。


伊三郎と万兵衛は奉行所近くの郷宿《ごうやど》に滞在していた。取り調べの進展に備え、文一郎が南都にとどまらせたのである。郷宿は公事宿《くじやど》ともいい、訴訟など奉行所に用事のある者が長期に滞在できる宿なので、何かと便利であった。文一郎が使いを走らせると、二人はすぐにやってきた。文一郎は二人を公事人溜りに待機させ、喜助の尋問を始めた。少したったら伊三郎らに透《す》き見《み》をさせるよう、良助に頼んである。

喜助は四十半ばの苦労人らしい腰の低い男で、右の腕が不自由そうに見えた。

「吉野郡の出身やてな」

「へえ。珍しいでっか。案内人にはあんまりいてまへんが、材木屋や桶《おけ》屋にはぎょうさんいてまっせ」

そつがない答えだった。

「吉野から来て、奈良町で案内人になったんは何でや」

「わしは耕す土地がろくにない百姓の次男坊やったんで、奈良町にある遠縁の材木屋へ奉公に出されたんですわ。そこで手代にはなったんでっけど、ある日、材木が倒れてきよって右腕が使えんくなってもうて。ほんで、旦那のお世話で口先勝負の案内人に転職したちゅうわけですねん」

喜助は右袖《そで》をめくって腕を見せた。確かにひじの下に大きな傷があり、力が入らないようだった。

「なるほど。それは気の毒やったな」

話の途中で良助が入ってきて、文一郎の耳元でささやき、すぐに出ていった。

「あんた、十年以上にわたってきちんと案内人の仕事をしてきたんやろ。なんで苦情が来るようなことをしたんや。客に高い賃料を要求しよって」

「すんまへん。出来心でつい……」

喜助は言い訳をしようとしたが、文一郎はそれを無視し、語調を強めた。

「伊勢屋の息子を監禁したんも出来心ちゅうわけかいな」

喜助は真っ青になった。文一郎は畳みかけた。

「重兵衛とはどないな関係や。どこで知り合《お》うたんや」

喜助は答えようとせず、沈黙が続いた。

「太吉は何者や。法外な案内賃を取りよったんは、悪事を働くための資金稼ぎやろ」

文一郎はさらにただしたが、喜助は口を開く気配さえ見せなかった。頑なさに負けた文一郎は喜助を仮牢へ返し、伊勢屋の二人を呼んだ。伊三郎は事件が影響したのか、大店の跡取り息子の甘ったれた感じが消えていた。

「伊三郎は今回の件にだいぶ懲りたようやな」

「はい。親の恩が身にしみました。今まで万兵衛たち店の者に迷惑をかけてきたんだと、穴があったら入りたい心境でございます」

この言葉を聞いて万兵衛の目が少し潤んだ。

「奈良に来て無駄ではなかったようでございます。旦那さまも今の話を聞かれたら、どんなにお喜びになられることでございましょう」

とんだ人情話になりそうだった。文一郎は急いで話を本題にもどした。

「それは何よりやが、わたしが伊三郎に聞きたいのは一味のことや。捕まっていたときの様子を、改めて聞かしてもらおか」

「はい。手荒な扱いは受けませんでした。二十日ほど小屋に閉じ込められていましたが、昼の見張りは重兵衛さんと太吉さんが交替でやり、夜は三人でごろ寝でした。喜助さんはときどきのぞきに来るだけでした。おとくさんは食べ物を持ってきました。わたしの褌《ふんどし》まで洗ってきてくれて……」

伊三郎は一味に対して好意を抱いているのか、閉じ込められていたにもかかわらず、呼び捨てにすることはしなかった。

「一味の者どもは、正体につながるようなことを何か話しておらんかったか」

「あの人たちはあまり口数が多くなかったんで、特には。ただ、重兵衛さんと太吉さんはお百姓だったのではないかと思うことがありました」

「というと」

「農作業を懐かしむようなことを語り合っていたんです。わたしは農事に疎《うと》いのでございますが、畑打ちとか田打ちとかは今の時期に行われるものでございましょう。そんな話をぽつりぽつりと」

文一郎は思い出した。半次郎も、重兵衛たちは農民のように思えると言っていた。

「四人の関係はどないやった」

「重兵衛さんが仕切っていました。でも主従とか、親分子分といった感じはなかったです。対等な関係というか」

万兵衛が横から口を挟んだ。

「若旦那さま。それは、仲間で何かやるときに、じゃあ、あんた音頭《おんど》を取ってくれと言われて、言い出しっぺがやらされるようなものですよ。商人でもよくあるんです。普通は回り持ちで元締《もとじ》めをしますが、言い出しっぺに仕切らせることも多いんですよ」

「いずれにせよ、四人は古くからの知り合いということやな。あるとき重兵衛が遊覧客を人質にして金を取ることを思いつき、ほかの者が賛同した。そして重兵衛が元締めとなって役割を分担したと」

「そうだと思います。それと、あの人らは商人には見えないんで、農民ではないかと思います。とすると、同じ村の出身ではないでしょうか。農民は結束が固いですからね。わたしも農家から伊勢屋へ奉公に来たもんですから、よくわかるんでございます」

文一郎はなるほどと思った。喜助は吉野郡の出身だ。ということはほかの三人も吉野郡の可能性が高い。村が同じかどうかまではわからないが、異なっていたとしても各村を結びつける何かがあるのではないか。でなければ、奈良町で地道に暮らしてきた喜助が、ほかの三人に加わって悪事にまで手を染めるはずがない。おとくが捕まったとき、「わてらの恨みを晴らしてや」と叫んでいたというのも気にかかっていた。何者かに恨みを抱いているのだろうか。

「上方の言葉や土地の名はわからんやろが、伊三郎が見聞きしたことで印象に残ったもん何かあらへんか。誰かを恨んでおったとか」

伊三郎は首をひねり、自信なげに答えた。

「そうですね、恨みについては記憶にありませんが、おとくさんが数え唄を唄っていたのを覚えています。はっきりと文句は聞き取れませんでしたが、哀愁を感じました」

九

川路は文一郎の報告を受け、考えをまとめようと庭へ出た。築山《つきやま》に上ってサクラを観察すると、つぼみがふくらんでいた。そろそろ開花しそうだった。空にはうっすらと白い雲が広がり、若草山が萌《も》えている。遊覧客が続々やってくる季節になったのだ。案内人の不祥事対策を急がねばならない。そのためにも重兵衛たちの動機を早く明らかにし、全体像をつかむ必要があった。だが、冒頭手続のときに見た重兵衛たちの悪人とは思えない風貌《ふうぼう》と、凶悪な犯罪とが結びつかず、その動機も読めなかった。金のためとは思えないのだ。文一郎が言ったように、やはり恨みか。

　気がつくと、おさとがとなりにいた。

「考え事をなさっていたのですか、それとも薄雲に見とれていたのでしょうか」

「空に吸い込まれて、つらい浮き世を離れたいと思っていたのだよ」

「まあ、わたくしという者がおりますのにぜいたくですこと。それでは、ただいま堺から到来の鯛《たい》は要りませんわね」

「おお、それは別だ。桜鯛で一杯やるなど、奈良ではめったにできることではない。鮮度はどうかな」

「途中まで生きていたそうです。お刺身でいけますよ」

「それはいい。晩酌が楽しみだ」

　川路は子供のように喜んだ。川路は江戸者の例に漏れず、鰹《かつお》の刺身に目がなかったが、鯛も好んでいた。

「ところで、おさと。少しばかり知恵を貸してくれぬか。困ったときのおさと頼みだ」

「ほほほ。どのようなことでしょうか」

　川路は人質事件のあらましを語った。

「わたしがわからないのは、おとくが言ったという『恨みを晴らす』という言葉だ。何者に対してなのか、その理由は何なのか。まったく見当がつかん」

「それは簡単なことではありませんか」

川路はおさとの顔を見つめた。

「この事件の被害者は伊勢屋さん、扱うのはお奉行所です。やり方を見ますと、お金を取れるなら伊勢屋さんでなくともよかったと思えます。ですから、恨みを晴らす対象は伊勢屋さんではありません。また、ほかの誰かに仕返しをするためのお金が要るとか、単にお金が欲しいからだとしたら、大の大人を人質に取るなどということはしないでしょう。手間暇がかかり、抵抗されたり発覚したりの可能性が高いからです。どこかに押し入るほうが簡単ではありませんか。としますと、お金を得るためでもありません。残るのは、お奉行所に一矢を報いるためということになります」

「奉行所に恨みを抱いてどうするのだ。奉行所が行うのは公務の執行であり、吟味を受けて御仕置になるのは、法度《はっと》に背いた者ではないか。それは逆恨みというものだ」

「そのようなお考えだから、見当がつかないのです。悪しき法もまた法なりという立場がお奉行所であり、お役人の考え方でございましょう。ですが民にとっては、悪しき法度や政事《まつりごと》は恨みの対象です。正されるべきものなのです。それゆえにお百姓の一揆《いっき》や町の人たちの打ち壊しが起こるのではありませんか。殿さまは佐渡《さど》の一揆のことを覚えていらっしゃるはずです。南都のまどかな土地柄に染まりすぎて、お忘れになったのですか」

おさとの指摘に、川路は二の句が継げなかった。天保九年（一八三八）に起きた佐渡一国一揆のことを、川路が忘れるはずもなかった。その後始末のために佐渡奉行として赴任したからである。凶作に苦しむ百姓たちが、免租と奉行所の悪政そして役人の不正を訴えた一揆だった。二百五十か村もの百姓が立ち上がり、問屋の打ち壊しにまで発展したが、最後は鎮圧された。その結果として大勢の農民が獄門《ごくもん》に死罪、遠島、所払などの処罰を受け、奉行所の役人もまた多数処分された。川路の任務は腐敗した奉行所の建て直しだった。

「なぜ、どのようにしてお奉行所に意趣返しをするつもりだったのかはわかりませんが、吉野郡でお百姓たちが関係し、お奉行所が取り扱った事件あるいは騒動を調べ上げれば、恨みの理由が、つまり犯行の動機が明らかになるのではありませんか」

「うーん、なるほど。では、おとくが唄っていたという数え唄についてはどうか」

「数え唄というのは手毬唄など子供が遊ぶときに唄うもので、生まれ育った土地の事柄を織り込んでいる場合が多いのです。ですから、おとくさんの在所の唄だと思います。しかも、大人が童唄《わらべうた》を口ずさむということは、懐かしむだけではなく、特別の思いがあるからではありませんか」

「そこにも動機につながるものが隠されているというわけだな」

川路は目の前の霧が晴れたような気がした。おさとに礼を言うのももどかしく、川路は小書院へもどり、すぐに文一郎を呼んだ。

「文一郎。吉野郡内で百姓たちが関係し、奈良奉行所が処理した事件や騒動を洗い出してくれ。おとくの歳から見て、五十年ほど前からでいいだろう」

「かしこまりました。しかしお奉行、それは何ゆえでございますか」

川路がおさとの考えを話すと、文一郎は即座に理解した。川路はおさとの言葉をもう一つ思い出し、調べるものを付け加えた。

「それと、その舞台となった村に数え唄があるかどうかを知りたい」

「おとくが唄ったというものでしょうか」

「そうだ。わかれば唄の文句も」

川路はそう言って、遠くを見るような目になった。

十

文一郎が暗い顔つきで小書院に入ってきた。調査結果を川路に話すためだが、奉行所にとって好ましくない報告なのだ。

「太吉は百姓一揆の関係者でした。三十年ほど前に中坊《なかのぼう》さまの知行所《ちぎょうしょ》で起きた一揆です」

「やはりそうだったか。その知行所は吉野川の北岸にあったのではなかったかな」

川路は文一郎の表情に気づいていたが、何も言わずに確認した。

「はい。南都から吉野山へ行くには、通例、桜井や飛鳥《あすか》を経て細《ほそ》峠、竜在《りゅうざい》峠、芋《いも》ヶ峠のいずれかを越えますが、中坊さまの知行所はそれらの峠から吉野川までの間に点在しています。十五か村です。陣屋がある平尾《ひらお》村や西谷村、柳村など中心となる地域は昔から竜門郷と称しているそうです」

「竜門郷か。わたしが昨年のちょうど今頃、吉野巡見のみぎりに通ったところだ。あのときは多武峰《とうのみね》から細峠を越えて上市へ抜けた。言われてみれば、峠を越えた所で中坊どのの家来が待っていたことを思い出す」

「竜門郷は、山がちな吉野郡の中では田畑があるほうなのですが、それでも恵まれている土地とは言えません。耕作のかたわら炭焼きやしば刈り、糸つむぎなどをして暮らしを支えている小百姓がほとんどだと聞きます。喜助のように奉公へ出たり、出稼ぎをしたりする者も多いようです。当時、年貢《ねんぐ》は近隣の幕府領と比べて高く、領民たちは不満を抱いていたと」

文一郎は一揆について語りだした。

領主の中坊家は、初代と二代の奈良奉行を出した四千石の大身《たいしん》旗本だが、その財政は悪化する一方だった。そこで文政元年〈一八一八〉に年貢の増徴をもくろんだ。しかし村々は三年前の洪水で大きな被害を受けており、これは無慈悲な収奪だった。当然、村人たちは減免を願ったが、代官の浜島清がそれを無視して強行しようとしたので、怨嗟《えんさ》の声が高まった。日頃の浜島の過酷な年貢取り立てがそれに拍車をかけた。

師走の十四日夕刻、ついに強訴《ごうそ》を呼びかける札が村々へ張り出された。西谷村細峠の又兵衛という炭焼きが、同じ村の源八らと相談して決めた行動だった。翌日の夜、寺の鐘が鳴ると、竹槍《たけやり》や鍬《くわ》を手にした数百人あまりの百姓が平尾村にある陣屋へと押し寄せた。この日、浜島は各村の庄屋を招集していた。そこへ叫び声や門を押し倒す音が聞こえてきたので、庄屋たちは逃げ出した。村人たちは屋敷内を打ち壊し、談判しようと浜島を探した。比曽《ひそ》村の定吉という若者が見つけたが、浜島は定吉を斬り殺した。怒った百姓たちは浜島を屋根に追い詰めて竹槍を突き刺した。浜島は百十八か所に傷を負い、絶命した。百姓たちは大庄屋宅も打ち壊し、明け方になって引き上げた。

三日後、一揆発生の知らせを受けた奈良奉行所から、与力同心、長吏、非人番《ひにんばん》ら三百人が平尾村に出動した。役人たちは又兵衛を始め三百五十人あまりを召し捕ると、四、五人ずつ腰縄で数珠つなぎにして、十里（四十キロ）の道を奈良へ押送した。ところが、奉行交替の時期で後任が不在だったため、村人たちは翌年二月にいったん返された。首謀者の一人である源八はそのひと月後に村で病死した。

新奉行が着任した四月。一揆に加わった十四か村から、十五歳以上の者が奈良へ呼び出され、再度の吟味を受けた。その数は千人に上った。多くは数日で村へ帰ることができたが、数か月も吟味をされたうえ、拷問を受ける者もいた。吟味が終了したのは十一月になってからだった。この時点で二十一人が牢に残されていた。奈良奉行所は江戸に御仕置の伺いを立て、翌年の十二月二日に決まったが、すでに六人が牢死していた。

首謀者の又兵衛は奈良町引廻しのうえ獄門のところ、牢死していたため死骸《しがい》取り捨てとなり、残りの牢死者五人も死骸の取り捨てや取り片付けの処分を受けた。そして生き残った十五人は重追放となった。病死の源八と牢死者も含めて入牢者全員の田畑家屋敷、家財は闕所《けっしょ》となり、没収された。ほかにも多くの村人が所払や過料などを言い渡され、庄屋や年寄たち村役人も過料処分を受けた。

「その当時、わたしは十八歳で、支配勘定出役として幕府に出仕した年だった。文一郎はまだ生まれていなかったのであろう」

「はい。まだ若かった父の勘右衛門《かんえもん》が与力として担当した騒動でした」

文一郎は力なく答えた。

「つらかったであろうな。苛斂誅求《かれんちゅうきゅう》に対して決起した民百姓を吟味するのは」

「父がわたくしに一揆について話してくれたことは、今まで一度もありませんでした。吟味に関わった同心衆もまだ何人か奉行所に残っておりますが、この話には触れたくないようでした。中条どのも見習い与力として手伝いに駆り出されたそうですが、言葉少なでした。喜助が柳村の生まれだとわかったとき、中条どのはちょっと引っかかるものを感じたそうですが、竜門郷とは結びつけられなかったのです。忘れてしまいたいという気持ちが心の底にあったからだと、自省しておられました。三十年も前のことですし……」

「さもあろう。それで太吉たちのことだが」

「太吉は西谷村の生まれで、父親とともに一揆に加わっています。十八の時です。父親は奈良から帰されてすぐに病死し、太吉は所払となりました。重兵衛と喜助、おとくは記録に載っていないので、わかりません。一揆と関係がある竜門郷の人間だとは思うのですが」

「白州で白状させるしかないか。唄の方はどうであった」

「ありました。灯台下暗しと言いましょうか、わたくしの父が控えておりました」

文一郎はそう言って、半紙を川路に渡した。川路は急いで文面を見て、驚いた。

「これはどのようにして手に入れたのだ」

「父に騒動のことを聞いたところ、いい機会だと言って、わたしに日々読むようにとこれをくれたのです。父は、きびしい吟味で多くの牢死者を出したことを、悔やんでいると申しました。御仕置は判例に則《のつと》ったものだったが、もっと竜門郷の実情を訴え、刑を軽減してもらうべきだったとも……」

文一郎はひと息ついた。

「一揆以来、父は竜門郷のことを気にかけるようになり、吉野出張のおりに村々の状態を見ていたようです。ある日、父が西谷村を通りかかると、七、八歳くらいの幼い娘たちが手毬を突いて、数え唄を唄っていたそうです。父はその文句が騒動のことだとすぐに気づきました。そこで急いで書きとめたということでした」

「何ゆえに」

「民のために何を為《な》し、何を為さぬべきか。自らを戒めるためにと申しておりました」

川路は詞《ことば》を目で追い、つかの間、沈黙した。それから文一郎を見つめ、静かに言った。

「武士というものは、民人の暮らしと命を守るために存在している。戦国から泰平の世となり、武士が役人を意味するようになっても同じことだ。その武士が民を責めるのは、奉行らの指示とはいえ、耐えがたいことだったのだ。わたしも戒めねばな。文一郎もわたしの判断が間違っていると思ったときは、遠慮なく意見をいたせ。わたしもはばかることなく江戸に具申しようぞ」

文一郎は、川路の言葉で心が晴れたような気がした。

十一

開花が始まった。川路は朝早くから庭へ出て、花を楽しんだ。もうすぐ南都が華やぐ。竜門郷にも春が来ているだろう。川路は思いをめぐらせた。

居間にもどった川路は、伊勢屋の伊三郎を呼んでくるようにと中小姓《ちゅうごしょう》に命じた。伊三郎はすぐにやってきたが、奉行に呼ばれたとあっていぶかしげだった。ところが小半時《こはんとき》ほどして帰るときには、その顔はさっぱりとしていた。

次に川路は筆頭与力の中条を呼んだ。御赦《おしゃ》のことを確かめるためだ。御赦とは罪を許すことであり、天皇家や将軍家の祝儀あるいは改元などの際に行われる。川路の話を聞いた中条はすぐに与力部屋に立ち帰り、担当の同心に調べを命じた。しばらくして、中条は文一郎を伴って小書院にもどってきた。

川路は御赦についての報告を受けると、すぐに白州を開く段取りをするように命じた。一瞬、中条と文一郎は不安げに顔を見合わせた。奉行所に恨みを抱く者たちから、容易に自白を得られるとは思えなかったからだ。が、川路は決然としていた。

「心配はわかるが、わたしに任せてくれ。手毬唄があの者たちの心の扉を開ける鍵となるのだ。もともとは純朴な心根の、生命を大切にする農民ではないか」

一時《いっとき》後、威儀を正した川路が吟味席に着席すると、神妙な面持ちの重兵衛ら四人が白州に入ってきて、むしろの上に座った。その後方に伊勢屋の二人が控えた。川路はすぐに直吟味を始めた。

「重兵衛に太吉、喜助。もう意地を張るな。おまえたちの正体はすでにわかっている」

三人はまっすぐ川路を見つめていたが、口を開こうとはしなかった。おとくは川路を睨《にら》んでいる。川路はそれを無視し、重兵衛に向かった。

「まあ、いいだろう。首謀者を徹底的にただせばわかることだ。しかし言っておくが、おまえたちの黙秘は首謀者がおとくであると認めているに等しいぞ」

男たちに動揺が走った。伊勢屋の二人はあっけにとられた。意外なことに、おとくはほっとしたようだった。おとくは歳のわりには老けているように思われたが、よく見ると目に娘のような初々《ういうい》しさが残っており、口元には意志の強さとやさしさがあった。

川路は科人《とがにん》たちを少し見つめ、文一郎をうながした。白州は静まりかえっていた。文一郎は懐から半紙を取り出し、読み上げた。

一つとや　竜門騒動は大騒動　二十まで作った手毬唄　うたおうかいな

男たちの顔色がさっと変わり、おとくの唇が震えだした。

六つとや　無理な取りたてなさるから　このよになるのももっともや　得心かいな
七つとや　何を云うても身を責める　心の鬼が身を責める　我がことかいな

重兵衛の肩が落ち、太吉がうめき声を上げた。喜助は唇をかみ、おとくの目から涙が流れた。悲痛が広がる白州に文一郎の声が朗々と響く。

十二とや　憎い奴じゃとお上から　捕り手の役人十二人　いざそうかいな
十三とや　さらりと蓑笠《みのがさ》打ち揃え　竹槍かたげて大寄りに　行きますわいな
十四とや　攻めあげられたる浜島は　上ろうとすれば突き落とす　まくれるわいな
十五とや　五軒四六やサマの守　こいつはまた偉いな見届けた　あっぱれやいな
十六とや　牢へ入ろと首落ちようと　又兵衛さんの仇《あだ》を取ったなら　本望《ほんもう》かいな
十七とや　七尺縄にとつながれて　長い道中をひかれよなら　おそろしいわいな

十八とや　早鐘あらわす大除夜の　松本おすじと見届けた　もっともかいな
十九とや　国にとどろく竜門の　此度《こたび》の騒動は大騒動　天晴《あっぱ》れかいな
二十とや　二十でおさまるこの唄は　うとうておくれ守り子供　頼むわいな

詞の読み上げが終わると、白州に聞こえるのはすすり泣きだけとなった。川路も文一郎も奉行所の者はみな押し黙ったままだった。ヒバリが空高く舞い上がり、さえずりが聞こえてきた。風はなく、日差しはやわらかだった。

不意に、おとくが手をついた。

「お奉行さま。もうよろし。すべて申し上げますさかい、ほかのみんなは堪忍《かんにん》しておくれやす。わてが仕組んだことでござります。首謀者はわてです。重兵衛さんたちは手伝うてくれはっただけですよって、許してやってくださりませ。ほかの竜門郷の村人たちは関係あらしまへん。獄門にするんなら、わてです」

「いや、それは違います。お奉行さま。わしがみんなを巻き込んだんですわ。首を刎《は》ねんならんなら、わしにしてくだされ」

重兵衛が叫んだ。川路はおだやかな声で言った。

「罪のかぶり合いはしなくともよい。おおよそのことはつかんでおるが、わたしはどのようにして奉行所に恨みを晴らそうとしたのかを知りたいのだ。おとく、申せ」

「はい。仰せの通り、伊勢屋の若旦那はんを人質にしたわけは、お奉行所に仕返しをするためでござります。お二人には申し訳ないことを」

おとくが伊勢屋の二人に頭を下げると、ほかの者たちも倣った。

「どないして仕返しをするつもりやったかと申しますと、お金を頂いたら、お奉行所を軽んじる文《ふみ》を張り出すつもりやったんです。その結果、お奉行所は能なしやという噂が世間に広まるやろと。しかも案内人の評判はがた落ちし、南都は危ないと遊覧客が大いに減る。ほんでお奉行所に対する人々の嘆きや怒りが高まり、お役人方は責任を取らされるやろと思いましてん。それが狙いでして、人質もお金も無事に返すつもりやったんです」

「なるほど。考えたな。ということは、南都に悪質な案内人がはびこっていることを知っていたのだな」

「はい。喜助はんに聞きましたんです」

おとくはそう言って、仕返しを思い立ったきっかけを語った。

おとくは西谷村に住む平兵衛《へいべえ》の娘で、一揆のときは十七歳。平尾村の庄三郎へ嫁ぐ予定だった。ところが父親と庄三郎が一揆に参加し、奉行所に捕まってしまった。父親は吟味を受けて帰されたがすぐに病死し、庄三郎のほうは重追放となって大和から出ていった。以来、おとくは母親と二人で弟妹を育て、嫁ぐことなく生きてきた。庄三郎が御赦を受けて故郷に帰ってくる日を待ったのだ。

それから三十年たった昨年春のこと。庄三郎と連れ立って村を離れた重兵衛が突然訪ねてきて、友である庄三郎の死を告げた。重兵衛は庄三郎から預かった便りをおとくに渡した。そこには弱々しい字で、「この世ではもう会うことができない。おとくと一緒に畑を耕し、子を授かって楽しく暮らしたかった」と書いてあった。

おとくは自分たちの生活を一変させた奉行所への恨みが一気につのった。庭先では幼い姪《めい》たちが手毬唄を唄っていた。その唄が自分を責めているように思えた。子供たちは役人の悪政を先々まで伝えている。それなのに大人の自分は運命とあきらめ、朽ち果てていくのか。何かせねばと思った。

おとくは立ち去ろうとする重兵衛に、奉行所への恨みを晴らそうと持ちかけた。母親はこの世を去って久しい。妹は嫁ぎ、弟が家を継いでいた。姉として為すべきことは為した。行く手に死が待っているのなら望むところだった。あの世で庄三郎と添い遂《と》げる……。

重兵衛がおとくの話を引き取った。

「わしの在所は庄三郎と同じ平尾村で、父親が重追放になりましたんです。ですから、わしも手毬唄を聞いたとき、父親のことやらなんやら思い出して、また怒りが込み上げてきましたんです。どうせ帰る家のない独り身です。庄三郎のように旅先で野垂れ死にするんなら、その前にせめて一矢を報いてやると、おとくさんの話に乗りましたんです」

当時二十歳だった重兵衛は出稼ぎ中で、一揆には加わっていなかった。しかし、百姓町人の重追放は、江戸十里四方、住居の国、悪事を働いた国への立ち入りと居住が禁止されたうえ、田畑家屋敷家財を没収されるのだ。先祖代々の家も畑もなくなってしまった。重兵衛は村へも出稼ぎ先へももどらず、自ら人別帳《にんべつちょう》をはずれ、牢暮らしで体が弱った父親の面倒を見ることにした。母親は病ですでに亡くなっており、ほかに自分が世話すべき係累《けいるい》はいない。重兵衛は父親と庄三郎と三人で無宿の旅を続けた。

一年後、父親は病で死んだ。その後も重兵衛と庄三郎の二人は別れることなく各地を転々とし、土方や農作業の手伝いなどで身過ぎ世過ぎをしてきた。二人とも根っからの百姓で、作物を育てることが好きだった。博奕にも盗人稼業にも手を染めなかった。庄三郎が御赦で村へ帰れるようになったら、また土地を得て田畑を耕そうと励まし合った。その友が死んでしまったのである。おとくの誘いは、重兵衛の心を血気盛んな二十歳の頃にもどした。一揆のとき村にいなかったことへの引け目が、復讐心にいっそう拍車をかけた。

二人は奈良へ行き、報復の計画を立てることにしたが、もっと仲間が必要だった。おとくは同じ西谷村の太吉が奈良にいることを思い出した。太吉は所払となり村を離れたものの、奈良町に身元を引き受ける者がいて、その紹介で大乗院の使丁《してい》をしていた。太吉の父親も奉行所から放たれてすぐに病死し、世をはかなんだ母親が跡を追っている。奉行所に対する恨みを抱いているに違いなかった。

二人は太吉を訪ねた。太吉は二人の思いに共感し、自分の友を引き合わせた。それが堂社案内人の喜助だった。喜助は奈良で奉公をしていたので、これも一揆には参加していなかったが、加わった父親は所払となり、村へ帰ることなく死んでいた。奉行所へ仕返しをすることに異存はなかった。

四人は相談を重ね、奉行所が手を焼いている案内人の不祥事を利用することにした。計画が固まると、重兵衛は喜助の家に転がり込み、案内の仕事を学んだ。太吉は隠れ家を探し、おとくは旅籠屋の洗濯女となって時を待った。準備万端整うと、重兵衛は案内人に成り済まし、人質にする相手を探した。

「これがすべてでして、嘘偽りはござりません」

重兵衛は頭を下げた。

武術に関心があった川路は、もう一つ聞きたいことがあった。池田半次郎が構えに魅入られたという棒術のことだった。問いに対し、重兵衛は我流の護身術だと述べた。旅の途中で見た棒術に工夫を加えたもので、相手から動きを悟られないように背中に棒を隠し、すばやく振り下ろすだけの技だという。人を生かす作物を育てる百姓として、侍のように人を殺すことはしたくないので、守るためにだけ使うとも言った。

川路は重兵衛の目を見つめた。曇ったところが一切なかった。

「其の方どもの話はあいわかった。同情すべき余地はある」

白州のみなが奉行は温情を示すのだろうと思った。ところが違った。

「しかしながら、おのれらの不法な行為に起因する御仕置を逆恨みし、当奉行所に恨みを晴らそうなど不届き千万《せんばん》である。よって其の方どもは」

「お待ちください」

川路の話をにわかにさえぎり、伊勢屋の伊三郎が叫んだ。

「すべてはわたしの狂言でございます。わたしが親から遊ぶ金をふんだくろうと思い、重兵衛さんたちに芝居を頼み、番頭の万兵衛をだましたものです。こちらのみなさんがお金を奪おうとしたわけではございません」

白州は騒然とした。万兵衛は啞然《あぜん》とし、ただ伊三郎の顔を見つめている。川路だけは無表情だった。

「其の方、何を申しておるのかわかっておろうな」

「はい。このような狂言でお奉行所にご迷惑をおかけしたことは、わたしが責めを負うべきことと存じておりますので、いかなる御仕置もお受けいたします。ですが、おとくさんや重兵衛さんたちには罪はございません」

「伊三郎。そのようなことを申すのは、内済《ないさい》にしたいという気持ちからであろう。しかしながらこれは御用であるからして、奉行所が悪事を探知したうえは科人を召し捕り、御仕置せねばならぬ。吟味筋は話し合いによる和解ができぬのだ」

重兵衛と万兵衛が口を開きかけると、伊三郎は発言を抑えるように急いでしゃべった。

「その罪がなかったのです。お奉行所が何やら勘違いをして、お金を得るための人質だと誤解されたのではありませんか」

「それでは、あの小屋とかは芝居のためのものだったと申すのか。奉行所は早とちりをしたと言うのか」

「はい」

「しかし、伊三郎、そのことを企んだのはいつだ。其の方が奈良に来たのは二月の十日ではなかったのか。しかも奈良は初めてのはずだから、重兵衛らと企みを話し合う機会はなかったであろうが」

「企んだのは江戸にいたときです。わたしは遊芸を好み、芝居の趣向を考えることも楽しんでいました。そこで、奈良へ行ったら父親から遊ぶお金をだまし取ろうと、粗筋《あらすじ》を描いていたのです。お金は上方で遊芸三昧の暮らしをするために使うつもりでした」

「ほう、どのような筋だ」

「ざっとこんな具合です。『わたしの実の母親は離縁されて大坂にいる。料理屋をやっているのだが、悪いやつにだまされて店を取られようとしている。父親は助けようとしない。だから自分がお金を工面してやりたい。ついてはわたしを人質に取り、お金を要求する芝居をしてほしい』と」

「孝行ばなしだな。義侠心《ぎきょうしん》があれば、断りにくい」

「はい。どなたにも危害を加えることなく、息子が母親のために父親のお金を拝借するだけなので、話に乗りやすいかと。もちろん、手数料は相応にお支払いをするということで」

万兵衛はあんぐりと口を開けたままだった。

「奈良へ入ると、男気《おとこぎ》がありそうな重兵衛さんが目の前に現れました。これ幸いと、万兵衛が厠《かわや》へ行ったすきに、この筋書きでお願いしました。重兵衛さんは快諾《かいだく》し、一緒にいた喜助さんが手伝ってくれたというわけです。太吉さんとおとくさんは翌日から芝居に加わってくれました。あとはご存じの通りです」

重兵衛が何か言いたそうな顔をした。川路はそれを無視し、万兵衛にたずねた。

「其の方、奈良町で厠を借りたのか」

急に問われた万兵衛は、あわてて答えた。

「えー、はい。重兵衛さんと会ってから、四つ辻にある茶店でお借りしました」

重兵衛が「申し上げます」と声を上げた。しかし川路は「しばし待て」と発言を止め、白州を小半時ほど休むと宣言した。

川路は文一郎と中条を小書院に連れていき、協議をした。

「被害を受けた者が狂言だと申していては、犯罪が成り立たない。そもそも中条、事の発端は地獄耳の鶴蔵が喜助の話を盗み聞きしたことだったな」

「はい。芝居についての話だったにもかかわらず、鶴蔵が実際のことと誤解をしたうえ、話をふくらませてお奉行に告げたとすれば、伊三郎の申す通りとなります」

「ですが、おとくや重兵衛は真実を述べていると思います。伊三郎自身が、閉じ込められていたときのことを、きちんと証言しているではありませんか。それをくつがえすのは解せません。まして、伊三郎の今の話は、細部を突くとぼろが出ると思われます。ここは重兵衛らにもう少し確かめたほうがよろしいのでは」

文一郎がまっとうな意見を述べたが、川路は話をそらした。

「もちろん重兵衛らの心の内には、奉行所に対する恨みは今でもあるだろう。が、実際に行動に移すつもりだったとは思えない。動機などの供述は、芝居のせりふを述べただけではないのか。万兵衛が帰ってくるまでの手すさびに稽古をしていたのだ。しかも熱中しすぎて、みな芝居か現《うつつ》のことかわからなくなっていたのだ。役者は役になりきるために、おのれの気持ちまでその気にさせるというではないか」

一瞬、中条も文一郎も狐《きつね》につままれたような顔をした。が、すぐに、事件にしたくないという川路の考えがわかったらしい。

「細部を問わなければ、伊三郎の話は筋が通っています。そう考えると、奉行所が独《ひと》り相撲を取ったと言えなくもありません」

中条がまじめくさって言った。文一郎も異議があるわけはなかった。

「考えてみれば、誰も手傷を負わず、損をした者もおりません。伊勢屋の飛脚代くらいなものです。それと奉行所の古傷に触られ、少々苦い思いをしましたが」

川路はニヤリとした。

「では、この一件は大仏さんを見習って、おおらかに落着しよう」

白州が再開し、川路は一同へ申し渡した。

「其の方どもの申し口を検討した結果、伊三郎の申す通り、これを狂言と認め、この一件はなかったものとする。当奉行所が、芝居をまことの事件と誤認して召し捕ったものであるからして、四人の者どもは直ちに放免される。ただし、いかに伊三郎に頼まれた芝居であっても、捕り方まで巻き込んだことは許しがたい。よって、同心らに棒を振るった重兵衛及び太吉、喜助、おとくは不埒《ふらち》につき叱りおく。なお、付言する。其の方らは、以後この件に関して他言無用と心得よ。人質にしたのは事実で、奉行所に恨みを晴らすためだったなどと語っても、芝居と片づけられるであろう」

四人は口を挟む余地がなく、頭を下げざるをえなかった。川路は続けた。

「また伊三郎が親から金を詐取しようとして芝居をし、奉行所に誤解の種をまいたことは、不束《ふつつか》なる振る舞いである。ただし、反省の色が見えることに加え、家業を継ぐと改心したことを考慮して、叱りおくにとどめる。万兵衛は自らに何ら非はなく、むしろ主家のために労を惜しまなかったことを賞するものである」

伊三郎と万兵衛も平伏した。

「さて、芝居のこととは別に、おとくたちに申し述べたいことがある。竜門騒動のことはわたしも気の毒に思う。其の方らが村の存続と家族の暮らしを守るために、やむを得ず立ち上がったことは理解できることである。だが、公儀を恨みに思うのは筋違いであるぞ。徒党を組んで強訴をすることは天下の御法度である。一揆の首謀者は獄門と定まっておる。それ以外の者たちも関わりを吟味し、判例などを調べたうえで、法に照らして御仕置を決めるのである」

白州は緊張に包まれ、おとくも重兵衛も太吉も喜助も川路を見つめた。

「いいか、よく聞け。其の方たちに理《ことわり》があろうとも、地頭《じとう》の家来を殺害したことは決して許されることではない。人はその為したことで責任を問われるのである。一方、当時の奉行所の取り調べが度を越していたことは否めない。奉行交替の時期と重なり、指示訓令の行き違いがあったためと思われる。それはそれとして、凡百の悪党どもと同じように民を責め、あるいは長きにわたり入牢させ、結果として牢死者や病人を続出させたのは、仁の道にもとる扱いであった。三十年も前のこととはいえ、奈良奉行として深い謝意を表するものである」

川路は頭を下げた。

十二

庭のサクラが満開となった。川路はおさとを誘い、築山に上った。東の若草山と北にある眉《み》間《けん》寺の花もみごとだった。

「吉野山の下千本《しもせんぼん》は爛漫《らんまん》だろうな。竜門郷にも咲いているかな。おとくの村では、野山のあちらこちらに咲いて、吉野山とは異なる、得も言われぬ景色になるそうだ」

「芭蕉翁《ばしようおう》も花の季節に竜門郷をおとずれて、一句吟じていますわ」

「『竜門の花や上戸《じょうご》の土産《つと》にせん』か」

川路が句をそらんじたので、おさとは驚いた。

「あら、殿さま、ご存じでしたか」

「高村謙蔵《こうむらけんぞう》が教えてくれたのだ」

「川路家の用人はみな得意技がありますからね。それで、おとくさんたちはどのように」

おさとは白州での顛末《てんまつ》をすでに川路に聞いていた。

「おとくは村へ帰る。喜助は元通り奈良町で案内人ができる。太吉も使丁のままだ。重兵衛は中坊陣屋の代官と平尾の村役人たちへ奉行所から因果を含め、村に受け入れてもらうようにする。また人別帳に加えるだろう。村も働き手がほしいのだ。重兵衛なら歓迎されるはずだ」

「それはようございました。ですが、殿さま。太吉さんや庄三郎さんのように竜門騒動に参加して追放された人々への赦免《しゃめん》はなかったのですか。三十年という長い間ですから、あってもよさそうなものですが」

「そのことだ。係の同心に調べさせたのだが、結果は二つに分かれた」

「と申しますと」

「太吉は所払なので、刑を受けて十一年過ぎれば御赦が可能だ。だから、少し遅くなったが天保八年（一八三七）の家慶《いえよし》公将軍宣下の時に赦免されている。もっとも、太吉は大乗院の使丁として生活が成り立っていたので帰村はしなかった。問題は庄三郎だ。場合によるのだが、重追放は最長でも二十六年以上経過すれば御赦の対象となる。そこで弘化三年（一八四六）に今上帝《きんじょう》が即位されたとき、竜門郷の者たちも御赦になっているはずだと思った。わたしが奈良に赴任する直前だ。調べてみると、確かに庄三郎は対象となっていたのだが、本人に伝わっていなかったのだ」

おさとは小首をかしげた。

「赦免できる年数が来れば、生死や行方が不明であろうと、奉行所は対象者をすべて書き上げて御老中《ろうじゅう》に申請する。そのうえで御赦が決まれば、ゆかりのある親類などに伝達するのだが、それができなかったのだ。吉報を伝えるべき、本人の居場所を把握している者がいなかったからだ。庄三郎がときに連絡を取っていたであろう家族や近しい親類たちが、御赦を目前にした弘化三年までにはことごとく死に絶え、あるいは離散してしまったからだ」

「それはあまりにも……」

おさとが絶句した。川路は何も言わなかった。目の前でサクラの花びらが舞った。

やがて、おさとは口を開いた。

「ですが、おとくさんがいたではありませんか」

「御赦を伝達する側の奉行所も村役人も、おとくのことは知りようがなかったのであろう。他村に住んでおり、許嫁《いいなずけ》だったというだけでは。多くの年月がたっておるしな。おとくと庄三郎の間で文のやりとりはあったと思うのだが」

「追放刑というのはむごいものですね。かくも長い間、家族とふるさとから人を遠ざけるとは」

「そのうえ百姓を追放刑に処すというのは、いろいろと問題があるのだ。あの者たちは身の持ち方がしっかりしていたが、無宿となり流浪の旅を重ねると、ほとんどは悪事に手を染めてしまう。博奕に走る者も多い。しかも、追放によって村を支える男たちが失われ、田畑が荒廃することになる。それゆえ、吉宗《よしむね》公や御老中松平定信《さだのぶ》さまは追放刑の縮減を考えていたと聞くが、結局はできなかった。弊害が多くとも、追放に替わる刑罰を見いだせなかったからだ。なかなかに難しい……」

おさとは夫の胸中を察し、話を変えた。夫婦の会話で解決の糸口がつかめるような問題ではなかった。

「それにつけても不思議なお裁きでしたわ」

「御仕置をするだけが裁きというものではあるまい。仁の道を行うために情状を酌《く》む。あるいは事実は事実として、世に正しい道理を実現するために法を解釈する。場合によっては抜け道を探る。そのようなことも大事なのではないかな。奉行のわたしが言うのも何だが」

川路は目に少し笑いを浮かべ、おさとを見つめた。

「今回はそもそも犯罪が成り立たなかったのだ。文句はあるまい。あこぎな案内人が盗み聞きした狂言ばなしを奉行が信じてしまったのだから、落ち度は奉行のわたしにある。そうであろう、おさと」

おさとは夫の顔をじっと見つめた。

「先だって、居間で伊勢屋の伊三郎さんに何を吹き込んだのですか」

「なんだ、存じておったのか。おさとの目はなんでもお見通しだな」

川路はそう言って、高笑いをした。

おさとはそれ以上追求しなかった。

「三方よしのお裁きですね。お奉行所は仁の道を行って面目《めんぼく》を保ち、おとくさんたちはお奉行の謝意を得た。伊勢屋さんは跡継ぎ息子が立ち直ったと」

「そういうことになるかな」

「ところで、もう一つの三方よしはどのように」

「堂社案内人の一件か。鶴蔵ら質の悪い案内人三人は奈良町払とした。ほかの六人は急度叱《きつとしかり》を言い渡した。これについては喜助も入っている。人質の一件はそれとして、きびしく叱っておかねば示しがつかない。直助とおみつの網に入った松五郎は、それに加えて過料だ。出来心だろうが、お灸《きゆう》を据えねばならん。それから市中に町触を張り出す。おしゃべりの松五郎が大仏さんはお見通しだという噂を広めて、その効果を高めるはずだ。欲深な案内人どもは仏罰を恐れて、おとなしくするだろう」

各町の番屋に町触が張り出されると、中辻町でも人々が集まり、文面に目を通した。その中に松五郎の姿もあった。人がいい松五郎は後ろにいる者たちのために、町役人の声色を使って読み上げた。

「諸国より奈良町へやってきた旅人を寺社に案内するおり、刻限が早いときは当所に止宿《ししゆく》させようと無益な回り道などをし、暇《ひま》どることがあると聞く。そのようなことをしてはならない。また、旅人に施薬、守り札、三社託宣《さんしやたくせん》、そのほかの品々を強引にすすめてはならない。案内人たちは旅人の貴賤《きせん》を問わず仕事を受け、旅人が難渋《なんじゆう》しないよう、誠実に案内をすること。産物の商人方においても旅人に物品の購入を強いてはならない。案内人も商人のことを正直に教え、ひいきにしている店へ連れ込まないこと。不正が聞こえてきたならば、当人はもちろん案内世話方や町役人までも、吟味のうえ御仕置されるであろう。大仏さまはすべてお見通しゆえ、ゆめゆめ疎かにすることなかれ」

松五郎がお告げ風に蛇足《だそく》を加えると、話を聞いていた男の子がたずねた。

「おっちゃん、三社託宣ってなんや」

「年端《とし》《は》もいかぬ小僧にむずかしい話はわからんやろが、特別に教えてやるさかい、耳の穴をかっぽじってよう聞きなはれ。お伊勢さんの天照大神。石清水八幡さんの八幡大菩薩。それに春日さんの大明神。この三つのお告げをやな、一つの掛け物に書いたありがたーいもんやがな。欲しかったらお父ちゃんに銭もろうといで。安う売ったげるで」

「おっちゃん、それ、あかん言うたばかりやないか。お奉行所に言いつけるで」

「あいたー、そればっかりは平に平にご容赦を」

二月堂お百度参り

奈良之市中に有名之博奕（打）ありしが、このさわきにて出奔《しゅっぽん》せり
（『寧府紀事』嘉永二年閏《うるう》四月三日）

一

そよと吹く風が心地よかった。川路は縁側に座り、市三郎から借りた『南総里見八犬伝』を読んでいた。庭では三歳になる健之助と富太郎それに二歳の七右衛門《しちえもん》が遊んでいる。みな家来たちの子で、奈良生まれだ。ほかに二人の女の子がここで生まれている。妻子持ちの家来は別棟の長屋に所帯を持っているが、子供たちは毎日のように奉行の役宅へ遊びにやってきて、おさとと川路を和ませてくれる。

年下のくせに大柄で力も強い七右衛門が富太郎を追いかけだした。富太郎が七右衛門を怒ら

せたらしい。健之助はそれに加わらず、川路のそばへ近寄ってきた。書物が好きなのだ。

「殿さま、それは何のお話？」

「これは、ワンワンの名前をしたおサムライが悪者を懲らしめるお話だ」

健之助はちょっと考えた。

「ポチやシロじゃ弱そうだ。殿さまがつけてくれた健之助のような名前がいい」

「あ、いや。わたしの言い方が悪かった。名字に犬という字が入っているおサムライなのだ。犬塚とか犬川とか。健坊の場合は松という字が入っているだろう。松村と」

「うん」

健之助は利発そうな顔をして、川路が膝に置いた読本をのぞき込んだ。勇ましい八人の若武者の挿絵《さしえ》が描かれている。

「犬の字があるおサムライ、こんなにいるの？」

川路が返答に困っていると、おさとが菓子盆を持って居間へ入ってきた。後ろにおこうを従えている。おさとは盆を縁側に置くと、子供たちを呼び集めた。

「さあさあ、菓子を召しあがれ」

川路はおこうに声をかけた。

「おこうはおさとのところへ遊びに来ていたのか」

「はい。殿さま」

おこうは大人びた態度で答え、健之助の方を見た。

「健坊はまた殿さまを困らせていたのでしょう」

健之助がまた言った。

「犬の名前のおサムライがいっぱいいるのは変だ」

「『八犬伝』のお話ね。あれはお姫さまがワンワンのお嫁さんになるのが変なのよ。大人のおとぎ話だから、健坊はわからなくてもいいの」

おこうのませた言い方に、川路とおさとは思わず笑った。おこうは用人高村謙蔵の娘で、江戸生まれのまだ五歳だったが、十二、三歳なみの知恵がある。

「おこうは『八犬伝』の物語を知っているのか」

「はい。市三郎さまから教えていただきました。変なお話だったので、母《かか》さまにお聞きすると、人と犬は夫婦になれないのですとおっしゃいました。ただのおとぎ話なのですと。そうでございましょう、奥さま」

「そうですよ。おこうの言う通りです」

おこうはびっくりするほど当意即妙の受け答えをするので、二人はおこうとの会話をいつも楽しんでいた。

「おこうは相変わらず才女だが、近頃は健之助の才気がすごい。話をしっかり聞き、よく考えている。そのうえ年齢にしては話す能力が高い」

「健坊は、わたくしが『大和名所図会《ずえ》』を読んでいると、絵解きをせがむのですよ。富坊はやんちゃですがやさしい子ですし、七右衛門は豪傑です。奈良で生まれた男の子たちは末頼もしいですわ」

「暇をもてあました親たちが入念に作ったからであろう」

川路の戯《ざ》れ言《ごと》におさとは笑った。子供たちはそろって縁側に座り、行儀よく菓子を食べている。それをおさとがやさしい顔で見守っている。川路はほのぼのとした気持ちになった。

「そうそう、おさと。貧民救済のための企てをいよいよ実行に移したぞ」

「それはようございました。で、どのように」

「お救い金を支給するので、困っている者は奉行所に申し出よとお触れを出した。例の金が集まったので、これを運用した利益で賄える」

昨年夏、奈良町の二人の金持ちが奉行所へ多額の献金を申し出たのをきっかけに、川路は以前から考えていた貧民救済のための積立金を設けようと考えた。それがやっと目標額に達したのだ。奈良奉行として赴任した当初から、年末になると奉行個人として困窮者に銭や米を施してきた。しかし手元の金だけでは支給できる数に限りがあるし、自分が転任すればなくなる。

もっと多くの人たちを救える半永久的な基金《もとがね》制にしたかった。そうすれば犯罪も減らすことができる。

そこで川路個人も同じ額を出したところ、この話を聞きつけた町人たちが寄付を申し出てきたのである。合わせると銀二十貫目以上となった。小判にすると三百四十両近い額だ。奈良市中の人口は二万五千ほどなので、困窮者を百人に一人とすれば二百五十人。集まった銀を市中の両替商などに運用させて、その利息を当てれば永続できる。基金は奈良町の事業として惣年寄と町代が管理運営をする。支給対象は重病人と極貧者、孤児に孤老、子が生まれる貧者や長患いの者だ。

「奉行の役目は公正に裁きを行うことだけではない。困っている者を救済することも大事な務めだからな」

「仁徳帝の昔から、政《まつりごと》を行う者の務めは民人の生命と暮らしを守ることですものね」

「そういうことだ」

「わたくしは以前、お大尽ほどお金に囚われると申しましたが、この度はその考えを改めねばなりません。寡聞にして江戸や京大坂の分限者《ぶげんしゃ》のことは存じませんけれど、奈良には民人のために私財を寄付するお金持ちがたくさんいらしたのですね」

「そうだな。さほど物持ちでない者にも多い。南都には大仏さんがおいでだから、みな慈悲の気持ちが強いのだよ。わたしも江戸では女房どのに銀かんざしの一つも買ってやらないしみったれだったが、奈良に来てから多少は気前がよくなったようだ。はっはっはー」

川路の笑い声に誘われ、おこうが話しかけた。

「わたしの父《とと》さまもしみったれで、かんざし一つ買ってくれないと、母さまはいつも悲しんでいます。おさとさま。かんざしは女にとって大切な物なのでしょう」

「ほほほほ。その通りですよ。殿さまは気前がよくなったらしいので、わたくしにもそろそろ買ってくださるでしょう。おこうも父さまに大仏さまを見習うようにとおっしゃいな」

「やれやれ、ちょっと笑ったばっかりに、謙蔵に無駄遣いをさせてしまいそうだ」

「殿さま、父上も無駄遣いをしているのですか」

「藤右衛門《とうえもん》が無駄遣い？」

健之助の言葉に、川路は怪訝な顔をした。父親の松村藤右衛門は給人で真面目な男だ。

「母上が、出《い》で湯は無駄遣いだって」

「ああ、そういうことか。しかし、健坊。そなたの父上は剣術の古傷が痛むので、出で湯へ行ったのだぞ」

藤右衛門は神経痛や切り傷に効くという紀州山中の龍神の湯へ出かけ、昨夜帰ってきたばかりだった。

「ふーん。いつもは痛がりもしないのに、出で湯へ行きたくなると痛がると、母上は言っています」

「どうやら主人に似て、わたしの家来たちは恐妻家のようだ」

「そのようでございますね。吝《しわ》い夫を持つと、妻は強くあらねば生きてゆけぬのです」

川路はまた笑った。

川路がひとしきり子供たちと会話を楽しんでいると、中小姓の渡辺俊介が入ってきて、盗賊方与力の橋本文一郎が目通りを願っていると伝えた。川路も話したいことがあったので、都合がよかった。

文一郎は弱ったという顔をして、小書院で待っていた。

「おくつろぎのところを恐れ入ります。三輪《みわ》の仁吉《にきち》の件でご相談をと思いまして」

「あの孝子がまた来たのか」

仁吉というのは三輪明神の門前町にいる有名な博奕打の親分で、昨年末に奈良奉行所が遠島を申し付け、島送りの船を待っている男だ。その息子が、六十になる父親の代わりに、自分を島流しにしてくれと何度も願い出ているのである。仁吉は大和一国の男伊達《おとこだて》として名高く、凶作の年には困窮者へ配る米を富裕な家々から供出させたほどの人物だった。そんな男でも、川路は容赦《ようしゃ》をしなかった。多額の金銭が動く大博奕と博奕渡世を、大和から一掃したいと考えていたからだ。奉行所はこの春からも博奕の集中取締りを行っていた。

川路は孝行息子のことを哀れに思っていたが、身代わりはできない相談だった。

「今度は、父親に付き添って島で面倒をみたいと申しているのです。気持ちはよくわかるので、何とかしてやりたいのですが」

「追放刑の父親に同行した竜門郷の重兵衛と同じだな。感心な孝子だ。御仕置の代人は無理だが……」

川路は過去の事例に思いをめぐらせ、断を下した。

「付き従っていくだけなら勝手次第だ。許そう」

文一郎はほっとした顔になった。

「ところで文一郎。今度は同じ博奕打でも逃げた男のほうだ」

「と申しますと、毘沙門《びしやもん》の寅《とら》のことでしょうか」

「そうだ。昨夜龍神の湯からもどった藤右衛門が教えてくれたのだ」

毘沙門の寅こと寅蔵は奈良町のすぐ北にある法蓮《ほうれん》村の百姓で、南都かいわいの博奕場で負け知らずという噂が広がっている男だった。この噂は仁吉と一緒に捕まえた三下《さんした》が語ったものだが、奉行所は仁吉らの吟味で忙しく、寅蔵のことは放っておいた。ところが半月ほど前、取り調べのために呼び出そうとしたところ、直前に寅蔵はいずこへか出奔してしまった。その寅蔵の居場所を、湯治《とうじ》に行った藤右衛門が耳にしたというのである。いきさつはこうだった。

龍神の湯は紀州中部の山々から発した日高川《ひだかがわ》沿いにあり、奈良からは高野山《こうやさん》を経由して山中を行く。藤右衛門は行きも帰りも高野山の宿坊《しゅくぼう》に泊まったのだが、帰りの同宿に武州と上州から来た商人と称する関東者が二人いた。男らは人相風体も商人というよりは博奕打に見え、夜になると出ていった。帰ってきたのは夜明けで、朝飯で同席し、あばたのあるほうが藤右衛門にどこから来たのかと話しかけてきた。奈良だと答えると、毘沙門の寅は知っているかとたずねた。知らないと言うと、そいつは奉行所の取締りから逃げ出してきた奈良の博奕打で、ほとぼりが冷めるまで高野山で博奕を楽しむつもりらしいと語った。

藤右衛門が気楽なかっこうをしていたので、浪人者とでも思ったのだろう。そこで藤右衛門は奈良奉行の家来であることはおくびにも出さず、それとなく寅蔵が滞在している場所を聞き出した。また、この二人は奈良へも行くつもりらしく、博奕取締りについてかなりしつこく聞いてきたという。

「毘沙門の寅は大観院《たいかんいん》という宿坊にいる。苅萱堂《かるかやどう》の近くだそうだ。ただちに捕り手を大観院へ派遣してくれ」

川路の指示を受けた文一郎は与力詰所にもどると、高野山へ向かう捕り手を決めた。同心は池田半次郎にする。長吏の官之助にも行ってもらう。二人とも剣の腕は立つ。それから少し考えて、官之助の息子の住之助《すみのすけ》を加えた。ゆくゆくは長吏を継ぐ住之助に経験を積ませるためだ。住之助は跡継ぎとして、この春に死罪の首切り役を勤め上げ、探索と捕り物の修業をしていた。

二

風薫る紀州街道を池田半次郎たちは急いだ。五條で一泊し、その先の相谷《あいたに》村で大和と紀州の国境《くにざかい》を越えた。村には旗本赤井家の館があり、国境を押さえている。先年、官之助はここに隠れていた火付け犯を召し捕りに来たことがあった。

吉野川は紀州に入ると、紀ノ川と名を変える。その紀ノ川を橋本で渡って、緑がまぶしい高野街道を学文路《かむろ》、河根《かね》、神谷《かみや》と上り、一行は不動坂口の女人堂《にょにんどう》で休憩した。

金剛峯寺《こんごうぶじ》は盆地のように平かな山上にあり、女人禁制である。このため高野山に入る七口《ななくち》すべてに女人堂を設け、山上を囲む峰々の尾根道で結んでいる。これが結界で、その内側へ立ち入ることは許されない。高野詣《こうやもうで》の女たちは、見晴らしがきく尾根道から金堂などの壇場伽藍と弘法大師が眠る奥の院を遙拝し、女人堂で真言《しんごん》を唱えて祈るのである。

半次郎の耳に、少し離れたところで休んでいる女二人の会話が聞こえてきた。年かさの女が若いほうに、ここの次はふもとの九度山《くどやま》にある慈尊院へお参りをすると語っている。女人高野と称される、弘法大師の母ゆかりの寺だ。

「わては橋本やさかい、近いよってな。おたくはどちらからでっか」

相手の女が答えた。

「はあ、河内《かわち》ですねん」

「ほな、紀見《きみ》峠を越えてきはったんか。それはそれは。わてはこの時期に毎年お参りしてますんやわ。昔のことやけど、初めての子を流産してもうてな。水子供養ですわ。おたく、お子いてはるんでっか」

「へえ、五つと三つになります」

「ええなあ。かわいい盛りやないの。ほな、おばあちゃんに預けてきはったんやろな」

「へえ」

「わてはあれから子が生まれんかったさかいな。育っとったら、おたくぐらいや……」

女は言葉が続かず、少し沈黙した。それから気を取り直して、また聞いた。

「なんか願い事で高野山へ上ってきはったんでっか」

「お恥ずかしい話でっけど、夫が博奕好きで困ってますねん。ほんで、お大師さまにお願いしてやめさせてもらおうと」

「博奕でっか。かなわんなあ。何で男はあないな事に狂いはるんでっしゃろなあ。酒に女子《おなご》に博奕。放《ほ》っとったら、破滅しまっせ。旦那はんを早う改心させなあかんがな。お子たちのためにもなあ……」

半次郎は、亭主の博奕に困り果てている女房が多いのだと実感した。川路は代々の奈良奉行に比べて博奕の取締りにきびしすぎると思っていたが、女たちの話を聞くと納得できる。

官之助は半次郎の思いがわかったようだった。

「身代《しんだい》をつぶすだけやのうて、悪事の温床にもなるわけでして。女もでっせ」

「そうやな。そういえば、島送りの船を待っていた例の女博奕打やけど、今日、良助さんたちが引き連れて、三輪の仁吉ともども大坂へ発ったはずやな」

「久保さまも気苦労なこって」

「わしはうらやましい。おたつは年増やけどええ女子やないか。毘沙門の寅なんちゅう、むさいやつを相手にするより、よっぽどええで」

「そうでっけど、おたつは油断もすきもありまへんで。都合が悪うなったら、裾《すそ》をめくったり襟元《えりもと》に風を入れたりと、色気で攻めてきよる。目え奪われたら逃げられまっせ」

「ほんで、わしでなく良助さんにしたんか。良助さんはご新造《しんぞう》に頭が上がらんさかい、色気なんか無視しよるやろと」

「そうかもわかりまへんな」

官之助は大笑いをした。

「どこの島へ流されるんやろ。おたつのことだから、どこでも生きていくと思うけど」

「順番から行けば壱岐《いき》か隠岐《おき》と思いまっせ」

「どこにせよ死ぬまで島流しや」

「いや、いつかは公方《くぼう》さんや天皇さんとこに慶事がありまっせ。そんときに赦免してもらえるんと違いまっか」

「ほんでも、あたら女盛りをずっと島で過ごすわけや。浄瑠璃《じょうるり》の文句をもじりゃあ、『博奕狂いの身の果ては、かくなり行くと定まりし』ちゅうわけやけど、もったいないな。わしは博奕打の気が知れんわ」

大和では丁半《ちょうはん》やチョボ一などのさいころを使う博奕が盛んで、「博奕せえへんのは、体がでっかい大仏さんと、身がない春日大明神だけや」と言われているほどだった。奉行所は、わずかな銭を賭ける小博奕や手慰《てなぐさ》みに座興ぐらいなら問題にせず、ときどきお灸を据えるだけにとどめていた。だが、多額の金を賭ける大博奕や渡世としての博奕には強く臨んだ。刑は重く、客の張子《はりこ》は重敲《じゅうたたき》、胴元や博奕宿を貸した者は遠島となった。それでも博奕は絶えなかった。

「親父さま、博奕を好むのは人の本性なんやろか」

住之助も話に加わった。

「むずかしいことはわからんけど、人はなんやかんや博奕まがいのことをしとるやろ。泥棒かて博奕みたいなもんや。捕まらんと思うてするんやろけど、ま、おのれの腕に賭けとるわけやな」

「相場《そうば》もそうでっか」

「似てるやろな」

「手ぇ出して失敗する商人がぎょうさんいてるさかいな。商人は手堅いのが一番や」

「ほんま、そうでんなあ」

「さ、官之助はん、そろそろ行こか。やつが博奕場へ出よる夕刻までに召し捕らんと」

半次郎は文一郎の指示通りに高野山の年預坊《ねんにょ》へ行き、寺務をつかさどる年預代に、大観院にいる南都の博奕打を一人召し捕りに来たことを通告した。高野山金剛峯寺は寺領二万一千石と大名並みの大寺であり、奈良奉行所の管轄外だ。波風が立たないように、話を通しておいたのだ。年預代は協力的で、喜田《きた》文左衛門という胡乱者改役《うろんものあらためやく》の地士《じし》を案内役につけてくれた。地士は高野山お抱えの半農の武士で、紀ノ川の南岸に広がる寺領内の豪農から登用されている。ふだんは庄屋として村々を治めているが、輪番で年預坊に詰め、山内の治安維持などに当たるのである。

喜田文左衛門は帯刀しているものの、村の世話役然とした温厚そうな初老の男だった。大観院へ向かい、途中の苅萱堂で捕り物の準備をした。半次郎は懐から十手《じって》袋を取りだして、赤房の大きな十手を腰に差した。官之助と住之助も捕縄《とりなわ》を用意した。

大観院の敷地はあまり広くないが、塀で囲まれており、出入り口は正面の門と横手に切られた通用口だけだった。官之助が正門を固め、住之助は通用口へまわった。配置がすむと、文左衛門が玄関の中に入り、出てきた小坊主に寅蔵の呼び出しを頼んだ。変名は用いていないらしく、話はすぐに通じた。半次郎は玄関の外で待った。しばらくして、丹前を羽織った中年の男が寝ぼけ眼で出てきた。これが寅蔵だ。夜の博奕に備えて、昼寝でもしていたのだろう。名前に似つかわしい大きな男だったが、凶暴そうには見えない。だが、文左衛門が口を開こうとすると、寅蔵は突然そのそばをすり抜け、半次郎を突き飛ばして走り出した。十手が目に入ったのだ。

寅蔵は正門を避けて通用口へまわると、網を張っていた住之助に体当たりをして逃げ去った。大男にしてはすばやい動きだった。住之助はすぐに立ち上がり、官之助と半次郎も追いかけようとしたが、文左衛門が止めた。

「お待ちを。手配しますよって」

文左衛門は懐から何やら小さなものを取り出すと、笛のように穴を押さえて吹いた。鳥笛だ。音と調子を変えて何度か吹く。すると、遠くの方からも音が聞こえてきた。笛で問答をしているのだ。

「さ、行きまひょ。あの男は奥の院に向かっているようでっけど、博奕打なんぞすぐに息切れしますわ。そないに急がんでもよろし」

文左衛門は鳥笛でやりとりを繰り返し、三人を導いた。九町（一キロ弱）も行くと橋があった。その際に立っている地蔵の下に寅蔵が座り込んでいた。寅蔵は抵抗する力も逃げる気も失せたらしい。半次郎たちが近づくと、荒い息をしながら言った。

「観念しましたわ。あちこちで鳥が不気味に鳴きよるんで、くたびれてもうた」

「往生際がええな。そやけど、もちっと早ようあきらめとったら、汗をかかんでもよかったんと違うか」

半次郎が声をかけると、寅蔵は素直にうなずいた。

その様子を見て、住之助が縄を打とうとしたが、半次郎は止めた。

「山内では遠慮しとこ。結界の外に出てからや。どうせ、もう逃げへんやろ」

「これは、お気遣いいただきまして」

喜田が辞儀をした。

「いやいや、こちらこそ助かりましたわ。それにしてもこの鳥笛は便利ですな」

「この辺はよう音が届きますんでね。詳しくは言えまへんけど、山内で商いをしている者や結界を見回っている男たちが、わたしら胡乱者改役を手助けしてくれることになっていますんやわ。その連絡に鳥笛を使いますのや」

「呼子《よぶこ》ではあきまへんのか」

鳥笛や呼子を御用で使うことがある官之助が聞いた。

「呼子は音が鋭くて高いさかい、山内の静寂を乱し、仏道修行をさまたげますわな。鳥笛なら山中で鳴ってもおかしないでっしゃろ。吹き方を変えれば、ちょっとした話も伝えられますし」

半次郎は二人のやりとりを聞いているうちに、ふと思った。事の始まりは、松村藤右衛門が関東の博奕打にたまたま話しかけられたからだ。いわば偶然である。しかし、関東者も寅蔵も高野山に来たのは偶然ではない。高野山に行けば公儀の目が届かず、思う存分博奕を楽しめるからであり、逃げ場としても安全だからだ。つまり、世間知らずの大和の百姓でしかない寅蔵に、そのことを鳥笛のようにそれとなく伝えた男がいる。

三

半次郎から報告を受けた文一郎は、とりあえず寅蔵を長吏役所の仮牢へ留め置くようにと指示し、吟味に出向いた。奉行所へ連行するのはまずいという直感が働いていた。半次郎の言ったことが気にかかったからだ。

長吏の吟味部屋に入ってきた寅蔵は、ごつい体のわりに温和な男で、文一郎の調べに素直に応じた。寅蔵は法蓮村の裕福な本百姓だったが、半年前に息子が嫁をもらうと同時に家督を譲り、四十三歳の若さで隠居したという。

「博奕三昧の暮らしをしたいと思いましてん。若いときから丁半が好きやったんですわ。ほんでも親が生きとる間は、百姓同士の手遊《てすさ》び程度に収まってたんでっけど、親が亡くなってせがれが一丁前になったとたん、箍《たが》が外れてもうて。たまたま知り合いに誘われた博奕場で何度も勝ったもんやから、よけいのめり込んでしまいましてん」

「ほう。どこの博奕場に出入りしてたんや」

「そんなん、言えまへんがな」

寅蔵は自分のことを話すときには朴訥な百姓然としていたが、博奕の魅力を語りだすと顔つきが変わり、憑かれたようになる。その一方で、賭場や博奕仲間に触れると口を閉ざす。仁義に厚いためかと思ったが、ためらいや不安がほの見える。寅蔵の博奕狂いなどは些細なことで、奉行所が知りたいのは大博奕を開帳している胴元とその博奕宿だ。

文一郎は考えた。寅蔵が出奔したのは、三輪の仁吉が捕まったことを知って恐れをなしたからだと思っていた。しかし、それがきっかけだとしたら間が空きすぎる。しかも奉行所が呼び出す直前に逃げている。つまり、仁吉の件とは関係なく、呼び出しが来ることを知ったということだ。報せた者がいる。おそらく、その人物が高野山へ逃げろと教えたのだろう。

「寅蔵。なんで高野山へ逃げることにしたんや」

「高野山は寺領が広く、博奕に甘いと聞いとったからですわ」

寅蔵は悪びれることなく答えた。

「わしは博奕中毒ですねん。一天地六に運を賭けての出たとこ勝負が、こう、なんともたまらんのですわ。あの一瞬の緊張感に、ぐっと気持ちが高まりますんや。博奕をせえへんと、なんや張り合いがのうて、体がだるうなってしまいまんねん。ほんで、知り合いが教《おせ》えてくれたんですわ。高野山なら毎晩どっかで開帳しとる。奉行所の手も及ばんと」

「ふーん。おまえは三輪の仁吉が捕まったと聞いて恐れをなし、尻尾まいて逃げ出したんやないのか」

「いえいえ。仁吉親分のことは聞いとりましたんでっけど、わしのようなただの博奕好きの親父なんか、お目こぼしになるやろと思ってましたんで、まさか」

「まさか奉行所が呼び出すとは思わんかったというわけやな」

寅蔵がしまったという顔をしたので、そばで書き役をしていた半次郎が突っ込んだ。

「ほな、その知り合いが高野山へ逃げろと言うたんやな」

寅蔵の表情が見る見る変化した。文一郎はすかさず畳みかけた。

「どんなやっちゃ、その男」

「そんなん、言えまへん」

大きな体が身震いしたのを文一郎は見逃さなかった。報せた男がいることを認めたようなものだった。しかもその男を恐れている。

「よっぽど怖い男らしいな。そないなやつ南都におったかな。おまえみたいな大男が震えるんやから、ちょっとした顔役なんやろなあ」

寅蔵はおどおどした目でちらっと文一郎を見たが、何もしゃべらなかった。

文一郎は吟味をあきらめ、そばで目を光らせていた官之助に寅蔵を仮牢へもどさせた。半次郎もついていった。一人になった文一郎は、報せた男について考えてみた。

博奕打が怖がるとしたら、奉行所を除けば、博奕場を開帳して金の融通をする胴元か、その右腕となって実際に博奕場を切り盛りする中盆《なかぼん》といった連中だろう。ふだんは客として扱っていても、金払いが悪くなると暴力を振るうからだ。やつらが寅蔵に高野山へ逃げろと言い、何もしゃべるなと脅した。だが、やつらには呼び出しの件をかぎつけることは無理だ。それを知ることができるのは奉行所に関係している者しかいない。すなわち胴元たちと内通している者が奉行所まわりにいるということになる。その男の通報で、奉行所に目をつけられた寅蔵を出奔させたのだ。

とすると、内通者として最初に考えられるのは、博奕の取締りを指揮する与力同心だが、その可能性はないと言っていい。今から四十年ほど前の享和《きょうわ》年間に、法隆寺境内で博奕を許した同心が死罪となった。それ以降、大博奕の開帳を見て見ぬ振りをした者はいない。与力同心全員の人となりも知っているので、断言できる。

次は探索と捕縛に当たる長吏だが、これもありえない。みな奉行所に忠誠を誓った者ばかりで、非人の頭としての誇りもある。

最後は目明《めあか》しだ。この役目は市中に二十二人いる髪結《かみゆい》が世襲で務めている。そのうえ常勤の牢番一人のもとで交互に牢番役もしているので、牢屋敷と奉行所に出入りしている。子分を抱えている者が多く、かなりの事情通だ。中には裏で何をしているかわからない男もいるだろう。徹底的に洗ってみる必要がある。寅蔵を長吏役所の仮牢に留め置いたのは正解だった。目明しは奉行所の仮牢にも顔を出せるからだ。

半次郎と官之助がもどってくると、文一郎は三人で協議を始めた。

「寅蔵が怖がっとるのは誰やろ」

半次郎が言った。

「高野山へ逃げろと指示したやつでっしゃろ」

「つまり、寅蔵に博奕場のことをしゃべられると困る胴元や中盆の誰かやな。そいつは寅蔵が奉行所から呼び出しを受けるとわかって、何かで脅して高野山に身を隠せと命じたわけや。気兼ねなく博奕もできると、甘い言葉もささやいて」

「問題はどないして脅しよったのかですわ。それと寅蔵が捕まったことを知ったら、どない出るか」

「毒を飲ませるとか、おっそろしいやり方で口をふさごうとするんやろな」

「ちゅうことは、よけいな者が近づかんよう、仮牢を見張ってなあきまへんな」

「そや。頼む」

文一郎は、内通者が奉行所にいるのではないかという考えも話してみた。官之助は即座に言った。

「長吏の中にいるとは思えまへん。あんとき、市太郎と長次は大坂へ四、五日ほど出張ってましたんで、呼び出しのことは知らんはずですわ」

「そやな、天王寺の長吏んとこで祝儀や言うてたな」

「へえ。それから善三は女盗人どもの件で張りついておったんで、これも無理やろと。残るは又造でっけど、風邪引きで寝込んどったさかい、これも考えられまへん。小頭たちはこっちにおるよって、まずないですわ」

「とすると、やはり目明しということになるか。あの連中は難儀やな。下手に動くと悟られるよって。牢屋敷を握っているだけに面倒や。確かめる妙案がなんかないやろか」

半次郎が言った。

「妙案になるかどうかわからへんのでっけど、わし、奉行所で文さんに報告する前、やつの家へ立ち寄ってみたんですわ。高野山に逃げたわけを探ってみようと思て」

「寅蔵を確保したことは黙ってたんやろな。どないに展開するかわからんから、まだ外に漏れんようにしときたいんや」

「もちろん、伝えてまへん。で、理由は結局わからんかったんでっけど、寅蔵の息子の話では、家を出る前から親父は負けてばっかりで、銀《かね》の無心がひどうなってたんやそうです。ほんで母親は博奕をやめさせたい一心で、ずっと二月堂のお百度参りをやっとると言うんですわ。もともと二人はむつまじい夫婦で、寅蔵は博奕さえせんかったら、ええ亭主やったそうです。話はもう一つあって、母親が出かけるときに、家の前で不審な男を何度か見たと。ひょっとして寅蔵の家を見張っとるんやないでっか」

「考えられるなあ。何となく、話がつながってきたようや。それもこれも含めてお奉行に報告し、目明しの件を相談してみよう」

文一郎は奉行所へもどり、すぐに小書院へ向かった。

部屋へ入っていくと、川路は資料を手元に置いて何やら書き物をしていた。表題を決めるのに悩んだらしく、文机のまわりに試みの題を書いた紙が何枚も散らばっていた。その一つには、『神武御陵考《じんむごりょうこう》』と書いてあった。文一郎は、神武陵の位置を考察する書物なのだと思った。川路はかねてから大和各地にある御陵の荒廃を嘆いて修復の必要性を述べており、御陵の被葬者を比定することにも関心が高かったからだ。特に神武陵の位置については諸説があったので、川路は書物を読みあさり、あるいは与力に現地調査をさせるなどして、正しい場所を検討していたのである。

川路は文一郎の顔を見るとすぐに筆を置き、話を聞いた。それから腕組みをして少し考えた。

「確かに、目明しに不心得者がいる可能性は否定しがたい。江戸では目明しあるいは岡っ引きというのは町奉行所にとって便利な存在だが、裏で悪を為す者も多い。博奕は特にその危険性が高い。男どもが好む遊びなので、あまり罪悪感を持たないからだろう。それどころか自分自身が博奕打だったり、顔役だったりする。胴元と結託して寺銭の上前をはねる者は跡を絶たないし、博奕宿に手入れがあることを知らせて金をせしめる輩もいる。南都でも十分に考えられることだ」

「以前のことですが、科人に便宜を図って処分を受けた牢番が何人かおります」

「うむ。目明しはいわば奉行所の身内なので始末に負えないが、南都では牢番役も兼ねているゆえ、なおさらだな」

「奉行所の沽券《こけん》に関わります。博奕打より重罪です」

「江戸風に言えば、二足のわらじを履く汚ねえ野郎というやつだな。早く割り出さねば、博奕取締りの差し障《さわ》りとなる。そこでどうするかだが……」

川路は大きな目をしばらく宙に走らせた。

「怪しい者を絞り込んだうえで、わなを仕掛け、あぶり出したらどうだろう。たとえば、どこそこの博奕宿を手入れするとか博奕打の誰それを取り調べるといった報せをつかませるのだ。そうすれば内通者は必ず胴元もしくは中盆に連絡する。人物によって報せの中身を変えておけば、その結果で、実際に内通した男を判断できるというわけだ」

「なるほど。某日某刻に甲吉が呼び出しを受けるという報せを目明しの乙吉が知るようにする。それで甲吉が逃げれば乙吉はクロ。逃げなければシロという具合ですね」

「そうだ。だがその報せに信憑性《しんぴょうせい》がなければ、罠だと疑われる。ここはやはり、寅蔵に知っていることすべてを白状させる必要がある。その手立てだが、笞打《むちうち》や石抱《いしだき》などで自白を強要するのは避けたい。少し考えてみよう。何かいい方法が見つかるだろう」

川路が『神武御陵考』の執筆を終えて居間へもどると、おさとが酒器をのせた膳を持ってきた。刺身もある。鰹だ。川路の喉《のど》が鳴った。南都で鰹の刺身が食べられるのはまれだ。まして今年初めての鰹である。川路はおさとがついだ微温燗《ぬるかん》をぐいっと飲むと、すぐに一切れ口に放り込んだ。

「うーん、うまい。うまいぞ、おさと」

「紀州さまの南都御用所からですよ」

「ほう、いつもは月見の頃なのに、今年は早いな」

「そうですね。さ、どうぞ」

川路は酒を飲み干して鰹を口に入れ、満足げな表情をした。

「ところで、おさと。『布留《ふる》の滝紀行』は書き上げたのか」

「はい。書くのも楽しゅうございました。あとで養父母さまにもご覧に入れますわ」

先日、おさとは奈良から二里半（十キロ）ほど南にある内山永久寺《うちやまえいきゅうじ》や布留社《ふるのやしろ》、それに布留の滝と柿本人麻呂《かきのもとのひとまろ》の歌塚を見物してきたのだ。川路の養父母も一緒だった。養父母は気楽な隠居とあって、南都の生活を満喫している。

「それはよかった。後で読ませてもらおう。わたしのほうも、もう少しで草稿が上がる。おお、そうだ。布留と言えば永久寺。永久寺と言えば真言宗。真言宗と言えば高野山だ」

川路は寅蔵のことを思い出し、おさとに話してみた。新鮮な発想で川路の考えを触発してくれるからだ。時には川路の迷いを断ち切ってくれる。

おさとは黙って話を聞いていたが、終わるとすぐに口を開いた。

「息子どののお話から考えますと、寅蔵さんを脅している材料は女房どのです。寅蔵さんが女房どのを大切に思っていることを知り、博奕宿のことを話せば危害を加えるとでも言ったのでございましょう。そのうえで、ときどき家の前でうろうろして、家の人たちを恐れさせる。このことが寅蔵さんの耳に入れば、より脅しが利きます。ですから、女房どのがお百度参りをしている姿を見せれば、寅蔵さんの心は動きます。女房どのの命は奉行所が守るから話してくれと説得するのです。寅蔵さんの女房どのに対する思いを利用して口封じをしているのなら、それを解けるのも同じ思いではありませんか」

川路は「まさしく」と言い、何度もうなずいた。

四

東大寺の境内は閑散としていた。お水取りが済み、春の物詣《ものもう》でが一段落すると、一年で一番静かな日々となるからだ。サクラやカエデのみずみずしい若葉。鹿《か》の子斑《こまだら》に衣替えしてゆったりと歩いている鹿たち。風に光る白い卯《う》の花。昼下がりの日差しの中で、のんびりと時が流れている。

半次郎と官之助は三度笠で顔を隠した寅蔵を真ん中にして、大仏殿の北側にある二月堂への裏参道を進んだ。石畳の道はゆるやかな上り坂で、右手に瓦《かわら》を挟み込んだ古めかしい土塀が続き、左手は石垣の下を小川がチョロチョロと流れている。人影はなく、ひっそりとしていた。寅蔵は何のために二月堂へ行くのか、不安を覚えていた。半次郎にわけを聞いても、「すぐにわかる」という答えが返ってきただけだった。

二月堂の舞台右手にある急な石段を上がり、仏堂の横にある茶所に入った。ここからはお堂の南面が見える。三人は店の奥に座り、話もせずにじっとしていた。

小半時（三十分）もすると、一人の中年女が上がってきた。地味な木綿の着物を着た農家の女で、少々やつれている。寅蔵の女房だ。半次郎が目配せをすると、官之助は寅蔵に「見てみい」と面を上げさせた。寅蔵は女房が目の前を通っていくのを見て「およね」とつぶやき、それっきり気が抜けたようになってしまった。

およねは始めに西側の正面の祭壇を拝むと、回廊を歩き出した。仏堂の四面にある祭壇で祈りながら、回廊を百回まわる二月堂のお百度参りだ。寅蔵はおよねの姿を追った。さほど歳を取っていないはずの妻に老いが忍び寄っていた。寅蔵は悔恨《かいこん》の念に駆られた。夫が博奕をやめるようにと観音菩薩に願っている……。

三度笠が小刻みに揺れた。引き返す潮時だった。官之助は寅蔵の肩を軽くたたいた。文一郎がふたたび長吏役所へ出向くと、寅蔵は憑《つ》き物が落ちたようだった。文一郎はおよねが何者かに見張られていると伝え、生命は守ってやると言った。すると寅蔵は涙ぐみ、深く頭を下げた。ほっとしたのだ。

寅蔵は聞かれるまま、博奕宿や中盆、知っている常連客の名前などについて話した。だが胴元には会ったことがなく、名前も知らないと答えた。しゃべったら女房を殺すと脅して高野山へ逃げろと指示したのは、寅蔵が出入りをしていた般若寺町の博奕場の中盆、伊助という男だった。寅蔵はこの伊助の紹介で、内山永久寺の境内で開かれている博奕場にもときおり顔を出していたという。こっちは寺の院家《いんげ》である上乗院《じょうじょういん》の家来で、藤岡兵庫という人物が胴元だとわかった。

「寅蔵は女房思いなんやな。毘沙門の寅という恐ろしい異名を持っとるにしては」

文一郎は聞くべきことを聞くと、口調を和らげた。

「毘沙門の寅ちゅうのは、わしが連戦連勝やったんで、中盆の伊助はんがつけてくれはったんです。毘沙門天は勝負の神さんで、寅に縁がありまっしゃろ」

「寅年の寅の日、寅の刻に毘沙門天が出現し、物部守屋《もののべのもりや》と戦う聖徳太子を助けたという、朝護《ちょうご》孫子寺《そんしじ》つまり信貴山《しぎさん》の本尊の話やな」

「そうでんねん。わしも寅年の生まれなんですわ。今から思えば、異名でわしをいい気にさせて博奕にのめり込ませ、あとで金をむしり取ろうちゅう魂胆やったんと思いますわ。お奉行所とおよねのおかげで目が覚めましたです」

寅蔵は胸のつかえが下りたのか、よくしゃべった。

「およねは親が決めた嫁やのうて、わしが子供の時分からずっと好きやった女で、親を拝み倒して女房にしましたんです。家は貧しい水呑《みずのみ》で、わしんとこの小作をしとったんですわ。そのせいか、よう働くやさしい女で、姑《しゅうとめ》にいびられても最後まで面倒を見ましたんです。それやのに、わしは博奕に狂ってしもうた。およねは博奕の借金で潰《つぶれ》百姓になった同じ村の者を知っていましたさかい、博奕だけはせんといてくれと、いつも言うとったんです。わしは何にでものめり込む性質なもんで、およねは心配でしょうがなかったんやろと思いますわ。ええ歳こいて、わしはアホやった」

寅蔵は落ちた。次は、奉行所が寅蔵を呼び出しすることを胴元に漏らした、内通者のあぶり出しだ。呼び出しを決めてから出奔するまで二日ある。この間に奉行所へ顔を出した目明しは誰なのか。文一郎は半次郎に、二十二人いる目明しの動きを調べさせた。

半次郎は仕事が速い。半日後には調べ上げていた。その報告によれば、用件があって奉行所へ顔を出した者は八人で、牢屋敷に交代で詰める牢番役は二日間で四人。そのほかは牢屋敷へも奉行所へも来ていなかった。髪結床の本業にいそしむか、どこかへ出かけていたのである。この連中は寅蔵の件を知る機会はなかったと見ていい。

文一郎は半次郎にたずねた。

「牢番をしていた者たちは牢屋敷から出んかったんか」

「あの二日間、奉行所には来てまへん。お白州は休みで、召し出すような用事もなかったさかいに」

「ほんなら、連中は寅蔵のことを知りようがないな。つまり怪しいやつは顔を出した八人のうちにいるというわけやな。わしがお奉行に寅蔵を呼び出して吟味をすると伝えたのは小書院で、おぬしには与力詰所でしゃべった。いずれも寅蔵が出奔する前日や」

「わしが官之助はんに寅蔵を召し捕ると告げたんもその日で、場所は長吏溜《たま》りですわ。小書院に目明しは近寄れへんし、与力詰所は三方が塀で囲まれているさかい、番所と同心の詰所を通らんと入れまへん。つまり聞き耳を立てるとしたら、長吏溜りの近辺ということになるわけですわ」

「その向かいは牢番溜りで、まわりには雪隠《せっちん》がいくつかあるよって、目明しがうろついていても不審に思われへんしな。しかも召し捕りや手入れをするときは必ず長吏に告げる。長吏は手下に準備をさせなならんさかいな。よう考えれば、奉行所の動きを知るにはもってこいの場所や」

「あの日、わしが官之助はんに話したんは弁当を食べた後ですわ。そやから、昼頃に長吏溜りや牢番溜りの近辺をうろついていた連中を探せばええと思い、これを書いてみたんでっけど」

半次郎は懐《ふところ》から書き物を出した。八人の目明しの名前と奉行所への出入りの有無、それに奉行所で目撃された場所とおおよその時刻まで書かれていた。

「これで見ると、ぴったり当てはまるのは三人やな」

「昼頃というだけで、正確な刻限まではわかりまへんけどね。多分ばらばらでっしゃろ。単に厠へ入っただけのやつや、牢番溜りで一休みをしていた者もおるやろし。ほんでも、この三人が三人とも、奉行所へひんぱんに出入りしている連中ですわ」

「ますます怪しいな。内通者やったら、ちょくちょく探りに来ていたやろし。よし、この三人にしぼって、試してみよう」

「というと」

「どこそこのやつを何日に召し捕るという報せを三人に聞かせて、どいつが漏らすかあぶり出すんや。で、そのやり方やが……」

半次郎は文一郎との打ち合わせがすむと、官之助を探しに行った。

「えい」

住之助はぶつかって押したが、相手はびくともしない。

「でっかい相手は押すだけでは動きまへんで。押してあかんかったら引いてみる。引いてもあかんかったら足をかけるとかせんと。ほれ、もう一回」

「くそっ。えい」

住之助は父親の手下を相手に、組みついて倒す柔術の稽古《けいこ》に励んでいた。高野山で寅蔵に体当たりを食らって逃げられたことを、官之助にきつく叱られた。それ以来、暇さえあれば道場で汗を流していた。またぶつかろうとしたところへ、別の手下が入ってきた。

「お頭が呼んでまっせ。橋本さまと与力詰所にいてはるそうです。こっそり土間から入ってこいと。それから鳥笛を持参せえと言うてはります」

息せき切って駆けつけると、池田半次郎もいた。住之助は思わず気持ちが高まった。寅蔵の件でまた役目を与えられるとわかったからだ。文一郎が上がれと言った。

「住之助、高野山ではようやった。お察しの通りや。おまえさんに一働きしてもらいたい」

官之助が付け足した。

「鳥笛を使って池田さまに合図をする役やぞ」

「親父さま、わしらの鳥笛はややこしいことはまだでけしまへんけど」

「たやすいやり方を考えたさかい、心配せんでええ。大事なお役目や。しっかり頼むで。池田さま、お話を」

「ほな。住之助、もそっと近寄ってんか。内密の話やで」

半次郎はニヤッと笑って秘密っぽく言うと、伝吉、佐兵衛、小三郎《こさぶろう》と三人の目明しの名前を書いた半切紙を見せて、住之助に役割を説明した。住之助はみな顔と名前を知っていたので、話は早かった。

翌朝には、博奕の一斉取締りがまた始まるという噂が奉行所内に広まった。半次郎たちが出入りの多い場所で立ち話を装って、故意に流したのである。それが済むと、住之助は奉行所の辰巳（南東）にある稲荷社のケヤキに上り、こずえに身を隠した。正門から入ってくる者を見分け、合図の鳥笛を鳴らするためだ。半次郎は玄関横の番所に、官之助は長吏溜りに待機した。

半時《はんとき》（一時間）も待たないうちに伝吉がやってきた。伝吉はやせぎすで酷薄そうな顔をしており、気が短い男だった。住之助は官之助に教えられた通り、「ピチュリ、ピチュリ、ピー」と鳥笛を三回吹いた。ヒバリの鳴き声だ。鳥笛が聞こえると、半次郎は番所を出て長吏溜りへ行き、明日の夕刻に押上《おしあげ》町の源三郎を召し捕ると官之助に伝えた。伝吉が胴元に内通しているなら、どんな方法かはわからないが、近くで盗み聞きしているに違いなかった。

昼を過ぎると佐兵衛が顔を見せた。人情味があるという評判で、ほとけの佐兵衛と言われている。こっちは「ホッチョンカケタカ」とホトトギスが鳴いたふりをし、明日の夕刻に鶴福院《つるふくいん》町の友造を出頭させるという餌《えさ》をまいた。

それからしばらくして小三郎が現れた。住之助がトビをまねて「ピーヒョロロ」と吹くと、小三郎は立ち止まり、鳴き声がした稲荷社の方を見た。住之助はうまく樹木に溶け込んでいた。小三郎は首をひねって、今度は空を見上げた。怪しんでいるのだ。住之助はひやっとした。小三郎は目明し仲間で一番の切れ者と言われているだけあって、油断もすきもなかった。小三郎はすぐにまた歩き出した。この男に聞かせるのは、明日の昼に内山永久寺へ藤岡兵庫を召し捕りに行くという話だ。

仕込みがすむと、半次郎と官之助、住之助の三人はまた文一郎のもとに集まった。明日の段取りをするためである。その場で、住之助が不安を口にした。

「小三郎さんは鋭いですわ。空を見上げて首をかしげていましたで。鳥の鳴き声がおかしいと思ったんやないでっか」

「いや、おっさん、鳥が好きなんやろ」

「人はみな意外な面を持っとるよってな」

文一郎はちょっと笑った。

「ほんでも、本当に鋭いやつなら、捕まえに行く博奕打の名前を誰が教えたんかと疑うんやないでっか。ひょっとして寅蔵やないかと。そこから罠《わな》だとばれまっせ」

半次郎が心配した。

「それはないと思う。寅蔵がもらしたとは思わんやろ。やつを捕まえたことを知っとる者はお奉行と同心小頭、それにわしらだけや。どっかの博奕打が言いふらしたと考えるか、ほかの目明しが聞き込んできたとでも思うはずや」

「池田さまの危惧はようわかります。なんやこう、内通している者がお役所にいるちゅうことは、毒蛇がそのあたりに隠れているようで、妙に落ち着きまへんからな」

「それはあるが、餌に食らいつく毒蛇がどいつか、おもろなってきたやないか」

五

明けて次の日。半次郎、官之助それに住之助は奈良町を出ると、上街道を進んで丹波市《たんばいち》村へと向かった。この街道は奈良盆地の東端にある村々をつなぐ平坦な道で、山の辺にはおさとが訪れた布留社に内山永久寺、それに三輪明神などの古寺社がある。しかも長谷寺や伊勢神宮へ行く初瀬街道と接続しているので、参詣客や商用の旅人でいつもにぎわっている。

三人が丹波市に着くと、ちょうど市が立っていた。街道の一部が屋根で覆われており、その下に露店が並んでいる。商いが盛んな村なのだ。人々でごった返している通りを過ぎて、浄国《じようこく》寺の手前を左に折れると、内山永久寺への参道だ。石畳のゆるい上り坂で、寺の西門まで半里（二キロ）ほど続く。

「東大寺や興福寺、法隆寺と並ぶ大寺とあって、参道も立派ですわな」

「寺領が一千石もあるさかいな。おさとさまとご隠居ご夫妻がひと月前にお参りされたそうや。柿本人麻呂の歌塚とか布留社も訪れ、えらい感激しはったと聞いたで」

「ほな、おさとさまのことですよって、見聞の文《ふみ》も書かれたんでっしゃろな」

「そやろなあ」

寺が近づくと、上りがきつくなった。三方を山に囲まれ、西に盆地を見下ろしている。境内は広大で、本堂や観音堂に八角多宝堂など四十を超える堂塔伽藍と、浄土式回遊庭園まであった。その壮麗さから内山永久寺は西の日光と称されていた。

西門を入った三人は目を遊ばせながら、上乗院の本坊をめざした。上乗院は出家した公家の子弟が入る院家であり、内山永久寺の座主《ざす》だ。藤岡兵庫は院家の足軽だったので、半次郎は家政を取り仕切る寺役人に面会を求め、兵庫を召し捕りに来たことを伝えた。寺役人はすぐに自分の下役を呼び、兵庫がいる所へ案内させた。寺役人たちは召し取りの理由を聞こうともしなかった。半次郎は、博奕のことを知っているからだと悟った。

上乗院の家来たちが住む建物は本坊の右手にあった。一行が近づいていくと、その坊舎の開け放たれた板の間に男たちが集まり、さいころで遊んでいた。下役はその一人を指さし、「あの男ですわ」と言った。つまり小三郎は潔白というわけだ。兵庫は素直に捕まり、抗《あらが》いもしなかった。

「あきらめがええやないか」

「寺まで来られたら、ほかに逃げるとこないわな。あんたらは三輪の仁吉も捕まえはったんやろ」

三人は南都へ連行すると、兵庫を長吏役所の仮牢に入れ、一休みする間も惜しんで押上町へと急いだ。一時《いっとき》もすれば日が暮れる。

押上町は奉行所から東へ少しの京街道に面しており、源三郎はこの町で質屋をしていた。源三郎は博奕好きではあっても商売に熱心らしく、店でまじめに大福帳をつけていた。店に入った半次郎がいきなり「奉行所まで来てくれへんか」と言うと、源三郎は力なく「博奕の件でっか」と応じた。これで伝吉に対する疑いも消えた。源三郎は官之助の手下が仮牢へ連れていった。最後は鶴福院町の友造の家だ。

鶴福院町は猿沢池の東の通りを南へ少し下った所にある。友造は独り身で、興福寺成身院《じょうしんいん》の奉公人をしている。一行が行くと不在で、半次郎は寺でまだ働いているのかと思い、住之助を走らせた。が、今日は休んでいるということだった。そこで、となりに住む金春座《こんぱるざ》の能役者に聞くと、友造は西国三十三所巡りをすると称して、今朝早くに家を出たと語った。逃げたのだ。すなわち内通していたのは、ほとけの佐兵衛ということになる。

奉行所に帰った半次郎が結果を報告すると、ふだんは冷静な文一郎が珍しく怒気を含んだ表情を見せた。

「くそったれめ、ほとけの佐兵衛か。やはり人は見掛けによらんもんや。よけい腹が立つ」

「確かに」

「よーし、佐兵衛に一泡吹かせてやろう。ちょっと泳がせといて、やつが内通している般若寺町の博奕場の胴元を割り出し、一気に召し捕ろうやないか。佐兵衛の動きを見張っていれば、胴元と接触するやろ」

「でも、けっこうな人手が入りまっせ。長吏んとこの者も佐兵衛に顔を知られているのが多いさかい」

「それもそうやなあ」

二人はちょっと考え込んだが、半次郎が何か思いついた。

「藤岡兵庫は般若寺町の胴元を知っているんやないでっか。寅蔵がときどき内山永久寺のやつの博奕場に出入りしていたということは、その胴元が兵庫に寅蔵を紹介したからでっせ。カモとして」

「おお、そやな」

「お互いにカモになりそうな博奕好きを送り込んでいたんやないでっか」

「よっしゃ、兵庫を吟味しよう。それがうまくいかんかったら、伊助と佐兵衛を捕まえて白状させればええだけのことや。そやけど、どっちかが逃げよったらかなわんさかい、ここはやっぱり一網打尽にしたいとこやな」

六

兵庫はすぐに自白した。どっちに転んでも遠島は免れないと考えたのだ。それなら、わざわざ痛い目に遭うことはない。兵庫が告げた胴元の名は服部外記《げき》といい、興福寺大乗院の足軽だった。文一郎はあきれた。大博奕の胴元が二人とも大和きっての大寺の門跡や院家の家来だったとは。しかも内通していたのは奈良奉行所の目明しだ。いかに大和が博奕にむしばまれているかを象徴しているように思われた。

文一郎は直ちに一網打尽の段取りを決めた。寅蔵の証言から、般若寺町の博奕場が開かれる日はわかっていたので、決行は日を置かず、明日の夜と決めた。大安の日である。胴元の服部外記は博奕打らしく縁起をかつぎ、六曜の大安に開帳していた。

捕《と》り方《かた》は三組に分かれた。半次郎は官之助と住之助、その手下たちとともに般若寺町の博奕場に踏み込み、中盆の伊助らに縄をかける。外記は博奕場には出ないことが多いというので、その捕縛は久保良助が指図する。住まいは猿沢池のすぐ西、元林院《がんりいん》町にある。

ほとけの佐兵衛の召し捕りには文一郎がじきじきに出向くことにした。奉行所を裏切った目明しを自分の手で捕らえたかったからだ。家は高天《たかま》町で、興福寺の西側中央にある赤門を二町ほど下った場所だ。

当日の夜になった。雲の動きが速く、月は見え隠れしていた。初夏だというのに冷気が漂う。ときおり小雨がぱらついて、山から風が下りてくる。三つの組はそれぞれ配置につき、宵の五ツ（午後八時）を告げる鐘の音を待った。時鐘を合図に一斉に踏み込む。長吏の手下たちがすでに服部外記と佐兵衛の在宅を確認していた。博奕客も集まっているという。博奕場はつぶれた晒屋《さらしや》の空き倉である。佐保川に近い般若寺町は晒屋が多い所だったので、使われていない倉がいくつもあった。

東大寺の大鐘《おおがね》、奈良太郎が「ゴーン」とうなった。荘重な響きが風に乗って半次郎の耳に届き、十手の赤房が大きく揺れた。官之助たちは倉の扉を大槌《おおつち》で打ち破り、一斉に博奕場へ踏み込んだ。博奕打たちはあわてふためいたが、逃れるすべはなかった。倉の出入り口は一つだけだった。何人かの三下が匕首《あいくち》を抜いた。だが柳生新陰流の半次郎と一刀流の官之助に敵《かな》うはずもなく、すぐに降参した。

中盆の伊助は長脇差を振りまわして必死に抵抗し、はしご段から二階へ上がった。明かり取りの格子をはずして逃げ出すつもりなのだ。気づいた住之助は博奕客に縄をかけるのを手下にまかせ、外に出て裏へまわった。すぐに伊助が飛び下りてきた。住之助はその前に立ちふさがると、刀を突き付けた。

伊助は「小僧め」と憎々しげに言い、抜き身を肩に担いで住之助のまわりを歩きだした。左手は帯にかけている。とりとめのない構えなので面食らったが、住之助は中段に構えて動きに向きあった。科人の首を刎《は》ねることには経験を積んだものの、実戦は初めてだった。

住之助が間合いをつめると、背後で「左手に気をつけろ」という声がした。住之助がハッとしてとどまると、伊助の左手から何やら放たれ、頬に当たった。強烈な痛みを感じて一瞬ひるむと、伊助が打ち込んできた。住之助はかわす間がなく刀で受けた。目の前に月光に光る白刃があり、伊助の顔が残忍にゆがんでいた。住之助は実戦の怖さを感じた。後ろでまた誰かが叫んだ。

「顔やなしに、目ん玉を見ぃ」

住之助が伊助の目を見ると、おののきが表れていた。やつも怖いのだ。その目が微妙に動きだし、刀に力が加わった。押し返した瞬間に、後ろへ引いて切るつもりだ。住之助は刀を引かせないように、鍔《つば》を密着させたまま、体ごとぐいぐい押した。伊助は離れることができず、倉の壁に押しつけられた。

「そこまでや、伊助。住之助、ようやった」

声は父親だった。そばに半次郎もおり、捕り方がまわりを囲んでいた。

久保良助の組も興福寺の十三鐘《じゅうさんがね》が聞こえると、外記の家になだれ込んだ。若い女房とむつんでいた外記はあっけにとられ、抵抗できなかった。良助はすぐに縄を打った。

ほとけの佐兵衛はさすがにしたたかだった。捕り方を見てもうろたえず、文一郎が召し捕る理由を述べても、空とぼけたのである。しかも長火鉢の前で煙草を吹かしたままだ。

「身に覚えはありまへんで。何かの間違いですわ」

「ほとけの佐兵衛などと言われ、上辺を繕っているだけあって、口だけは達者だな。お上の御用をする者が博奕の胴元と通じおって、恥知らずめが」

文一郎は佐兵衛を睨めつけ、吐き捨てるように言った。

七

全員が罪を認めた。開き直っていた佐兵衛も、観念するのは早かった。白を切っても無駄だとわかっていたからだ。

伊助は大乗院の中間《ちゅうげん》で、仕事仲間の服部外記に見込まれて中盆になったのだが、外記は意外にも佐兵衛に雇われていた。佐兵衛は内通者というよりも、外記を裏で操る黒幕そのものだったのである。このことは伊助も藤岡兵庫も知らなかった。佐兵衛が表と裏の顔をうまく使い分けていたからだ。

佐兵衛の自供によれば、四、五年前までは取締りの動きを胴元たちに報せ、小遣い銭を稼ぐだけだったという。ところが胴元の一人が急死すると欲を出し、奉行所を利用して勢力を一掃、縄張りを乗っ取った。そして新しい胴元には旧知の外記を据え付け、自分はいっさい表に出ないようにした。そのほうが奉行所の動きを知るには都合がよく、身の安全も図られると考えたからだ。

奉行所が博奕の取締りを強めると、佐兵衛は長吏溜りをうろついて動きを探った。特別のやり方などはなく、雪隠に入って耳を澄ませていれば、すぐ向かいの長吏溜りで話す声は聞こえたという。その動きを外記に教えて対策を実行させた。佐兵衛はまた、寅蔵に加えて鶴福院町の友造も高野山へ逃がしたので、露見しないと思っていたと述べた。

川路はここまで文一郎から報告を受けると、一つ確認をした。

「なぜ高野山なのか、たずねたか」

「はい。博奕に甘いうえに、よそ者が滞在しても目立たないからという答えでした」

「やはりそうか。寺院はなぜか博奕に甘い」

川路はため息をついた。

「ときに文一郎。寅蔵は危うくカモにされるところだったな。毘沙門の寅とか博奕の達人などと持ち上げれば、もともと純朴な百姓は舞いあがる」

「そうです。最初は勝たせて博奕に引き込み、次は負けが込むようにする。挙げ句の果ては借金漬けにし、家から土地まで取り上げるというわけです。細工した賽子《さいころ》を使えば簡単にできますから。伊助が住之助に投げつけた飛礫《つぶて》はその賽子でした。特定の目が出るように鉛を仕込んでおり、いつも帯に挟んで持っていたそうです」

「はっはっは、それでは住之助、かなり痛かっただろう。いや、笑ってはいかん。住之助も今回の働き、よくやった。いい長吏になるぞ。しかし、やはり悪事千里を走るだな。たまたま藤右衛門が湯治に行ったことがきっかけとなって、よこしまな目明しを召し捕り、奈良町から大博奕を一掃することができた」

「ほかの小さな博奕場はいかがいたしましょう」

「放っておこう。みな逃げ出すか、ほとぼりが冷めるのを待つだろう。博奕のたぐいは取締りの加減がむずかしい。手入れをすればなくなるというものでもない。日々の疲れを癒やすために娯楽を必要とする人々も多いのだ。羽目を外さない限り、少々の手慰みなら目くじらを立てるほどのことではない」

文一郎は大きくうなずいた。

「だが、大博奕は違う。賭ける金が大きければ勝ちも負けも大きくなる。どちらにしても民人の暮らしがおかしくなる。博奕渡世にしても、額に汗して働くことの尊さを損ないかねない。まして佐兵衛のように奉行所の仕事をしている者が博奕を副業にするなど許されることではない。近頃の江戸や大坂には、公許の博奕場を設けるべきだと声高に話す者たちがいると聞く。あぶく銭を得たいのだろうが、さもしい心根だ」

川路は夕食の前に庭を散策した。博奕の取締りが一段落し、『神武御陵考』も書き上げたので、くつろぎたかった。昨日は梅雨に入ったのかと思わせたが、またさわやかな初夏がかえってきた。池辺の白い花しょうぶが夕日に照り映えている。鯉《こい》が跳ね、ポトッと音がした。何も考えずにぼんやりと池を眺めていると、後ろからおさとの声が聞こえてきた。夕餉《ゆうげ》の時だ。

「今日も鰹かな」

「ございません。いつまでもあると思われますな、鰹と」

「金、それとも女房どののやさしさか」

二人は同時に笑った。

居間にもどると、すでに酒が用意されていた。蛸《たこ》の煮つけと空豆の塩ゆでがついている。川路は喉を酒で潤してから、蛸を一口かじった。

「いつもながら、おさとが煮つけた蛸はうまい。鰹に勝るとも劣らない。蛸を食べるたびに、妻のありがたみを知る」

「まあ、お上手を。ですが、何か変ですね」

「はっはっはっ。ところでそのありがたみだが、寅蔵の一件は落着したよ」

「とおっしゃいますと……」

川路は佐兵衛らの召し捕りに至るまでを話してやった。

「やはり女房とは偉大なものだ。およねのいちずな思いが寅蔵の供述につながり、結果として亭主と家族を守ったことになる」

「寅蔵さんがおよねさんを大切に思っていたからこそ、結果良しになったとも言えますわ。あなたも見習ってくださいませ」

「ごもっとも」

「それで、寅蔵さんは遠島になるのですか」

「いや、佐兵衛たちは遠島だが、寅蔵のような場合は敲だ。だが奉行所の面目が立ったのだから、与力同心たちはみな手加減するだろう。いずれにせよ博奕はもうこりごりのはずだ。寅蔵はせっかく隠居したのだから、これからは世のため人のためになることを行えばよいのだ」

「およねさんのためにもね」

川路はおさとの言葉にほほえみ、空豆を手に取った。

「聞けば寅蔵は青物作りの名人だそうだ。何事にも熱中する性格らしいから、収量が多く味のいい作物の栽培を究めたらどうかと思う。昨今、人々のために農書を書く学者や、寒さに強い米を作ろうとしている百姓たちが各地にいると聞く。そのようなやりがいのあることにおのれの能力を賭けたらどうかと、奨めるつもりだ」

「それはようございます」

「わたしには寅蔵のようなことはできないが、人々の憩いのために植樹をして、南都をサクラとカエデで満たしたいと思っている」

「それも素晴らしいことですわ。サクラが花を咲かせるようになったおりには、ともに奈良を再訪したいものですわね」

おさとは夫の猪口に酒をつぎ、開け放たれた居間から庭へ目をやった。残照で空が藤色に染まり、築山の桜木が影絵のように浮かび上がっている。梅雨が近い。

奥山地獄谷

西国《さいごく》江参り帰りたるもの、話之由、薩州《さつしゅう》江異国船渡来に付、打払候積にて大に手當有之……

（『寧府紀事』嘉永二年五月十一日）

一

雨がしとしと降り、小寒い。梅雨に入ったのだ。川路は綿入れを着て、奉行所づき儒者の佐々木育助《いくすけ》がくれた大きな唐墨《からすみ》を念入りに見ていた。明《みん》の万暦《ばんれき》の年号が入っているが、古梅園《こばいえん》に鑑定してもらったところ、もっと後代のものだと言われたという。偽の銘というわけである。川路は別の意見も聞いてみようと、奉行所の近所に住む加賀屋助蔵《すけぞう》を呼んだ。

助蔵は三十人の墨職人を抱えている陳玄堂《ちんげんどう》の主人だが、奉行所出入りの町人を束ねる役もしている。研究熱心な人物で、去年、唐墨と同じ品質の墨の製造に成功した。川路はこの試みを応援し、何度か助言を行っていた。墨の出来はとてもよく、唐墨と誤認されないように陳玄堂の銘を切れと、川路が忠告したほどだった。

助蔵はすぐにやってきた。実直かつ目端が利きそうな中年男で、墨を見るなり、偽物ですと言った。

「明の時代の唐墨ですと、程《てい》氏や方《ほう》氏のそれが有名で、奈良で言えば古梅園さんみたいなもんでっけど、日本に来るのは偽物が多いんですわ。わたしも古墨をいろいろ見ましたんですが、本物は色が異なります。ご要望の方がいらしたんで、京大坂や江戸など方々探したことがありまっけど、まったくお目にかかりまへん。もしあったら、まがいもんですわ。本物なら一丁で三十両はかたいやろと思います」

「やはりそうか」

川路は少しがっかりしたが、すぐに気を取り直した。

「ところで、この前、唐から新しく渡ってきた本の目録を見ていたら、古梅園の墨譜《ぼくふ》があったぞ。唐土でも賞されているのだな。以前に話をしたと思うが、わたしが長崎の知人に贈った陳玄堂の墨も、清《しん》朝から来た人物に見せたらほめてくれたという。奈良墨も大したものだぞ」

「恐れ入ります。殿さまのおかげでござります」

助蔵が盛んに恐縮していると、おさとが入ってきた。

「おや、陳玄堂さん。また墨のお話ですか」

「これは奥さま。さようでござります」

おさとの美しい笑顔を見た助蔵は、いくぶん顔を赤らめて辞儀をした。

「こちらは文房《ぶんぼう》四宝《しほう》に何かと頼っておりますからね」

「おいおい、まるでわたしが悪筆なので筆を選び、墨でごまかしているとでも言わんばかりだな」

「当たらずとも遠からずでございましょう」

「陳玄堂の手前がある、も少しお手柔らかに頼むぞ」

助蔵は笑うに笑えず、横を向いてせき払いをし、話を変えた。

「そうそう、わたしは七月に江戸へまいるつもりでござりますが、何かご用がおありでしたら、何なりとお申しつけくださいませ」

「まあ、うらやましいですこと」

「わたしたちは江戸を離れて丸三年になるが、まだまだ帰れないだろうな。では、江戸の友人たちに陳玄堂の墨を持っていってくれぬか。奈良奉行としては奈良墨の良さをもっと広めたい」

「ありがとうございます」

「わたくしは文《ふみ》を託したいと思います。出立《しゅったつ》前にまた来てくださいな」

「かしこまりましてございます」

助蔵が帰ると、今度は興福寺の衆徒で医者の勝南院宮内がやってきた。博奕の取締りが一段落して、暇を持てあましていた川路だったが、この日は雨にもかかわらず退屈しないで済みそうだった。おさとは勝南院の来訪を聞くと、台所へ向かった。

勝南院は団扇《うちわ》をあおぎながら居間へ入ってきた。帷子《かたびら》に紗《しゃ》の羽織を着ている。はなはだしい暑がりなのである。目方が二十七貫目（一〇一キロ）もあり、大きな腹が突き出ているので、相撲取りか七福神の布袋《ほてい》のように見える。そのうえ大酒飲みで大力なのだが、名医という評判を取っていた。おさとも持病が出てくると、勝南院に診てもらっていた。

「相変わらず暑そうだな、勝南院。わたしは薄ら寒くて綿入れだというのに」

「はっはっはー。この季節になると、もう辛抱たまりまへんわ」

「ところで、今日はどうした。あの件か」

「はい。日程と相撲取りが決まりましたさかい、お知らせをと思いまして」

勝南院はこの八月に江戸相撲を興福寺へ奉納する予定で、奈良奉行所の認可はすでに受けていた。

「昨年は大関の剣山《つるぎさん》と関脇の荒馬《あらうま》がやってきたが、今回の目玉は誰かな」

「大関は鏡岩《かがみいわ》で、関脇は御用木《ごようぼく》ですわ」

「ほう。それはすごい。いずれ劣らぬ人気力士ではないか。費用もかさむのであろう」

「前と同じくらいで、ざっと百両ほどになりまっしゃろか」

勝南院は医者として稼いだ金を蓄えることはせず、奉納相撲などの費用に充てていた。気風《きっぷ》のいい男なのである。

「去年の剣山と荒馬の勝負は面白かったそうだな。土俵際で小兵《こひょう》の剣山が荒馬の後ろにまわって抱え出したので、見物人はびっくりしたという。得意技に頼らず、変幻自在に対処するのはいかにも剣山らしい。わたしも見物に行きたいが、今年も無理だろうな。家来たちに話を聞くしかない」

「こう言っちゃあ何でっけど、お奉行ちゅうのは不自由なお役目でんな。一乗院の宮さんのほうがよっぽど気ままにでけますわ」

「奉行の妻も座敷牢に入っているようなものでございますよ」

おさとがおみつを従え、酒肴《しゅこう》を持ってきた。

「これは奥さま、お体の調子はいかがで」

「ええ、おかげさまで。勝南院さまのお薬はよく効きますので、持病が出てもすぐに治まります」

「それはよろし。座敷牢からときどき出はって、春日野あたりを歩かなあきまへんで」

「せめて庭くらいにしてくれぬか。奉行の妻が外出となると出費がかさむのだ」

「倹約好きな夫を持つと、治る病も治りませぬ。勝南院さまのように太っ腹になっていただかねば」

おさとがそう言って川路を一睨みすると、勝南院は自分の大きな腹をたたき、ゲラゲラ笑った。

「おさとさまの機知は相変わらずで。しかも、よくお気がつく。暑気払いにはこれが一番でして。では遠慮のう」

勝南院は自分でさっさと酒をつぐと、ゴクリと喉を鳴らして一気に飲んだ。その様子を見て、おさとは笑った。

「相変わらずせっかちなお方ですこと。では、ごゆるりと」

おさとが去っていくと、勝南院はまた手酌した。

「ところでお奉行。昨日聞きましたんでっけど、薩摩に異国船が来たとかいう話ですな」

「ほう、また異国船か。しかし、まことかどうか……」

川路も酒をちびりとやった。

「ま、漁船や廻船《かいせん》を集めて海路をふさごうとすると、あわてて逃げていきよったという話やさかい、にわかには信じられまへんが」

異国船来航の風聞は海から遠い奈良にもたびたび伝わっており、この四月には隠岐や長崎に現れたという話が、また五月には浦賀に来たという噂が聞こえていた。

「去年もそうだったが、異国船の風聞が流れてくると、奇妙な事件が起きて困る。勝南院も覚えているだろう、樋泥棒の一件を。興福寺や春日社も被害を受けたであろうが」

「そうでしたな。おもろいもん盗んでいきよると思いましたで」

昨年の春から夏にかけて、奈良近辺の神社仏閣で、銅製の仏具や釣燈籠《つりとうろう》などが盗まれるという事件が連続した。秋になると、今度は町家や農家にある銅の樋《とい》が狙われた。かつてないことだった。単純な盗みであり、一つ一つの金額もさほどではなかったが、放っておいては奉行所の威信にかかわる。盗賊方与力の橋本文一郎が長吏や目明したちの尻をたたき、その数日後に盗人は捕まった。河内生まれの無宿者だった。

「あの盗賊は異国船騒ぎで大筒《おおづつ》の鋳造が多くなると聞き、銅の値段が上がると見込んで盗みを働いたと自白した。どうせそんなところだろうとは思っていたが、異国船来航の噂が盗っ人までも走らすとは、いやはや」

「盗品はどないして売りさばいたんでっしゃろ」

「銅物を売買する道筋を知らなかったので、じかに鋳物師《いもじ》や銅細工師へ売ったという。それでもいい値がついたと話していた。それと前後して、大坂でも六尺（約一八〇センチ）もある地蔵が六つ、一夜にしてなくなっている。こっちは何人かの一味だろうな」

六、七年前から日本近海で異国船がしばしば目撃されるようになると、諸大名は海岸防備のために大筒の鋳造を始めた。材料は銅に錫《すず》を混ぜた唐金《からかね》、つまり青銅《せいどう》だったので、銅の需要が増した。ところが別子《べっし》銅山などの産出量はどんどん減っており、オランダへ長年にわたって輸出してきたこともあって、地金の調達が困難になっていたのである。

「盗っ人稼業も世の中の動きをよく見て、抜け目なくふるまう時代になったちゅうことですな。仏さんや神さんにとってはとんだ災難でっけど」

「ま、そういうことだが、捕まったのは仏罰とも言える」

「春日さんの樋の場合は神罰でっしゃろ」

「はっはっは、確かに。それはさておき、西洋の大筒はもっと大きくて働きがすぐれているらしい。それも鋳鉄製のものが主流だという。ところが、日本にはまだ鉄で鋳造する技がないので、唐金の大筒を頼りにしなければならないのだ。新銅古銅にかぎらず、銅の需要はこれからもどんどん増えるだろうな」

「ほな、異国船の風聞が聞こえるたんびに、銅泥棒どもが出てきよるんやおまへんか」

勝南院の問いかけに、川路は一瞬考え、「大いにありうる」と答えた。

二

冷涼な日々が続き、奈良町では体調を崩す人が多くなっていた。脚気《かつけ》も流行っている。おさともまた持病が出て伏せりがちとなり、医者の勝南院までが病に倒れてしまった。

同じ頃、老中たちが海岸防備策に悩んでいるという話が聞こえてきた。江川太郎左衛門や佐久間象山《しょうざん》といった江戸の友人たちが送ってくる手紙にも、海防策についての意見が書かれていた。川路は遠国《おんごく》の奈良にいて、自分が時勢に取り残されているような気がした。いささか焦燥感に駆られたのである。

梅雨晴れの一日。強淫《ごういん》事件の白州が開かれ、川路は久しぶりに自分で吟味をした。担当していたのは若い与力だったが、被害者と加害者が言い争いばかりをするのに困り果て、奉行の直吟味を願い出たからだ。友人への返事を書き終えた川路は、自分の職務に没頭したい気分だったので、渡りに船だった。

事件は、奈良町の刀屋の後家がくみ取りの農夫に犯されたというもので、男は否認をしていた。川路が吟味席に着くと、不思議なことに、この事件とは関わりのない与力同心たちも次の間に控えていた。よく見ると、川路の家来たちも白州を囲う塀の掃除口から透き見をしている。川路は何事かと思ったが、そのわけはすぐにわかった。白州に入ってきた後家がよく肥えた五十前後の女だったからである。腹まわりなどは勝南院も負けるのではないかと思うほどだった。ふつうなら息子や嫁に敬われ、孫を可愛がっている歳だ。およそ男に目をつけられて、快楽《けらく》の対象になるとは思えなかった。川路は驚きを隠し、与力に白州の開始をうながした。

「おふくに彦蔵。奉行の直吟味であるからして、今後、一切言い争いは許されぬ。聞かれたことに対してだけ答えよ」

与力のきびしい一言に、二人はすくみあがった。

「はい」

「では、おふくとやら、改めてたずねる」と川路は口を切った。

「其の方の言い分は、これなる彦蔵に強淫されたということであるが、彦蔵は合意のうえであると申しておる。奉行所の聞き込みによっても、互いに示し合わせて密通していたという話が多い。強淫はしかと相違ないか。そうだとすると、彦蔵は重き御仕置を受けることになるのだぞ」

「あ、いえ、はい。お奉行さま。わては、か弱い女子《おなご》でござります。彦蔵さんのたくましい腕に組み敷かれてしもて、為す術もなく落花狼藉《らっかろうぜき》されましてござります」

クスクス笑う声が聞こえた。川路もおかしかったが、せき払いをしてごまかした。

「彦蔵とやら。其の方はおふくと通じていたと申しておるが、証拠はあるのか」

「へえ。わしは百姓でして、おふくさんの家に下肥《しもごえ》用の糞尿《ふんにょう》を頂きにまいることが多く、ほんで親しくなりましたんです。ほんで、おふくさんに、そのー、白い太ももを見せつけられまして、つい。わしはよう肥えた色白の女子に弱いんですわ。それも年かさがとても好きでして、はい。いつもあいびきしとる鎮守さんの前におるじいさんが、わしらの仲を知ってはると思いますわ。一度、『がんばりや』と、わしに声をかけてくれはったんで」

書記役の同心が我慢できず、大笑いしてしまった。川路はかろうじてこらえ、扇子で口元を隠した。彦蔵は、おふくとは逆に筋と皮だけのしなびた四十男で、お世辞にもたくましいとは言えなかった。

川路はふたたびおふくをただした。

「おふくは人々の話を偽りと申すのだな」

「はい。後家に艶《つや》っぽい噂はつきものでござりますよって。わてはそれに耐えて操《みさお》を守ってきましたんでござります。今更そないなこと、でけしまへん」

おふくはそう言うと、手ぬぐいを取り出して目に当てた。川路はなおも追及した。

「そうだという証《あかし》はあるのか」

「わては彦蔵さんの一物《いちもつ》を拝見したことなど一度もあらしまへん。もちろん、乱暴されたときは恐ろしゅうて見てまへん」

彦蔵の顔が赤くなり、まわりにいる者たちは必死で笑いをこらえた。川路は言葉の解釈を取り違えたふりをした。

「なんと。逸物《いちもつ》とな。世にもすぐれた名刀と申すのか。では、どのような」

「黒光りしてはって、切れ味がよく……」

もう、こらえきれなかった。白州のみなが爆笑した。彦蔵は首筋まで真っ赤になり、おふくはわけがわからず、きょとんとしていた。それがまた笑いを誘った。おふくは語るに落ちてしまった。こうなるともう言い訳はできなかった。

笑いが収まると、川路はおふくをやんわりとさとした。おふくはしばらくためらっていたものの、やがて告白した。彦蔵に新しい女ができたとわかり、腹立ち紛れに偽りの訴えをしたという。彦蔵もそれを認め、おふくに飽きて別の肥えた女とむつみ合うようになったと語った。

付き添っていたおふくの息子が平身低頭し、恩情を求めた。

「お奉行さま。母をお許しくださりませ。今後、こないなアホなことをせんように注意しますさかい、ご寛恕《かんじょ》を」

町役人たちも一緒に頭を下げて慈悲を願った。川路は厳粛な面持ちを崩さず、すぐに処分を申し渡した。

「おふくはおそらく亭主に先立たれて気鬱《きうつ》となり、自制する心が弱まって密通をしたのであろう。さらに天候不順の影響でそれが重くなり、偽りの訴えを起こしたものと考えられる。よって息子らの願いを聞き届け、この件はなかったものとする。奉行所にあらぬ手間を取らせたことを叱責するだけにとどめる。今後、おふくは婦道をはずれることなく、そのあまりある情《なさけ》を子や孫、近隣の者たちへ分かち与えるように努めよ。さすれば二度と気鬱にかかることはなかるべし」

おふくが頭を下げると、川路は彦蔵を睨みつけた。

「また彦蔵。其の方の強淫の疑いはなくなったものの、寡婦《やもめ》といえどもおふくと密通したことは事実であろうが。しかしながら不義を訴える者がおらず、一連の騒ぎを気鬱に伴うものと判断したからには、奉行所がその罪を問うことはない。一同でよく話し合い、今後いざこざを起こさないようにせよ。ただし一言《いちごん》申し述べておく。名刀を所持しているといえども、驕《おご》り高ぶることなく、妻女の用に供する以外は抜くことを差し控えよ。さもなくば、世の男どもの恨みとねたみを買い、名刀を折られること必定《ひつじょう》なり」

一同は平伏したが、次の瞬間、白州がまた笑いに包まれた。

「嫉妬《しっと》がそうさせたということは、おふくさんは彦蔵さんを好いていたのでしょうね」

「蓼《たで》食う虫も好き好きだからな」

「それにしても、どことなくおおらかで、南都らしいお話ですね」

「まったくだ。おかげで気が晴れたよ」

川路がおさとにおふくと彦蔵の一件を話してやっているところへ、次男の市三郎が帰ってきた。興福寺の宝蔵院《ほうぞういん》で槍術《そうじゅつ》の稽古をしてきたのである。市三郎は昨年の正月に宝蔵院へ弟子入りをしていた。宝蔵院の院主は胤懐《いんかい》で、流祖の胤栄《いんえい》から六代目に当たる。川路自身も宝蔵院流で、師は江戸牛込築土町《うしごめつくどちょう》の伊能一雲斎《いちうんさい》だった。

「ただいまもどりましてござる」

市三郎が手をついて挨拶をすると、川路が茶々を入れた。

「豪傑みたいなあいさつだが、しっかり鍛えてきたのだろうな」

市三郎は「そんなことより、父上」と急き込《せ》んだ。

「宝蔵院で恐ろしい話を聞いてまいりました。春日の山々にオオカミが出没しているというのです」

「まことか。またまた南都らしい話が舞い込んできたな」

春日山は西から東へ御蓋山《みかさやま》、花山《はなやま》、芳山《ほやま》と続く連山で、御蓋山は興福寺が領有し、花山と芳山は奈良奉行所が支配していた。一帯には昔からオオカミが生息しており、過去には鹿を食い殺したり、人に噛みついたりしたことがあった。しかし、ここ数年は見掛けたという風聞さえなかったのである。

「それで、柳生街道を行く者はみな武器を持ち、連れ立って歩くようにしているというのです。周辺の山では山菜採りや薪拾いを控える者も出てきたらしいです。それに加えて、山の木々が枯れ出したという風聞も流れていると」

川路は驚いた。春日山の樹木が一斉に枯れる山木枯槁《さんぼくここう》は世の中に異変が起こる前兆とされていたからだ。最近では天保三年（一八三二）に七千六百本ほどが立ち枯れ、勅使が下向して神楽を奉納している。

「胤懐さまは、大風による倒木はいつも生じているので、少々の枯れ木では山木枯槁とまでは言えないとおっしゃっていました。でも、まだ誰も調べてはいないそうです」

「自然現象だから、樹木をはむ害虫が大量に発生したとか、なにか説明ができるようなわけがあるはずだ。そうであるならば、長い間には自然の力で回復する。昔は興福寺がこれを利用して、異変が起きるなどと言いつのり、強訴の種にしていたのだ。しばらく様子を見よう。枯れ木がどんどん増えるようであれば、植林などの手を考える。オオカミにしても、人に危害を加えるようなら、猟師に撃ってもらわねばならないが、噂だけでは……」

川路はその大きな目を閉じて、思案した。

「市三郎」と川路は目を開けた。考えがまとまったのだ。

「ちょっと武者修行に出てみないか」

おさとがはっとし、声を上げそうになった。

「宝蔵院の十文字槍を持って春日奥山をめぐるのだ」

「そんな危険なことを」

「行きます。わたしは行きます」

母親の心配をよそにして、市三郎は勇んだ。

「春日の山々から空に向かって吠《ほ》えるオオカミの姿を見たいのです。月が出ていれば神々《こうごう》しいだろうな」

三

翌々日もまた晴れ、梅雨が明けたと思われた。市三郎は肩に槍をかつぎ、給人の松村藤右衛門とともに、春日社の禰宜たちが住む高畑《たかばたけ》の通りを歩いていた。神職たちの屋敷は古めかしい土塀に囲まれて静かなたたずまいだが、通りは柳生など東山中《ひがしさんちゅう》の村々と奈良を結ぶ街道なので、けっこう人々が行き交っている。

二人は股引《ももひき》をはき、着物の後ろの裾を帯に挟んで爺端折《じじいばしょり》にしていた。いざとなったらすばやく動ける。市三郎はそのうえ臑当《すねあて》と籠手《こて》をつけており、まるで江戸の町奉行所同心が捕り物に出るような姿だった。オオカミに襲われた場合を気遣い、おさとがそうするようにと命じたのである。藤右衛門は一刀流の遣い手なので、心配はなかった。

「母上から鎖帷子《くさりかたびら》も着用しなさいと言われたときにはぎょうてんしたよ。おれのことをまだ子供だと思っているんだ。元服はとっくにすんでいるのに」

「オオカミなんて見たこともない、かわいい息子を案じているだけですよ」

藤右衛門がそう言った。

「オオカミは夜だけではなく昼間も行動します。ですから、犬だと思って油断をしていると襲われます。気をつけてください」

「おまかせあれ」

市三郎は小ぶりの十文字槍をしごき、自信たっぷりに言った。通常の十文字槍では長すぎて、山中での取り回しには具合が悪いと、川路が大慶直胤《たいけいなおたね》の短槍を持たせたのだ。市三郎の武者修行は、春日奥山でオオカミの存在を確認することだった。姿を見掛けたことがあるかとか、遠吠えを聞いたことがあるかとかを道行く人にたずね、できれば獣を発見する。樹木がどれだけ枯れているのか、山の状態を見てくることも目的だ。おさとが市三郎一人だけでは心配だと言うので、藤右衛門が同行した。

二人は滝坂道《たきさかみち》に入った。柳生街道きっての険しい場所で、左手は能登川《のとがわ》だ。道には石が敷き詰められているが、上りはきつい。寝仏《ねぼとけ》、夕日観音、朝日観音などの石仏や小さな滝を左右に見て進むにつれ、シイやカシなど常緑広葉樹の森はうっそうとし、薄暗さを増していった。

途中で出会った人々は、オオカミなど見たことがないと口々に言った。噂を知っている者は二人いたが、それだけのことだった。森の奥に目をこらしても姿は見えず、鳥の鳴き声と瀬音を除けば静かなもので、まして獣のうなり声や遠吠えなどは聞こえなかった。

「市三郎さま。気配がまったく感じられませんな。本当に出たのでしょうかね」

藤右衛門が疑いを口にすると、市三郎は向きになった。

「宝蔵院の方々は嘘をつかない」

「そりゃそうでしょうけど、見たという人間にはまだお目にかかっていませんのでね。もっと山へ入り込んでみましょう」

藤右衛門の言葉に、市三郎は同意した。首切り地蔵の前で道は二手に分かれている。左手は比較的ゆるやかな上りの本道で、右手は地獄谷を経由する間道だ。地獄谷はその昔、死者を捨てて風葬《ふうそう》にしたと言われる谷だ。

二人は間道に入った。この道は細いうえにまわりは切り立っており、暗くジメジメしている。そのうえ上り下りが激しく、濡《ぬ》れているので滑りやすい。谷まで下りきると、市三郎の耳に、左手にある細い獣道の奥から何やら奇妙な音が聞こえてきた。槌《つち》で金属のような物をたたく音に思えたが、かすかな音だったので、定かではなかった。藤右衛門が言った。

「この地獄谷のあたりには石切場があったと聞いておりますので、まだ切り出しているのかもしれません。石窟仏《せつくつぶつ》もあるので、行ってみますか」

「もう石仏には飽きた。先を急ごう」

一行はまた歩きだした。一町（一〇九メートル）も歩かないうちに、今度は右手の茂みで「フゴッ、フゴッ」と音がする。獣のうめき声のようだ。市三郎が槍を構えて近寄ろうとすると、藤右衛門が止めた。

「お待ちを。イノシシです」

すぐに大きなイノシシが出てきて、市三郎を見た。牙《きば》が生えている。雄の成獣だ。

「まずい。やつの目を見ながら、ゆっくり後退《あとずさ》りしてください。そろりそろりと」

二人が後ろ向きになって道を上ると、イノシシはふたたび森の中へ入っていった。

「もう大丈夫です。市三郎さま、覚えておいてください。イノシシをなめてはいけません。ふだんは臆病《おくびょう》でおとなしいのですが、興奮すると毛が逆立って、恐ろしい獣となります。突進すると手がつけられません。思いがけない早さで突っ込んでくるのです。すぐ近くで遭遇したときは、走って逃げないように。まっすぐ目を見て、後退りするのです」

「オオカミとどっちが恐ろしいのかい」

「わたしは突進してきたときのイノシシのほうが怖いですね。オオカミなら刀や槍さえ持っていれば何とか対処できますが、猪突猛進《ちょとつもうしん》は避けるしか方法がありません」

急な坂を上りきると尾根沿いの道となり、左から上ってくる滝坂道の本道と合流した。石切《いしきり》峠である。峠から少々行くと茶屋が見えてきた。店先の旗に名物草餅《くさもち》と書いてある。ここまでオオカミの姿を見ず、声も聞かなかった。見たという人にも出くわさなかった。スギやツガ、モミの倒木や枯れ木はあったが、それは大量でも集中的でもなく、山に入れば普通に見かけるほどのものだった。二人は茶屋で休憩し、話を聞いてみることにした。

縁台に腰を下ろすと、市三郎はさっそく、亭主に草餅と茶を頼んだ。高畑からここまではわずか一里（四キロ）ほどだったが、きつい上りなので汗をかいている。荷を負った馬が男に引かれて通り過ぎていった。東山中の村から奈良へ行き、物を売って塩などを仕入れてくるのだ。

一息つくと、市三郎が大人びた言い方で亭主に話しかけた。

「うまかった。ところでご亭主。オオカミが出たという噂をご存じかな」

「いや、噂は知ってまっけど、わしは見たことないですわ。こっから北へちょっと行くと芳山のてっぺんで、そっからひと山ふた山越えると山城なんやけど、そこに梅谷《うめだに》ちゅう村がありますんやわ」

「加太越奈良道《かぶとごえならみち》の街道筋ですな」

「そうでんねん。奈良から行くときゃ伊賀街道と呼びまっけどな。あのあたりじゃ、今でも夜んなるとオオカミの声がして、馬や牛が騒ぐらしいですわ。そやけど、この辺じゃそんな話は聞きまへん。イノシシはよう出まっけどな。ここを柳生のほうへちょっと下ると誓多林《せたりん》の集落があるんでっけど、田畠《でんばた》が荒らされまくって、往生しているそうですわ」

亭主がそう言ったので、市三郎は藤右衛門と顔を見交わし、首をかしげた。

「ところで若いお武家はん。あんた武者修行かいな。なんやらたいそうな恰好しはって」

突然の問いかけに市三郎は顔を赤らめ、「そ、そのようなものだ」と答えるのがやっとだった。藤右衛門はニヤッとして、亭主にたずねた。

「山木枯槁のことはご存じか」

「十二、三年前に騒いだことがありましたな。芳山から鶯《うぐいす》の滝にかけても結構な数が枯れとったが、最近は聞きまへんな。そんな話もあるんでっか」

亭主はいぶかしげな表情をした。二人は噂の真偽を確かめきれずに茶屋を出ると、峠のほうへもどり、右手の細い山道に入って北へ向かった。ここから鶯の滝にかけてはスギやマツの大木が多い。注意深く観察して歩いても、雷が落ちたものは何本かあったが、枯れている木はなかった。

鶯の滝は岩の上を流れ落ちている小さい水流で、佐保川の上流に当たる。この日は水量が多く、水が飛び跳ねていた。二人は冷たい水で顔を冷やすと、若草山へ向かった。小半時も歩くと森が切れ、上りきると大和の盆地が一望のもとにあった。

二人は景色を楽しみ、持参した握り飯を頬張《ほおば》った。食事をすませると、市三郎は芝山に寝転んだ。

「藤右衛門。わたしが聞いた噂は二つとも、まことのことではないような気がしてきた」

「そうですね。オオカミはまだわかりませんが、山木枯槁ではありませんね。念のため、帰りは御蓋山との谷筋を見ていきましょう」

二人は山を下り、水谷川《みずやがわ》に沿って東大寺の南大門の前に出た。途中、何も変わったことはなく、鹿たちものんびりと草を食んでいた。オオカミの探索は成果を得られなかったが、春日の山歩きを楽しむことができたので、二人とも気分はよかった。

市三郎と藤右衛門が奉行所へもどり、川路に報告するため居間に入ると、おさとも待っていた。

「二人ともお疲れでした。無事でよかった」

「母上。拙者は宝蔵院流を学ぶひとかどの武芸者ですよ。ご心配は無用に願います」

すかさず川路が混ぜっ返した。

「武芸者にしてはあまり強そうに見えないな」

「父上、それはあまりにも……」

「はっはっはー。それで、武芸者どの。オオカミを退治してきたのかな」

「いえ、影も姿も見えませんでした」

市三郎は見聞きしたことを詳しく語り、藤右衛門が補足した。

「ま、武者修行をしてきたのだから、まんざら無駄ではなかったはずだ。イノシシにも勝負を挑んだというし。どうせなら、牡丹《ぼたん》鍋用に引っ捕らえてきてほしかったぞ」

「あきれたことを。市三郎がけがをしたら、どうなさいますの」

おさとがぴしゃりと言ったが、すでに川路は考えに浸っていた。

「火の無い所に煙は立たぬ。この噂には何かが隠されている」

四

その後もオオカミ出没の噂はときおり聞こえ、滝坂道の間道である地獄谷を通る者はほとんどいなくなっていた。異国船にまつわる風聞も絶えることがなく、川路と勝南院が危惧《きぐ》したことは現実となった。奈良町と周辺の村々で、唐金や真鍮《しんちゆう》、銅製の仏像や仏具、半鐘が盗まれるという事件が相次いだのである。ほぼ連日の犯行だった。

久保良助や池田半次郎ら盗賊方の同心たちはてんてこ舞いの忙しさであった。寺からいきさつを聞いて現場を調べるだけでも、数が多いため大変だった。橋本文一郎は同心の報告をもとに犯行を分析した。盗賊が入ったのは眉間寺《みけんじ》に不退寺《ふたいじ》、東大寺や興福寺の塔頭《たつちゆう》など十二か寺で、盗まれたのは仏像十三体と半鐘が五つに仏具が多数。いずれも男が一人または数人で持ち運びできるものが狙われた。取りはずしが面倒で重い釣り鐘は、最初から盗むつもりはなかったらしい。犯人は三、四人組で、同じ一味が夜間に盗んだと思われた。文一郎は川路にあらましを報告した。

「最初の犯行はいつだ」

「十日から十四日ほど前です」

「梅雨が明けた前後だな。しかしなぜはっきりとしないのだ」

「川上村の道法寺《どうほうじ》という小さな寺なのですが、住持《じゆうじ》が不在中に盗られたからです。小坊主を連れて、四日間、京都の本山へ出掛けていたそうです」

「で、盗られたのは」

「阿弥陀如来の脇侍《きょうじ》の勢至《せいし》菩薩と鈴《りん》に華鬘《けまん》や常花《とこはな》などの仏具で、いずれも唐金や銅製です」

「不在中を狙ったということは、念入りに下調べをしているように思えるな」

「そうです。深夜のことで、犯行を目撃した者はいなかったのですが、日中に不審な男を見たという証言が、四か寺でありました」

文一郎はそう言って、川路に犯行日と寺の名前、所、盗まれた品々が書かれた紙を差し出した。川路は一読した。

「やはり、かなり計画的だな。連日の犯行だが、寺のある場所はそれぞれ離れている。盗みの噂を聞いた寺が用心することを避けるためだ。文一郎。この連中は日数をかけずにさっさと盗み終えるつもりだな。もう仕舞にするかもしれぬ」

「はい、今日はまだ被害届がありませんので、あるいは。それから場所は異なるものの、いずれの寺も橋本町の高札場から一里内外です」

「うむ。小さい物でも仏像は重いから、持ち運びの便《べん》を考えたのだろう。ということは、根城もその範囲内にあるということではないのか」

「その可能性は高いかと」

「だとすると、そろそろ怪しい者が長吏や目明したちの網に入ってきてもいいはずだ」

「ところが、まだ何も引っかかってこないのです。連中はよほどうまく隠れているのだと思います」

川路はうなった。

「一里内外ということは、奈良町と奈良回り八か村がすっぽり入るからな。広いと言えば広い。しからば盗品処分のほうから攻めてみるか。まさか家に飾っているわけではあるまい。売りさばく魂胆だろう。その場合、相手は奈良町の鋳物師だろうか？」

「いえ。それは避けるでしょう。南都には鍋屋町の沼津弥左衛門、山中九郎兵衛、松尾久右衛門、油留木《ゆるぎ》町の中村善四郎ら代々の鋳物師がおりますが、それだけに寺社から盗んだ銅物は足がつきやすいと考えるはずです。仏像などはたたき割って形を壊したとしても、南都の鋳物師が見れば、仏であることは一目瞭然《いちもくりょうぜん》です。昨年の銅樋泥棒も南都では処分せずに、河内の鋳物師に売っております」

「そうだったな」

「そのうえ今度のは大量です。小規模な鋳物師に少量ずつ売るという手もあるでしょうが、それでは手間暇がかかりすぎます。とすると、まとまった量を買い取ってくれる先を探す必要があります」

「大坂や京の銅物問屋か仲買人を通さないと無理だな。問屋や仲買にしても、海防のために大筒の鋳造が必要な大名の注文が増えているはずだ。それに応じるため、古銅といえども喉から手が出るほど欲しいだろう」

自分の言葉で川路はひらめいた。

「これは伝《つて》があるのだよ。買い手がついているから犯行に及んだのだ」

かつて勘定吟味役だった川路は、銅の流通について詳しかった。川路は解説した。

銅の売買は幕府により統制されており、大坂の銅座が仕切っている。銅座は銅山で精錬した荒銅をすべて買い上げ、大坂の銅吹屋《ふきや》でさらに精錬して純度を上げる。完成した精銅のうち、オランダや中国へ輸出する分は長崎へ送り、残りは京大坂と江戸の銅物問屋それに銅細工業者などへ売り渡す。また、不要になった古銅類も銅座が買い上げ、大坂の銅吹所《どうふきしょ》や江戸の古銅吹所で溶解する。古銅のまま欲しい者にも銅座が売る。要するに破片やくずに至るまで、銅座が徹底的に管理をするのである。しかし、この決まりを無視して古銅の売買や鋳直《いなお》しをする問屋、仲買、鋳物師、細工職人は跡を絶たなかった。銅瓦や銅樋などの紛失物や盗品を取引する業者もいた。

「十年ほど前のことだが、江戸城内で銅樋が盗まれ、釘《くぎ》鉄銅物問屋の主人が所払になったことがある。盗っ人が樋を打ちつぶして古鉄買いの男に売り、男は仲買人に転売、仲買人はほかの古銅と合わせて問屋に売却した。問屋の者は盗品とは知らずに買ったのだが、その主人は責任を問われたのだ」

「では、京と大坂の古銅仲買人らを調べれば、手がかりをつかめるかもしれませんね」

「そうだ。それと同時に馬借《ばしやく》など運送の業者も調べてはどうか。あのように重い荷を人の背に負って京や大坂へ行くのは無理だ。よほどの人数を確保するか、勝南院のような力持ちか荒馬のような相撲取りでもなければな」

五

寺荒らしはこの五日間ほど鳴りを潜めていた。それでも奉行所は何かと忙しく、京と大坂の古銅仲買や問屋へ調べに行く同心は、久保良助と池田半次郎しか割けなかった。

二人は朝早くに奉行所を出ると、旅籠屋が建ち並ぶ京街道の今小路町で、駒屋という馬借《ばしやく》に立ち寄った。親方は良助の知り合いで、馬を三頭持ち、京都方面の客をもっぱらとしていた。南都から京へ荷を運ぶときは馬を使うことが多い。荷物だけを積む本馬《ほんま》ならば、一頭に三十六貫目（一三五キロ）まではいける。二人分ほどの重さだ。

「親方。朝早くから荷造りに大わらわだな。息子はしっかり働いとるか」

「これは久保さま。おかげさまで、毎日汗を流しとりますわ。博奕には二度と手え出さんちゅうて」

「それはええ。ほんでちょっと聞きたいんやが。最近、京の銅物問屋みたいなとこへ重い荷を運んだことないか」

「わしんとこはないですわ。ほかもないと思いまっせ。今小路近辺を縄張りにしてる馬借は五人で、馬は九頭だけでっさかい、なんでも筒抜けなんですわ」

「そやろな。馬は隠せないよって」

半次郎が軽口をたたいたので、親方は大笑いした。

「そもそも南都から京への荷は少のうなってまんのや。晒も酒もよその産に取られてしもうて、昔ほどの荷はあらへんのですわ。今でも京へよう運んどんのは墨に奈良団扇、奈良漬《づけ》くらいですわな。そやから、京までの荷はよう覚えとりま。最近では五日前に薬種《やくしゅ》ですわ」

「ほんなら、荷駄と一緒に怪しい男を乗せたことは」

「それもないですわ。わしんとこはお得意さん相手の本馬がほとんどでっさかいな。よそも聞いてへんなあ。馬方ちゅうのは、すぐに仲間とお客の噂をするんですわ。あの客はこんなんやったとか、こんな話をしとったとか、しゃべりたくなるんやね。酒手《さかて》をはずんでくれはったとか、乗り逃げしよったとかも含めてね」

良助と半次郎は顔を見合わせて、苦笑いした。

「そもそもこの時期、梅雨から盛夏が終わるまでは馬に乗る客が少のうなりまんねん。荷なしの軽尻《からじり》はもちろんのこと、荷駄と一緒の乗掛《のりかけ》もあきまへん。商用にしろ遊覧にしろ、梅雨は避けますやろ。暑うなればなったで、馬上は背一つ分だけ暑くなるさかい」

「そやろな。ところで、まだ駕籠屋ともめることあるんか」

「いえ、もめてはいまへん。客の代わりに荷を運ぶ連中は、今でもおりまっせ。向こうも食っていかなあかんから、わしは近場はしゃあないと思うてます」

親方はぼやきもせずにそう言った。

一味についての感触を得られないまま、二人は京街道を急ぎ、木津《きづ》へ向かった。般若坂を上り、奈良坂を下っていくと、右手の小高い森の中に高座の刑場が見えてきた。その先は大和と山城の国境だ。こんもりとした森を抜けて長い坂を下り、木津の村に入る。村といっても山城と大和や伊賀を結ぶ交通のかなめだ。したがって店屋も多く、駄馬を引く馬子《まご》たちや旅人が通りを行き交い、いつもにぎわっている。

村を抜けると、目の前に木津川が現れた。伊賀の豊かな水を集めて東から西へとゆったり流れ、荷を運ぶ舟がひんぱんに往来している。川は村のすぐ左手で北へ流れを変え、淀《よど》に向かう。ここで宇治川や桂川《かつらがわ》と合流し、淀川となって難波津《なにわづ》へ入るのだ。京街道のほうはこの木津川の右岸沿いの山裾を長池宿まで行き、大池の太閤堤《たいこうづつみ》を通って伏見《ふしみ》へ抜ける。

二人が木津浜に着くと、渡し舟は向こう岸におり、多くの客が乗り込んでいた。岸辺にはそれより少し大きな馬舟《うまぶね》も繋がれていた。二人は八十間《けん》（百四十五メートル）ほどの川幅を舟が渡ってくるのをじっと待った。渡し場の少し左手には船だまりがあり、十艘の二十石船が荷積み作業をしていた。

舟が着岸すると、二人は渡し守に近寄った。

「相変わらず客が多いな」

「へえ。おかげさんで商売繁盛ですわ」

「つかぬことを聞くが、最近、石か鉄のような重い荷駄を乗せた馬を乗せんかったかな。京へ行くという」

「馬は何頭も渡したんでっけど、荷物の中身まではわかりまへんわ。そやなあ、乗っけたんは近場へちょっとした荷物を運ぶ駄馬か、農耕馬のたぐいだけやなあ。こっから京や大坂へ荷駄を運ぶんやったら、船の方がいっぱい積めまっさかい。流れに乗れば早う着くしな。あれ見てみなはれ」

渡し守は船だまりに泊まっている二十石船の一つを指さした。馬子が二頭の馬から順に荷を下ろしており、船頭らしき男が二人の水手《すいしゅ》に指示してその荷駄を船に積んでいる。

「あの淀の二十石船やったら、かなり重い物《もん》でもたっぷり積んで、大坂までいけまっせ。二十駄、馬二十頭分の荷が積めますわ。一駄三十六貫目として勘定してみなされ」

二人は渡し守に礼を言い、二十石船に向かった。木津では水運のこともたずねてみようとは思っていたが、実際に船を見ると、陸送よりも可能性が高いような気がしてきた。大坂に着いたら淀川から堀川へ入り、問屋の店先や倉の前まで荷を運ぶことができる。

「船頭さん。精が出るな」と良助は声をかけた。

「へえ、おおきに。お武家はん。わしんとこは荷駄がもっぱらなんでっけど、大坂へ行きはるんやったら、今日は荷が少ないよって、乗っけてもよろしいでっせ」

「ほう。そりゃええな。たまには木津川と淀川をのんびり下って浪花《なにわ》見物としゃれたいとこや」

「これからやと、淀からは夜船になりまっけどな。明日の朝には道頓堀《どうとんぼり》で芝居見物がでけまっせ」

半次郎が良助を突っついた。話がそれていく。

「そやそや。ちょっと聞きたいことがあるんや。近頃、南都から大坂の銅物問屋まで荷物を運んでくれっちゅう男が来んかったか」

「わしの船にでっか。覚えがありまへんな。ほかの船かもわからんよって、わしら淀船《よどぶね》仲間の詰所《つめしょ》で聞いてみなはれ。ほれ、あの見張り小屋みたいなやつや。幟が出てまっしゃろ。あこに荷物の台帳があるよって、それ見りゃわかりますやろ。詰番も一人おるよって」

毎日川を上り下りするだけあって、船頭はてきぱきしていた。

「あんたらお役人でっしゃろ。ほんまに大坂へ行きはりまっか。それやったら、まだ船は出えへんよって、用事すましなはれ。あわてて木津の上荷船《うわにぶね》に乗ったらあきまへんで。同じ二十石積みでもあっちは伏見までで、大坂へは行けん決まりやさかい」

「おおきに。助かるわ」

良助と半次郎はすぐに詰所へ行った。中に入ると、詰番の老人は板の間の帳場机にもたれて、退屈そうに煙管《きせる》をふかしていた。帳場の奥は衝立《ついたて》で仕切られ、布団《ふとん》が畳まれている。時には船頭たちが寝泊まりしているのだろう。小屋の隅には簡単な炊事場もあった。

「親父さん。奈良奉行所の者やが、ちょっと聞きたいことがあるんや」

良助は単刀直入に出た。

「なんでっか。大仏さんでも盗まれましたんかいな」

話がしたくてうずうずしているような調子だった。

良助は「大仏さんほどではないけどな」と返して、船頭と同じことをたずねた。すると親父は、「ありましたで」とこともなげに応えた。

「これ見とくんなはれ。銅物問屋かどうかはわかりまへんけど、過書町《かしょまち》の播磨《はりま》屋ちゅうのがありまっしゃろ」

親父は台帳を開いた。

「昨日の今頃に来はりましたんですわ」

良助と半次郎は親父が指さした所を見た。

荷主　丹波国　石工　右吉《うきち》
送り先　大坂過書町　播磨屋太兵衛
荷物　春日山のカナンボ石　一駄
ただし　大和国添上《そうのかみ》郡誓多林村の弥右衛門《やえもん》が馬で運び込む

半次郎が台帳を写している間に、良助は親父に聞いた。

「馬で運んできたんか」

「へえ。かさがないわりには重そうやったんで、なんでっかと聞いたんですわ。そしたら春日山で採れる珍しい石や言うてましたで。なんやら、ちょっと細工してから庭に敷くんやそうです。大坂のお大尽《だいじん》が注文しはったんやと」

「どんな男やった」

「いいえ、普通の百姓でしたで。口数の少ない」

「ほかには何か気づいたことあらへんか」

「いえ、特には。そうそう、三日後にまた来る言うてましたさかい、明後日の今頃来はるんやないでっか」

良助と半次郎は外で相談した。弥右衛門が一味の仲間なら、二人で京大坂に行っている暇はなかった。

「半次郎。台帳には、荷主が石工の右吉で荷物はカナンボ石と書いとるけど、どうも怪しいな」

「わしもそう思いますわ。カナンボ石ちゅうのは鉄のように重くて、石仏を彫ったり墓石に使ったりする石ですわな。庭に敷き詰めるなんて聞いたことありまへんわ。寺社の石段や石畳に使うことはありまっけど」

「カナンボ石が春日山の周辺で採れることは間違いない。ほんでも、御蓋山は興福寺のもんやから立ち入りできんし、花山と芳山は御公儀の山となってから長い間、採石はさせてへんで」

「少し南の方になりまっけど、石切場があった地獄谷のほうやったら入れまっせ。あの一帯は大乗院さんの山でっしゃろ。いつも番人が見回っているわけやないんで、簡単に入れますわ。キノコ拾いや山菜摘みなどはお目こぼしと聞いてまっせ。もっとも最近はオオカミが出没するっちゅう噂で、地獄谷のあたりへ行く人はおらんそうでっけど」

良助は半次郎の顔を見て、きっぱり言った。

「いずれにせよ、怪しいな。京へ行くのはやめようや。わしはあの船で大坂へ行き、播磨屋を調べる。おぬしは橋本さまに今の話をお伝えしてくれんか」

「そうしますわ。しかし、さすがお奉行ですわ。運送業者も調べてみろちゅうのは、当たりでしたがな」

「そやな。間違いないで。あの一味や」

「それにつけても、わしも川下りを楽しみたかったですわ」

奉行所へもどった半次郎は文一郎に報告をした。文一郎は少し考えをめぐらせてから、官之助を呼んだ。弥右衛門が住む誓多林村は、柳生街道の石切峠から東へ五町ほど下ったところにある。京都代官の支配所なので、奈良奉行所が探索しても問題はない。しかも長吏の配下の非人番が常駐している村だ。

官之助が来ると、半次郎は木津浜で聞いたことを話してやった。銅泥棒については官之助もよく知っていた。文一郎は官之助に聞いた。

「誓多林村に馬はおるんか」

「六頭おります。南都の馬借が忙しうなりよると、助っ人に行くこともあるようですわ。滝坂道を下ったらすぐですよって」

これだけでは裏づけにならないが、弥右衛門と馬が誓多林村から来たという可能性は高まる。文一郎は決断した。

「官之助はん。誓多林へ出張《でば》って非人番に弥右衛門のことを聞き、明日、明後日とやつの動きを監視してほしい。特に荷駄をどこで積むのか知りたい。そして、そこから木津の浜までついていって、半次郎と合流してくれへんか」

「へえ」

「半次郎は石工の右吉について調べてくれ。石工仲間は結束が固く、連絡が密やから、奈良町の石工に聞けば何かわかるやろ。ほんで明後日は木津で長吏と合流したら、弥右衛門の荷を改めろ。銅物やったら、やつを奉行所に連行せえ。一味を洗い出し、根城を襲って召し捕る。ええな」

「お安い御用で」

六

翌日、官之助がいったん誓多林からもどってきて、弥右衛門について報告した。馬を一頭持っている普通の百姓で、野良仕事の合間に近在の荷運びで賃稼ぎをしているという。官之助は話がすむと、監視を続けるために誓多林へとんぼ返りした。

一方、半次郎が調べた右吉のほうは、結局、何もわからなかった。

「泉州の右吉なら腕のいい渡りの石工だと聞いているが、丹波の右吉については知らんという話ばかりでして。カナンボ石かて昔のようには採れへんと言うてました」

文一郎が腕を組んだ。

「右吉は偽名やな。おそらく、泉州の右吉の評判を知っていて、名前をまねたんやろ。本当に石工かどうかはわからんが、カナンボ石は装っているだけやと思う。つまり盗まれた銅物の可能性が強いということや。弥右衛門はだまされてるか、なんも知らんで運んどる」

「装うにしても、なんでわざわざ春日山のカナンボ石ちゅうことにしたんやろ。運ぶのに誓多林の者を使った理由もわかりまへん」

「確かにそうやな。そやけど、まずは明日の木津浜に集中しよう。弥右衛門に聞けばわかることや」

非人番小屋に泊まった官之助は、夜が明けると弥右衛門の家へ行き、近くの大きなカシの木に身を隠した。半時後、弥右衛門がのんびりと家から出てくると、小屋から馬を引き出した。まだ空荷だ。官之助は悟られないように跡を追った。

峠の茶屋を通り過ぎ、石切峠に差しかかった。柳生街道はここから間道《かんどう》が枝分かれしている。弥右衛門は右手にある本道の滝坂道を選んだ。牛馬はもちろん、ほとんどの人はこちらの道を通る。左手の間道は細く険しいからだ。まして最近はオオカミの噂に恐れをなし、通る者はいなかった。

弥右衛門はゆっくりと道を下っていった。朝もまだ早いとあって、山中を行く者はまだいなかった。首切り地蔵が見えてきた。さっきの間道と合流する地点だ。弥右衛門は地蔵の前で止まり、奇妙な行動に出た。後ろの茂みに入ったのである。官之助が木々の間から見ていると、肩に俵をかついで出てきて馬に積んだ。全部で二つ。次は地蔵を拝み、赤いよだれ掛けの首ひもの後ろに手をやった。何かが結んである。弥右衛門はそれをほどき、さっと見てから懐に入れ、また馬とともに歩き出した。

官之助はすぐに尾行しようとしたが、思いとどまった。こんな荷の受け渡しをするということは、かなり用心深い一味だ。弥右衛門と馬が見えなくなるまで、その辺で見張っているに違いない。官之助はその場にじっと隠れたままでいた。頃合いを見てまわりの様子を窺い、また歩き出した。途中で春日社の森を東大寺へ抜ければ、京街道をやってくる弥右衛門を転害門《てがいもん》の前で迎えることができる。

一方の半次郎は、木津浜で弥右衛門が来るのを待っていた。浜は日影がなく暑かったが、渡し舟の乗客や出入りする川船を見ていると、時がたつのを忘れた。馬を引いてくる男は朝から何人もいたが、弥右衛門の場合は後ろから官之助が尾行してくるので、すぐにわかる。

馬の蹄《ひづめ》の音が聞こえてきた。街道に目をやると、官之助の姿が見えた。その前で馬を引いているのが弥右衛門だ。のんびりと馬子唄をうたっている。浜に着くと、弥右衛門は馬を駒留《こまと》めにつなぎ、淀船の詰所へ向かおうとした。半次郎は十手を取り出し、ゆっくりとその前に立ちふさがった。官之助が退路を絶った。

弥右衛門は逃げもせず、「なんでっか」と不審な顔をした。

「あんた誓多林村の弥右衛門さんやろ。奉行所の者やが、ちょっと荷を改めたいんや」

半次郎がやんわりと告げると、弥右衛門は抗いもせず、「ただの石ころでっせ」と言いながら、馬の背に振り分けた荷を下ろした。

「俵のふたを開けてくれんか」

弥右衛門は面倒臭そうな顔をしたが、言う通りに開けた。俵のふたは縄でしっかり縛りつけてあるので、開けたり締めたりするのにけっこう手間がかかる。ふたがはずれると、半次郎はせっかちに俵の中をのぞき込み、ぎくりとした。中身は確かに石だった。

「官之助はん、ちょっと見てくれんか」

官之助ものぞいてみた。

「ははーん。慎重な連中や。これは馬方や船頭に中を見られたときの用心でっしゃろ。石とわかったら横取りされることないやろと。そやけどわしらは御用やさかい」

官之助はいきなり俵を蹴り倒した。すると、石に続いて鋳物の破片が続々と出てきた。手に取るまでもなかった。唐金だ。

七

文一郎の吟味に弥右衛門は素直に応じたが、男に頼まれたと言うだけで、その男の名前と自分が依頼されたこと以外は何も知らなかった。

石を運ぶことになったいきさつについてはこう語った。六日ほど前、奈良町の馬借を手伝いに行った帰りのことだった。滝坂の道を歩いているとき、後ろから話しかけてくる男がいた。男は丹波から来た旅稼ぎの石工で右吉と名乗り、許可を得て春日の山々で石を切っていると明かした。そして弥右衛門の名前と在所を聞いたうえで、石を木津の船だまりまで馬で運び、荷を大坂行きの二十石船に積んでほしいと頼んだ。弥右衛門が承知すると、三日後に首切り地蔵の後ろの茂みへ石を入れた荷駄を二つ置いておく。それを持っていくようにと指示した。その後も三日に一度出す予定だという。切り出した石は運びやすいように砕いてあり、大坂の豪商の庭に敷き詰めるためのものだと説明した。

連絡はどうするのかと聞くと、そのつど、運び賃と船賃は書状とともに首切り地蔵のよだれ掛けのひもに結んでおくと約束した。面倒臭いことをすると思ったが、代金はたっぷりはずむと言ったので、それ以上は聞かなかった。石を切っている最中は山のあちこちで小屋掛けをしているので、連絡が取りにくいからだろうと勝手に推測した。

文一郎は最後にたずねた。

「それで、今朝、よだれ掛けに結んであった文には何とあったんや」

「『次も三日後』とありましたで」

雲が赤く染まり、ひぐらしが鳴き出した。風はいっこうに吹かず、暑い。

文一郎は弥右衛門に冷たい井戸水を一杯与え、奉行所内の仮牢に留め置いた。それから書き役をしていた半次郎と検討した。

「このところ一味が音なしの構えやったんは、盗品の砕きに専念していたからやな。弥右衛門の話でわかったんはそれだけや。一味の正体も居どころも判明せん」

「ほんでも、なんで春日のカナンボ石を装い、誓多林の者に運ばせたんか、これでわかりましたで。春日奥山あたりに根城があるからでっせ」

「そうやなあ。漠然とはしとるが……」

文一郎は考えた。三日後が荷出しということは、明日か明後日には右吉と称する男を捕まえる必要がある。弥右衛門が荷を取りに来ないと、やつらは発覚したと考えて逃げる。因果を含めて弥右衛門を取りに行かせても、いつもとは立ち居ふるまいが違うだろうから、こっそり見ている連中が不審を抱く。そのうえ大坂に今朝の荷が到着しないと、右吉に何らかの連絡が来るだろう。いずれにしろ急がねば。

文一郎の考えがわかったのか、半次郎が言った。

「良助さんが帰ってくるとしたら、早くて今晩。ま、明日の夕刻でっしゃろ。話を聞いてから動いたら、間に合わんと思いますわ」

「お奉行に相談してみよう。今までの話もせなあかん」

文一郎が小書院へ入っていくと、川路は書状を読んでいたが、すぐに話をうながした。川路は口を挟まず黙って聞き、話が終わると首をひねった。

「手がかりが少ないな。大坂の荷受人のほうは、良助の報告を待つしかないだろう。急を要するのは、一味の根城というか銅物を砕いている場所の特定だ。荷物の受け渡しから考えると、確かに首切り地蔵周辺の春日奥山とは考えられるものの、これでは漠然としすぎだ。しかし、かなり慎重な一味だが何かが引っかかる。何年前だったか、文一郎と半次郎で召し捕った贋銀遣いがいただろう」

「はい。高座で磔《はりつけ》となった二人でございますね」

「そうだ。あの二人もやけに慎重だったが、策を講じすぎて、結局はそこからほころびが生じたのだ。考えてみよう。少し待ってくれ」

文一郎にそうは言ったものの、すぐにいい考えが出てくるはずもなかった。ただ、頭の片隅に何かがぼんやりと浮かんでいた。このところ酒を断っていた川路は、さっさと夕飯をかっ込み、考えた。何も出てこない。こういうときはおさとと話すにかぎる。川路はおさとを庭へ誘った。

「殿さま。お考えが出てこないのですか」

「なぜわかった」

「お顔に書いてあります。『困ったときのおさと頼み』と」

「はっはっはー。その通りだ」

おさとは川路から銅泥棒の件をひと通り聞くと、考えをめぐらせていたが、やがて空を見上げた。池に光が反射したからだ。月が雲から出たのである。おさとはひらめいた。

「ほら、月が……」

おさとに告げられ、川路も月を見た。瞬時に悟った。

「でかしたぞ、おさと大明神。今度は市三郎にオオカミ退治をさせる。今まさに月に向かって吠えているかもしれん」

川路は足早に庭からもどると、市三郎に地獄谷で見聞きしたことを確認し、中小姓の俊介に橋本文一郎を呼んでくるようにと命じた。与力の屋敷は奉行所のすぐ前にある。

文一郎が駆けつけると、川路は喜色満面だった。

「わかったぞ、文一郎。一味は地獄谷だ。オオカミのふりをしてうろついている」

川路は理由を説明した。文一郎はすぐに話を理解した。事件の構図が見えてきたのだ。異国船、オオカミ、山木枯槁と風聞がすべてつながった。残るは盗品の販路だけだ。

話の途中で、俊介が久保良助の帰着を伝えた。川路はすぐ連れてくるように命じた。部屋に入ってきた良助は疲れ切っていた。吉報を早く伝えようと、急ぎに急いで帰ってきたという。良助は語った。

大坂過書町の播磨屋太兵衛は実在しており、石だけではなく、鉄釘や古銅などの商いもしていた。しかも古銅は銅座に納める決まりだが、播磨屋は鋳物師や銅細工業者の求めに応じて、直接販売もしていた。銅座を通さない方が互いに利幅が大きく、速やかな対応ができるからだ。そのうえ異国船騒ぎ以来、海防に熱心な大名からの古銅の需要が増えていた。播磨屋は名を明かさなかったが、西国大名の蔵屋敷からの注文に応えるため、各所から集めていたという。

そうしたおりに、伊佐吉と称する男が古銅を売りにやってきた。伊佐吉は長堀の住友銅吹所で働いていたことがあり、今は大和で古銅の仲買をしていると自己紹介した。そのうえで、播磨屋が高値で買い取っているという噂を耳にしたので、買ってほしいと語った。播磨屋にとっても願ったりかなったりの話だった。

播磨屋は古銅が盗品かどうかを知らなかったし、調べもしなかったと釈明した。小さく砕かれた銅物の原型を推測するのはむずかしいとも言い訳をしたが、盗品の仏像仏具であることは知っていたはずである。代金は品物が着いた日に支払う約束で、伊佐吉が受け取りに来る手はずになっているという。

そこまで聞いた川路は良助にたずねた。

「ということは、一回目は手にしているのだな」

「はい。二回目は明日の朝です。伊佐吉は荷駄の押収を知りようがありませんから、必ず播磨屋へ代金の受け取りにやってきます。そこで、月番の大坂西町奉行所に伊佐吉の召し捕りを依頼してきました。お奉行から頂いた共助要請の書状が役に立ちました」

「よくやった。さすがは良助だ」

八

火事羽織に野袴《のばかま》、陣笠《じんがさ》姿となった橋本文一郎は、池田半次郎や官之助ら総勢十人の捕り方とともに奉行所を出発した。市三郎は案内役として加わり、大慶直胤の短槍を持った。川路は市三郎に対し、捕り物には手を出すなと厳命しているので、槍は万一のためである。そばには松村藤右衛門もついている。大御堂《おおみどう》の十三鐘が聞こえてきた。興福寺の勤行の始まりを告げる後夜《ごや》の鐘だ。あと一時（二時間）ほどで夜が明ける。

一行は道を急ぎに急ぎ、滝坂の道を上っていった。夜目《よめ》が利き、山道に強い官之助が先頭に立った。首切り地蔵に差しかかると、空が白んできた。市三郎は官之助のすぐ後ろについた。

地獄谷で金属をたたくような音が聞こえた場所を見つけるためだ。谷を下りきったあたりで、龕灯《がんどう》で左手を照らし、細い獣道を探す。

あった。奥へ続いている。市三郎が「ここだ」とささやくと、官之助は大きな手振りで手下に合図をした。手下たちは持っていた提灯を消すと、しゃべることなく二手に分かれて山の中へ入っていった。文一郎と半次郎は官之助とともに細道を奥へと慎重に進み、市三郎と藤右衛門が追った。

奥は開けており、小さな石切場の跡をとどめていた。その手前は火を焚く場所らしく、薪や炭、それに俵と砕かれた銅物、鉄槌《てつつい》や斧《おの》などの道具類が散らばっていた。まだ壊されていない仏像が地面に横たわり、二輪のべか車も一台転がっていた。ちょっと大きな仏像はこれに乗せて運んだのだ。間違いなかった。一味の作業場であり隠れ家だ。左手の森の中には寝場所があった。むしろを木に縛りつけて屋根にし、下にわらを敷いただけの簡単なもので、三人の男たちが寝入っていた。

文一郎が合図をすると、半次郎は男の一人にさっと近寄り、足を蹴《け》った。

「いてて、何すんねん」

男は寝ぼけ眼をこすった。目の前にいたのは、赤房の十手を持った捕り物姿の同心だった。

とっさに男は大声で仲間をたたき起こし、傍らにある用心棒を手にとった。

「おもろいやないか。腐れオオカミの腕前を見せてもらうで」

半次郎はそう言って、十手を目の前に突き出した。

「くそっ」

男は棒で突いてきたが、半次郎にかわされ、つんのめって転んだ。ほかの二人は思い思いの方向へ逃げようとしたものの、まわりを捕り方が取り囲んでいる。あきらめるしか仕方がなかった。


文一郎の吟味が始まった。三人とも初めのうちはしらばくれていたが、明日にも大坂から伊佐吉が連行されてくると言われると観念し、半次郎に用心棒を突き付けた男がすべてを白状した。この男が丹波の石工、右吉と名乗っていたのである。

右吉の本当の名前は清次郎で歳は二十六歳。驚いたことに、奈良町の銅細工職人と判明した。残りの二人は伊佐吉の知り合いの無宿者《むしゆくもの》だった。清次郎は伊佐吉の名前が実名かどうかは知らないが、自分より五つぐらい年上で、大和をまわって古銅の仲買をしていると語った。知り合ったきっかけは、たまたま清次郎の店を訪ねてきたからだという。

それから伊佐吉はしばしば顔を見せるようになり、親しくなると銅泥棒の話を持ち出した。奈良で銅樋の盗人が捕まってすぐの頃だ。始めのうちは冗談めかしていたが、清次郎が自分なりの考えを述べると、一緒にやろうと誘った。清次郎は話に乗った。近頃は銅の産出が少なくなっている。そこに大筒鋳造が盛んになったおかげで古銅の値が上がり、銅細工の業者はみな困っていた。カネが欲しかった。もっとも清次郎はまだ若かったので、カネよりも、銅細工の知識を生かして危ない橋を渡ることに魅力を感じたという。銅細工職人など地味な人生だ。気持ちがわくわくするような面白いことなどはないからだ。そんな考えになったのは銅樋泥棒に影響されたからだと、言い添えた。

盗みに入る寺は土地鑑のある清次郎が決め、盗品の処分は伊佐吉が考えた。短期決戦でたっぷり儲けたら一味を解散し、あとは素知らぬ顔でそれぞれの生業に励むことにした。力仕事に仲間を二人ばかり調達したが、この連中は銀《かね》のためなら殺し以外はなんでもやるという触れ込みだった。そこまで聞いて、文一郎はたずねた。

「なぜ地獄谷を隠れ家にしたのだ」

「釣り鐘もそうでっけど、銅仏なんかは銅と錫を配合した唐金で造られてますんや。唐金は火で焼くと、壊しやすうなりまんねん。それを鉄槌で叩くんだす。跡形もなく。そうやないと見つかったときとか、問屋や銅座に売ったときに盗んだ仏像とわかるやないでっか。それと、運びやすうなりまっしゃろ。そやから、音を聞かれたり、火を見つけられたりせんよう、人が来ん場所にしようと思いましてん。ほんで、あこなら坂はきついもんの、奈良町から割と近いでっしゃろが」

「するとオオカミと山木枯槁の噂を広めたのもおまえの考えやな」

「わしがガキんとき、十二、三年ほど前やろか。山木枯槁騒ぎがあり、みながみな不気味や言うとったんを覚えておりましたんや。もっとも、これは効きめがあらへんかった。オオカミのほうは、梅谷にある母親の実家へ行ったときに、あたりで吠えてるのを聞いたことがありまんねん。ごっつう恐ろしい声が今でも耳に残っていますわ。そやからオオカミが現れれば、ほんでのうても気味が悪い地獄谷へ人は近づかんやろと思いましてん」

九

銅泥棒の一件が解決し、川路は久しぶりに自分へ飲酒を許した。酒好きの養父母も呼んだので、時ならぬ宴となった。

築山でござに座り、南都諸白《もろはく》を飲んでいると、心地よい風が通っていく。市三郎はそばで西瓜《すいか》を食べている。おさとが酌をした。肴《さかな》は江戸風のきゅうりとなすの浅漬けに鮎《あゆ》の塩焼きだ。そして月がもうすぐ出てくる。

「おさと。これに鰹の刺身があれば言うことがないなあ」

「そうだな。江戸の鰹が恋しい。初鰹もいいが、戻り鰹も捨てがたい」

養父の光房《みつふさ》が同調した。光房は微禄だったとはいえ、いかにも譜代の御家人らしく、洒脱《しゃだつ》で気さくな人物だった。

「おじいさまに父上。また鰹ですか。奈良は海が遠いのですから、駄々をこねないでください」

市三郎が一人前の口を利いたので、みなが笑った。

「まあ、今回は市三郎も役に立ったらしいから、言いつけに従おう」

光房はきゅうりをぱりっとかみ、南都諸白で流し込んだ。

「で、殿さま、結局はどのような一味でしたの」

おさとが興味津々《しんしん》といった口ぶりで聞いた。川路は妻の好奇心を満足させてやろうと、一部始終を話してやった。市三郎も聞き耳をぴんと立てた。自分も召し捕りに加わったのである。すべてを知りたかった。話が終わると、市三郎は川路にたずねた。

「父上。大筒はどのようにして造るのですか」

「簡単に言えば、つぶした唐金を鋳物師が溶かして型に流し込めば大筒はできる。仏像や梵鐘《ぼんしょう》の多くは唐金で造っており、銅と錫の割合は大筒のそれとほとんど同じだ。だから吹き直す際に新銅を少し入れるなどして割合を整えると、大筒のいい材料となる。鋳物師たちの確かな腕前ときちんとした図面が必要だがな。二年前、新潟奉行の川村どのが鋳物師に大筒を鋳造させたという。これが古銅を用いたか新銅だけかはわからないが、川村どのは荻野《おぎの》流砲術の免許皆伝なので、そのあたりの知識が豊富だ。だから鋳造ができたのだろう」

光房がぽつりと言った。

「異国船の来航が増えると、大筒を造れという声がもっと高まるんだろうな」

「それに伴い、寺社や領民に古銅の供出を命じる大名も多くなるのでしょうね」

と義母も話に加わった。

「人々の祈りを受け止める仏像や、時を知らせる鐘、夕餉を作る鍋釜までを取り上げて、人を殺める大筒を造るのですか。それはどこかおかしくありませんか」

おさとがきびしく反応すると、養母がうなずいた。

「だが、おさと、梵鐘や鍋釜はともかく、仏像や仏具などは暮らしにとって無用のものであろう。それなら異国の攻撃を阻むための大筒を造るほうが、よほど有用ではないか」

「お役人はすぐにそのような考え方をなさいます。ですが、そのような貧しい考えで造る大筒では異国船に勝てはしません。異国船は長い時をかけて大海を渡ってくる力があるのですよ。力ではなく、知恵で勝つのです。いえ、争いをしないようにすべきなのです。民が望んでいるのは戦のない世です。そのために先人たちが努力をしてきたからこそ、ただいまの泰平の世があるのではありませんか」

川路はしばし目をつぶり、考え込んだ。

「そうだな。おさとの言う通りだ。まったく備えをしないというわけにはいかないが、大筒で異国船を撃退しようとするのではなく、知恵を振り絞って異国と向き合う。異国の実状を調べ、学ぶべき事は学んで話し合う。それこそがわたしたちの取るべき道なのだろうな。いずれ異国と通交せねばならないときは必ずやってくるのだから……」

春日の山々から月が昇ってきた。五人は月に見入った。欠けた部分が見る者の心に何かを訴えかける。そんな月だった。

春日《かすが》の神鹿《しんろく》

夫よりいなり山のうちを通り大佛前にて小休いたし、用達大宮通みいけあかる所若狭屋八兵衛方江八半時過に着したり。ならより京迄十里といへ共近し。

（『寧府紀事』嘉永二年十月二十三日）

一

川路は空を眺めていた。今日も雨が降る気配はない。庭の木々はみずみずしさを失い、池の水位は下がっている。この夏、大和国はほとんど雨が降らなかった。旱魃《かんばつ》だ。郡山では雨乞いの火振りをしたが、やはり効果はなかった。あとひと月もすれば稲刈りが始まる。この分だと収量は減るだろう。すでに米の値段が上がってきているので、対策を講じなければならない……。

「どうかなさったのですか。憂い顔をされて」

おさとが湯飲み茶碗を持って居間へ入ってきた。のどが渇いていた川路はすぐ手に取り、一口飲んだ。甘酒だった。生姜《しょうが》汁が少し加わっている。

「適度に冷えて、うまい。これは暑気払いになる」

「井戸水につけておきました。お奉行所の井戸は涸《か》れることがないので助かります」

「春日の山々に降った雨や雪が地中へ浸透し、じわじわと井戸へ出てくるからだ。作物も地中深くから水を吸い上げることができればいいのだが」

「お米のことが気がかりなのですね。日照りの夏はお百姓が嘆き、秋になると町の人たちがため息をつきますものね」

おさとは聡明で察しがよかった。南都に赴任して三年になるが、やっかいな事件が起きるたびに、川路はおさとに助けられてきた。

「池の水もだいぶ減った」

「ええ。お百姓ほどではありませんが、家の者たちもこの日照りには困っております。畑の青物が育ちませんから。そのうえ鹿が荒らしにやってきます」

「食べ物がほしくて庭へ入ってくるだけなのだが、おさとの言いようは鹿があたかも山賊であるかのようだな。興福寺が春日の神鹿とあがめ奉るから、鹿も増長して我が物顔にふるまっているのだろう」

「山賊ではなく、大身旗本のご子息みたいだとおっしゃりたいのですか」

川路はぐりっとした目をさらに大きくし、大笑いをした。おさとの受け答えはいつも当意即妙だ。

「おさと。鹿と言えば、そろそろ角切りだ」

「母上さまへの文にお書きなさるのでしょう」

「角切りのことは着任した年に詳しくしたためたので、もういいだろう」

「そうでしたね」

「もう三年が過ぎた。江戸が恋しい」

「今頃、冬青木《もちのき》坂のあたりは秋の七草が盛りですわ」

おさとは遠くを見ているような表情になった。江戸の屋敷に思いをはせている。川路も心に描いてみた。

「秋の七草には月が似合う。春日の山々から昇る月もいいが、やはり我が家で見る江戸の月が一番だ」

ひとしきり江戸に思いをはせていると、中小姓の俊介が来て、与力の橋本文一郎が小書院で待っていると伝えた。火急の用件らしい。

川路が入っていくと、文一郎があいさつもそこそこに切り出した。

「先ほど、京からお尋《たず》ね者召し取りの依頼がありました。久松家お預かりの神代徳次郎《くましろ》と申す者が出奔したので、見つけたら捕まえてほしいと」

「なんと」

川路は驚いた。神代徳次郎は清やオランダとの貿易をつかさどっている長崎会所の唐大通事《とうおおつうじ》だったが、貿易にからむ不正利得や国禁を犯した罪で、七年前の天保十三年（一八四二）に会所調役頭取の高島秋帆《しゅうはん》らとともに召し捕らえられた男である。神代は下総《しもうさ》国多古《たこ》の久松家に、砲術家としても名高い秋帆は武蔵国岡部の安部家に預けられていた。

高島秋帆の場合は会所の杜撰《ずさん》な運営を問われたかたちになっていたが、江戸南町奉行の鳥居燿蔵と長崎の町年寄たちによって讒訴《ざんそ》されたという噂がしきりだった。秋帆の名声をねたんだというわけである。

川路の友人である伊豆韮山《にらやま》代官の江川太郎左衛門は高島流砲術の直伝《じきでん》者だった。川路はその江川から砲術を学んだ。つまり、川路は秋帆の孫弟子と言ってもよかった。加えて、川路も一時は鳥居燿蔵に狙われたことがあったので、秋帆は無実だと信じていた。しかし神代は別だ。

「神代はなかなか目端《めはし》の利く男で、不正も大がかりだったと聞く。それが牢を脱走したとなれば、いきさつはともかくとして、久松豊後守どのは責任を問われる。下手をすれば閉門蟄居《へいもんちっきょ》だ。

江戸では神代が上方を経由して長崎へ向かったと見ているのだな」

「おそらくは。神代の人相書も届きましたので、長吏たちに街道筋を検問させています。同心と目明し一同には奈良町の見回りを強化させました」

川路は文一郎が持ってきた人相書に目を通した。

微に入り細にわたり神代徳次郎の特長が描かれており、出奔を許した久松家の焦りが読み取れた。この人相書があれば、長吏たちは似た男をいずれ見つけるだろう。とは言っても、川路には神代が大和に来るとは思えなかった。

二

奈良町で角切りが始まった。角が成長した牡鹿《おじか》がいる町は、その鹿を空き地に閉じ込めておき、担当の与力同心と大勢の勢子《せこ》が順番に切って回るのである。年に一度の角切りを奈良の人々は心待ちにしており、江戸の花見のように楽しんでいた。

昼過ぎに奉行所の番となった。奉行所と与力屋敷の間の広い通りに矢来《やらい》を組み、大鹿をここへ追い込んで切る。矢来の外には奉行と与力の桟敷《さじき》が設けられていたが、見物したい人たちはここ以外なら自由に立ち見ができる。

川路が着席すると、与力の合図で一頭の鹿が矢来の中へ追い込まれてきた。四つの枝角が生えている一番大きな鹿である。そろいの半纏を着た勢子たちが取り囲み、一人が捕獲具を持って近寄った。捕獲具は竹を十字に組んで縄を巻き付けたもので、男は間合いを計るとすばやく打ちかけた。縄はうまく角に絡まった。ところがたぐり寄せようとすると、鹿が暴れ回り、ずるずると引きずられる。

囲んでいた二人の若者が角を押さえるため、両側から飛びかかった。鹿が首を振る。とみるや一人が投げられてしまった。なおも鹿は後ろ足で跳ねた。残った一人は角から手を放すまいと必死だ。見物人たちが声援を送った。相手は凶器となる大角を持った力の強い牡鹿である。しかも鹿を傷つけてはならないので慎重さが要求される。何人かが後ろ足にしがみつこうと試みた。失敗が続く。やっと一人が取り付いて倒し、すぐに五人の勢子がむしろの上に寝かせた。

鹿が抵抗しなくなると同時に、のこぎりを手にした切り役が登場し、慣れた手つきで角を切りだした。作業を終えた男が一対の見事な角を両手に掲げると、見物人たちの間からやんやの喝采《かっさい》が沸き起こった。

川路は見物を五頭で切り上げると、奉行の執務室である小書院へもどった。遺産相続の争いや借金返済のもめ事など、厄介な公事の下調べをしなければならない。

訴状を読んでいると、これも見物を途中で切り上げたのだろう、橋本文一郎が何やら報告にやってきた。神代が見つかったのか。川路は一瞬そう思ったが、違った。

「奇妙な変死体が川上村の野道で発見されました」

「人殺しか」

「まだわかりません。男は筒袖に山袴をはいて、足元をしっかり固め、山刀を腰に差していました。したがって猟師と思われるのですが、鉄砲と火薬入れが見当たらず、見た目では外傷もないそうです。誰かが鉄砲を奪うために殺したとしたら、大事になりかねないと思い、とりあえずご一報を」

「調べにやった同心は誰か」

「半次郎です。隆慶《りゅうけい》先生も一緒です」

「奈良回りの者なら、鉄砲の登録帳を調べれば、何者か見当がつくのではないか」

「はい。そちらはわたしが当たります」

「鉄砲の所在確認は速やかに頼むぞ」

「はい」と言うなり、文一郎は一礼してさっと出ていった。花井隆慶は奉行所付きの医者で経験が豊富だ。早く片づくだろう。川路は頭を切り換え、また訴状に集中した。

川上村は奈良奉行所の管轄下にある奈良回り八か村の一つで、東大寺の北を西へ流れる佐保川沿いにあった。川の両岸は田や畑で、右岸の背後は低い丘陵になっている。ここを越えると山城国だ。半次郎たちが山裾を走っている野道を行くと、ほどなく死体がある場所に着いた。

村の非人番と五十がらみの農夫がそばで番をしていた。

「このおやじさんが見つけたんですわ」

非人番が半次郎にそう告げると、農夫はぴょこんとおじぎをした。

「同心の池田さまや。さっきの話をしてくれへんか」

「へえ」と農夫は言った。

「昼過ぎに畑を見に来たところ、このお人がうつぶせに倒れてはったんですわ。声をかけても動かんのでひっくり返すと、死んでいたちゅうわけです」

隆慶が検分を始めた死体は、四十前後に見えた。

「あんた。この猟師を見たことはないんか？」

「ついぞ、見かけへん顔ですわ」

「なんか心当たりは。あるいは知ってそうな者とか」

「そうでんな。ひょっとしたら庄五郎が見知っているかもわからんな」

「どんな男や」

「わしらの村の田番で、猟師もしとるんですわ」

「ほな、呼んできてくれへんか」

半次郎は農夫に頼むと、隆慶に声をかけた。

「先生、死体のほうはどないでっか?」

隆慶が答えた。

「首が折れてまんな。おそらく山から転げ落ちてくるときに、折ったんでっしゃろ。ほんで死によったと。不意に突き落とされたんか、争って落とされたんか、それとも自分でうっかり滑ったんかは、見た目ではわかりまへん。争ったり滑ったりした場合は、それらしい痕跡《こんせき》があると思いますわ。頭や顔、首それに着衣は土で汚れてまっけど、おそらく落ちてくるときに付いたんでっしゃろ」

「そやな。転落した場所とその近辺を調べてみんとあかんな。斜めに落ちてくることはないやろから、まっすぐこの上へ登ってみよか」

半次郎は小山に目をやった。百尺(約三十メートル)ほどの高さしかないが、野道からすぐに立ち上がり、上のほうは傾斜がきつい。ところどころに岩や灌木があるだけなので、上から突き落とせば野道まで転げ落ちることは十分に考えられた。

同じように山を見ていた隆慶が言った。

「わたしは仏さんを裸にしてみまひょ。何かわかるかもしれまへん」

着流し姿の半次郎は尻っ端折りをして、動きの邪魔になる大刀を死体のそばへ置いた。蔓や岩を利用して山を登っていく。中腹に灌木が折れている部分があったので、男がころがり落ちてきた経路に違いなかった。

登りきったところは台地状になっており、崖のきわは狭い草地だった。五十間（約九十メートル）ほど北に森がある。その間は開墾された畑だ。半次郎は草地をざっと調べたが、草鞋で踏まれたような跡がかすかに残っているものの、強く踏み荒らされている場所はなかった。鉄砲も落ちていない。畑のほうは鹿かイノシシが通ったらしく、うねが何か所も崩れていたが、ここにも鉄砲は見当たらなかった。もっと人手を投入して、徹底的に探す必要がある。半次郎は山から下り、隆慶に結果を伝えた。

「先生。滑ったとか争ったとか、はっきりわかるような跡はありまへんわ」

「ちゅうことは、後ろから突かれたか殴られたかして落ちた可能性が高うなりましたな。ちょっとこれ触っとくんなはれ」

隆慶はまげが解かれた後頭部を指した。半次郎が触ると少し陥没しているようだった。

「耳の中から血の混じった水も出てましたんで、後頭部をこっぴどく殴られたかなんかしはったんですな。どんな凶器かわかりまへんけど、その力で落ちたと考えられます。首が折れたんは転落する前かもわからんな」

二人が話していると、農夫が田番の庄五郎を連れてきた。もっさりとした大男で、鉄砲を斜めに背負い、腰に山刀を差している。庄五郎は半次郎に軽く頭を下げると、すぐに死体に目をやり、聞きもしないうちに口を開いた。

「わしはこの人知りまへんわ。よそ者でっしゃろ」

「近在の猟師に顔見知りはおらんのか」

「東どなりの中ノ川や西の法蓮村やったら知っとる者おりまっけど、ほかの村にはおらんですわ。わしら、よその山には入らんようにしとるさかい……。あ、いや、縄張りを荒らしとるちゅうんで、わしが怒ってやったんとちゃいまっせ」

半次郎は疑いの目を向けたが、庄五郎は人を殺すような人間には見えなかった。

「川上村に猟師は何人いるんや」

「わしともう一人だす。正作ちゅうやつですわ。言っときまっけど、やつにもやれまへんで。気があかんやつやさかい。わしらは猟師いうても、ふだんは村に雇われて田番をしてますんやわ。イノシシや鹿が田畑を荒らさんように見張る仕事ですわな。鹿垣《ししがき》を作るのも仕事のうちでっけど」

「持ち場は？」

「あっちの山田と畑で、この上は時々見回りに来るだけですわ。なにせ手が回らんさかい」

「その鉄砲は何に使うんや」

「音だけの威《おど》し鉄砲ですわ。猟のときは玉を込めまっけどな。お奉行所には届けてまっせ」

庄五郎は正直に答えた。半次郎は聞いてみた。

「地元の猟師としては、この男が山から落ちたわけをどない思う？」

庄五郎は考え、山を見上げた。

「滑ってしまったんか、足を踏み外したんか、それとも誰かに突き落とされたんか。それしか考えられまへんな。ほんでも、ここんとこ草は湿ってまへんやろ。滑るちゅうことは考えられへんな。うっかりちゅうのもなあ。土地の者やったら、畑のすぐそばが崖ちゅうことは知ってまんがな。そもそも、近くへ寄りゃあ、下が見えまっしゃろが」

「よそ者やったらあり得るというわけやな。あわてとったら」

「まあね。わしは誰かに突き落とされたと思いまっけどな」

やはり他殺の線が濃いか。半次郎がそう思ったとき、山のほうで「フィーヨ、フィーヨ」という鹿の鳴き声がした。半次郎が目をやると、庄五郎が言った。

「そろそろ発情期やさかい、牡鹿が女房ほしいちゅうて鳴くんですわ。稲も実るよって、わしらも忙しゅうなります。しかも角切りの時分は鹿が奈良町から逃げてきよるんでね。大事な角を切られんのはかなわんちゅうわけでっしゃろ。年季の入った大鹿もおりまっせ」

「ほう」

「ほんで、そんな鹿たちを狙う猟師がよそから来よるんです。聞き慣れん鉄砲の音を何度か聞いたことがありますわ」

「音の違いがわかるんか」

「火薬の量とか筒の差し渡しや玉の有り無しで、撃った音が微妙に違うんですわ。知り合いの鉄砲やったら誰のかわかりまっせ」

農夫も話に加わった。

「わしらにとって鹿は神さんの使いやさかい、音で威して逃げてもらうだけですわ。命を狙いはしまへん。興福寺さんの大垣廻《おおがきまわ》しの刑はとっくになくなりましたけどな」

二百年ほど前まで、奈良では鹿を殺すと罪が重かった。興福寺が刑の執行権を持っていたので、犯人は興福寺の筑地塀のまわりを引廻されて首を刎ねられ、獄門にされた。これが大垣廻しで、大垣成敗《せいばい》とも言われた。だが、奈良奉行所が司法権を全面的に握るようになると廃止され、事情を勘案して裁くようになったのである。

川路が奉行に着任した年の角切りでも、若者たちが誤って鹿を死なせたことがあった。暴れる大鹿を取り押さえようとしたためだったので、川路は人助けに伴う過失と認め、罪を問わなかった。それでもむやみに鹿を殺すと、なんらかの咎めは受けたのである。

庄五郎が話を続けた。

「いまから二十五年以上も前になりまっしゃろか。文政年間に宗兵衛《そうべえ》さんちゅう鉄砲の名人がおりまして、鹿をいっぱい撃たはって捕まえられましたんや。宗兵衛さんはわしと同じ川上村の田番やった。わしとは比べもんにならん名人やったさかい、威すだけじゃ満足でけへんかったんやろと思いますわ。銭も欲しかったやろしな」

「ほう、銭になるんかいな」と、半次郎が聞いた。

「そりゃ、角はもちろんですわな。それに皮でっしゃろ。加えて肉がええんですわ」

隆慶が横から口を挟んだ。

「肉はうまいうえに血を増やすよって、せがれの嫁が子を宿すと、肉を買い求める舅はんがおるほどです。元気な孫が生まれるようにというわけですな」

三

文一郎は奉行所にもどった半次郎から話を聞くと、すぐに長吏の官之助を呼んだ。

「長吏。神代徳次郎の探索で忙しいやろが、別件や」

「へえ。川上村の非人番が報せた件でっしゃろ」

官之助はなんでも知っている。話が早い。

「そうや。明日、半次郎が現場へ鉄砲を探しに行く。何人か手下を出してくれへんか。それと、川上村の隣村に行方不明の猟師がおるかどうかを調べてほしい」

「承知しました。そっちはわしが行きます。お尋ね者の件は小頭《こがしら》たちにまかせますわ」

「そうしてくれ」

手配を終えると、文一郎は小書院へ向かった。川路は訴状調べをすませ、書の稽古をしているところだった。文一郎の声を聞くと、川路は手を休めた。

「どうだった。鉄砲は見つかったか」

「いえ。明日から、現場周辺を半次郎が徹底的に探索します」

「身元は」

「まだわかりません」

文一郎はそう答え、半次郎の話を手短に伝えた。川路はたずねた。

「よそから来た猟師なら、川上村の鉄砲登録帳には載っていなかったか」

「はい。田番の庄五郎が申した通り、川上村の猟師は本人と正作の二人だけで、その鉄砲は登録されていました。ほかに庄屋と百姓代が一挺ずつ所持しておりますが、確かめたところ、紛失はしておりません。他村の猟師に間違いありません。そこで、長吏を近隣の村々へ調べに行かせることにしました」

話が終わると、川路は庭に出た。もうすぐ黄昏時《たそがれどき》だ。庭には萩が咲き始めていた。池の水位はまだ回復せず、築山の緑も元気はないが、季節は確実にめぐっていた。川路が池を見ているると、そばでおさとの声がした。

「いつ見ても、角切りはどきどきいたしますわね」

「おさとも見ていたのか」

「ええ。総門の門番所で見物しました」

「あそこなら、鹿が矢来を飛び越えても安心だ」

「最初に切られた一番大きな鹿はいくつくらいなのでしょう」

「十歳は超えているだろうな」

「切り取った角はどうされますの」

「勢子や手伝いの人々で分ける。角細工をする者は、そこから買い求めるのだ」

「鹿たちも人々の役に立っているのでございますね」

「一方では困ることも多いのだよ。この前、おさとが嘆いたように作物を食い荒らすのが一つ。それから時季によっては危険な生き物になる。昨年の五月のことだ。興福寺の境内で、子守をしていた老婆が頭を一撃されて死んでしまった。鹿は子連れの牝《めす》だった。母鹿にむやみに近づいてはならないのだ。子を守ろうとして前足を上げて人を打ち倒す」

「おばあさんもお孫さんをかばおうとしたのでしょうね」

「そうだろう。角が大きくなった牡《おす》はもっと恐ろしい。角が凶器になる。だから寛文十二年（一六七二）に当時の奈良奉行が角切りを始めたのだ。春日の神鹿は人を和ませるが、何かとめんどうな存在でもある」

「生き物は大切にしなければいけませんが、人との関わりは難しいですね」

「そうなのだ。綱吉《つなよし》公のように生き物を大事にしすぎると、人間にとっては迷惑なことも生じる。もっとも、『生類憐れみの令《しょうるいあわれみのれい》』には別の目的があったようだが」

五代将軍綱吉は「生類憐れみの令」にもとづき、村々にある鉄砲の没収や登録など鉄砲改めを実施した。綱吉の狙いは鳥獣の保護もさることながら、百姓たちが持つ鉄砲の管理にあった。だが鉄砲は猟師が生活の糧を得るための道具であり、農民にとっては田畑を食い荒らす獣や鳥たちを追い払う農具だったので、農民や猟師は困り果てた。結果、村々に隠し鉄砲が増え、綱吉が死ぬと鉄砲改めは名ばかりのものになってしまったのである。

川路はおさとにそんなことを話しているうちに、ふと川上村で死んでいた猟師のことが頭に浮かんだ。死んだ猟師はその大切な鉄砲を手に持っていなかったのである。川路はおさとに猟師の件を話してみようと思った。誰に、なぜ殺されたのか、示唆《しさ》を得られるような気がしたのである。

おさとは生駒山に落ちていく夕日を見ながら、川路の話を黙って聞いていた。

話が終わると、おさとは事もなげに言った。

「牝鹿《めじか》に打たれたのではありませんか」

「なんと」

川路はびっくりした。

「人が人を殺害する目的で崖から突き落とすとしたら、後ろから不意を襲い、肩か背中を押すだけで事足ります。わざわざ頭を殴る必要はありません。面と向かって争った結果だとすれば、あたりが踏み荒らされているはずです。半次郎どのが見たところ、滑ったり争ったりしたような形跡はなかったのでございましょう」

「そうだ。ということは、人による殺害説はまちがいか？」

「はい。そうだとすると、亡くなった猟師が鹿を撃ちに来て、撃った弾が外れて反撃されたという可能性が浮かんできます。その場合、鹿はどのように反撃したのか。角切りを見ていると、牡鹿は戦う相手を角で突くか、角を利用して投げ飛ばすか、後足で蹴っています。一方、牝鹿は角が生えていないので、前足で打つか、後足で蹴ることしかできません。実際、猟師さんの後頭部には、打たれたか蹴られたかを示す傷がありました。では、そのどちらなのか。後ろ向きになっている人物を後足で蹴るのは不自然ですから、牝鹿の前足ということになります。殿さまのお話では、牝鹿は子を守ろうとして前足で人を打ったということですから、あり得る話ですわね」

川路は一息入れたおさとを見つめた。

「つまりこの猟師は牝鹿から逃げ回っているうちに、崖ぎわと気づかずに草地まで来てしまい、前足に後頭部を打たれて崖から落ちてしまったのです」

「しかしおさと。角切りを見たからといって、あまりにも牽強付会《けんきょうふかい》すぎないか。動機は子を守るためだというのか」

「そうです。鉄砲の音を聞いた母鹿は、子鹿が襲われたと思って怒ったのです。そうではなく、人が猟師を殺害したのだとしたら、どのような動機が考えられるでしょう」

「個人的な恨みとか、仲間内の争いとか」

「それなら猟師の素性がわかれば判明します。牝鹿だとしたら、鉄砲を見つけて撃った形跡があるかどうかを調べるのです。そして近くで子連れの牝鹿が目撃されていれば、可能性は高まります。猟師が鉄砲を手にしていなかったのは、怒った鹿に追われたとき、あわてて落としたからでしょう。つまり、鉄砲は森の中にあります。森の中に隠れて牝鹿を撃とうとしたのでしょうから」

川路の大きな目がきらりと光った。いつものことだが、おさとと話していると、目の前が明るくなってくる。明日、森の中を重点的に探すようにと、文一郎に助言しよう。

西の空があかね色に染まり、川路の腹の虫が鳴きだした。おさとは笑った。

「さ、きょうもお酒を召し上がるのでしょう」

四

次の日、長吏の官之助はとりあえず一里内外の村々を調べることにし、早朝に奈良町を出た。鹿を狙って川上村へ来たのなら、そんなに遠くからではない。その場で解体するにせよ、獲物を持ち帰らなければならないからだ。また、神の使いとして鹿を大事にしている奈良町と奈良回り八か村は通らない。つまり東か北の山あいにある村々だ。川上村のすぐ東にある中ノ川、鳴川《なるかわ》や法用《ほうよう》。そこから北へ一山越えた南山城の岩船《いわふね》、東小《ひがしお》、西小《にしお》、梅谷あたりだろう。

官之助は死体が見つかった現場を左に見て山間部へ入っていった。昨日もしくは一昨日から不在の猟師がいないかどうかを各村の非人番に聞いて歩く。岩船村まで無駄足だったが、岩船寺《がんせんじ》から石仏が点在する山道を経て、東小の辻に差しかかったときだった。見たことのある男が西小の浄瑠璃寺のほうから歩いてきた。この一帯の非人番を束ねている男だと気づいた。官之助は男に声をかけた。

「梅谷の小頭やないか」

「あ、これはこれは南都のお頭。お久しぶりでございます」

「こんな所で、なにしててんねん」

「梅谷の猟師が一人所在不明なもんで、探しとるんですわ」

「おっ、ええとこで出会うたもんや。わしは逆にそんな村があるかどうか調べとんのや」

官之助は猟師が川上村の野道で死んでいたことを小頭に伝えた。小頭は驚き、猟師の名は六兵衛で、歳は四十一歳だと教えた。昨日の朝、鹿撃ちに行くと家を出たきりで、夜が明けてももどってこなかったのだという。

二人はすぐに六兵衛の家へ向かった。梅谷は川上村から北へ小山を一つ越えた所にあり、東海道の関宿と奈良を結ぶ加太越奈良道が村の真ん中を通っている。六兵衛の家はそこから少し離れ、孤立していた。家に入ると女房が臥せっており、そばで十五、六の娘が看病をしていた。小頭が声をかけると、娘はすぐに裏の畑へ行き、がっしりした体格の二十歳ほどの若い男を呼んできた。兄だった。小頭は父親の死を告げた。

妹が泣き出したので、兄は抱きしめてやり、自分も嗚咽《おえつ》をもらした。官之助と小頭は二人をそっとしておいた。しばらくすると、兄は立ち直り、亡骸《なきがら》を引き取りたいと言った。健気《けなげ》な息子だった。

遺体はすでに川上村の西の外れにある北山十八間戸《じゅうはちけんこ》へ運び込まれ、小さな仏間に安置されている。十八間戸は重病を患っている者の世話をする施設だ。加太越奈良道が京街道と合流して南へ下った所にあるので、半里（二キロ）も歩けばいい。道すがら、官之助は六兵衛の息子にいきさつを聞いた。

六兵衛はもともとイノシシや鳥撃ちを専らとする猟師で、鹿には手を出していなかったという。ところがこの夏、女房が病にかかると、薬代を稼ぐために牡鹿を撃つようになった。角と皮が高く売れるからだ。しかも肉は女房の滋養になる。六兵衛は南都の近郷に住む者として、鹿を殺すことに罪悪感を感じたが、女房のためと割り切った。

いつもは息子が手伝って現場から獲物を運ぶが、昨日は行けなかった。村の若衆たち総出の屋根葺《ふ》きがあったからだ。そこで六兵衛は角だけ切り取って持ち帰り、獲物は血抜きをして隠しておくことにしていた。ところが、今朝になっても父親はもどってこなかった。

父親がどの山に入ったかはわからなかった。鹿撃ちの猟場にしている山は三つあり、山を見てからひらめきでどこへ入るかを決める。息子は小頭に村々での問い合わせを頼み、自分はとりあえず二つの山を探した。

「ほんで、これから川上村の猟場へ行くつもりやったんです」

官之助は聞いた。

「いままで何頭撃ったんや」

「五頭ですわ」

「牝鹿は撃たんかったんか」

「はい。牝は子を産んで増やすさかい、撃ったらあかんと。角も取れへんしと」

「火縄銃はどこの産や。堺とか国友《くにとも》とか日野とか」

「筒でっか。『江州《ごうしゅう》国友徳太夫重當《しげとう》』ちゅう銘《めい》が入っとりましたで」

「国友か。ほんで、鉄砲が命中する隔《へだ》たりはどんくらいまでや」

「親父の腕やったら、六十間（百十メートル弱）離れてても、大きな牡鹿なら十のうち五つは当たります。五十間先までなら百発百中でしたわ」

息子は死んだ父親を誇った。

撃たれた鹿を発見すれば、その近くに鉄砲がある。官之助は、半次郎たちが鉄砲を探している現場に立ち寄ってみることにし、街道を急いだ。

すぐに山城と大和の国境の尾根道となり、少し歩くと「太神宮《だいじんぐう》　左いがいせ道」と刻まれた大きな道標《みちしるべ》があった。六兵衛の息子は、ここから南へ森を進めば、畑と崖のあるあたりに出ると教えた。官之助は遺体の確認を息子と小頭にまかせ、森へ入った。カシやシイにどんぐりが実り、ササの葉が茂っている。鹿の好む食べ物が豊富とあって、糞もいっぱい落ちている。やはり鹿が来ているのだ。しばらく行くと手下の一人に出会い、半次郎がいる場所を教えてもらった。

官之助は半次郎に息子と小頭の話を伝えた。半次郎のほうは、鉄砲はまだ見つからないと言った。

「今朝、崖っぷちの草地から大豆畑までもう一度探したんやけど、見つからんかった。ほんで森へ入ってみたら、すぐの所に倒木があり、これが上に載っとったというわけや」

半次郎が見せたのは手のひら大のもので、半楕円の枠に皮が張ってあった。吹き口が付いている。吹いてみた。牝鹿の鳴き声に似た音が出る。牡鹿をおびき寄せるための笛だ。

「ちゅうと……」

「そこで今、倒木を中心に四方八方くまなく調べさせてる」

「ほなら池田さま。鹿のほうが見つけやすいでっせ。大きいさかい。六兵衛は五十間先なら必ず当てるちゅうことでっさかい、倒木から五十間前後を調べればよろし。鉄砲はそのすぐ近くにあるはずですわ」

「よし。そうしよう」

半次郎は手下たちをふたたび集め、指示し直した。

半刻（一時間）後、森の東側で鹿が見つかった。半次郎と官之助が駆けつけると、アラカシの大木の横に大鹿が横たわっていた。梅谷近辺に出没するオオカミには食われておらず、立派な角は頭に付いたままだったが、のどが切られていた。そばに血の付いた小刀とそのさやが落ちている。つまり、六兵衛は鹿がまだ生きていたので、とどめを刺して楽にしてやったのだ。それから角を切り取ろうとしたときに、何者かに襲われたのだろう。半次郎は発見した手下にたずねた。

「鉄砲はどこや」

「それがありまへんのや。あたり一帯も探したんでっけど、かいもく……」

近くから「ぴぃ、ぴぃ」となにやら悲しげな音が聞こえてきた。見ると牝鹿だ。

「見つけたとき、あの牝鹿が寄り添ってましたんです」

半次郎は官之助を伴なって奉行所へ立ち帰ると、文一郎に捜索の結果を報告した。

話を聞いた文一郎は、鉄砲目当ての殺人事件だと直感した。これまでの材料から判断すると、六兵衛殺害と鉄砲の行方不明は関連しているとしか思えなかった。文一郎は自分の推測を半次郎に語った。

六兵衛は倒木の所で鹿笛を吹き、鹿をおびき寄せた。五十間先まで来たところで、狙いを定めて撃った。命中した。鉄砲を手にしたまま、鹿に駆け寄ると瀕死《ひんし》の状態だった。楽にしてやろうと喉を切った。それから角を切り取ろうとしたとき、鉄砲の音を聞きつけた男が来て、争いとなった。男は刀か脇差を抜いたのかもしれない。いずれにせよ、あわてた六兵衛は鉄砲を持たずに畑から崖へと逃げたが、追いついた男に後ろから殴られ、転落してしまった。

半次郎はそのあとを続けた。

「殴った男は崖を降りて死んだことを確かめると、玉や火薬入れを奪い、鹿が射殺された場所へもどった。そして鉄砲を手に取り、いずこへともなく消え去った」

「そうでんな。一番可能性が強うおますけど。なんか釈然《しやくぜん》とせんものが残りまんな」

官之助が首を傾げた。文一郎もさほど自信があるわけではなさそうだった。

「話が出来過ぎやけどな。人を殺してまで、鉄砲を奪うやろかと思わんでもない」

「逃げた男を崖ぎわで後ろから殴るというのも不自然やし……」

そう言った半次郎は、何か引っかかったようだった。

「二人が争っとるとき、牡鹿のそばにいてた牝鹿はどないしてたんやろか。第一、何でそばにおったのか。ひょっとしたら一昼夜も」

「夫婦かもわからんな」

文一郎はそう答え、ちょっと鹿のことを考えた。が、すぐに与力の顔にもどった。

「とりあえず、『江州国友徳太夫重當』の銘がある火縄銃を見つけることやな」

「なんとも雲をつかむような話でっけど、ま、盗んだ鉄砲をむき出しにして持ち運びはせえへんでしょう。鉄砲は四尺（約百二十センチ）ちょいほどですよって、布にくるんだ長いもんを持っとったら、それを改めますわ。聞き込みはもちろんでっけど」

半次郎の言葉に、官之助が付け加えた。

「もし近隣の百姓が威し鉄砲に使うため奪ったんやったら、使えば噂になり、すぐに見つかりますわ。猟師やったら、仲間の大事な商売道具を奪うことなんかせえへんと思いまっけどね」

「どっちも可能性は低い。つまり行きずりの人間の犯行ということや。よっしゃ。目明しや非人番たちを手配してくれ。神代の件で忙しいやろが、こっちも大事や」

五

ややこしい公事《くじ》が続き、このところ忙しかったが、やっとすべてを片付けた。川路は久しぶりに縁側に座ってのんびりした。猟師を殺した犯人と鉄砲についての手がかりはまだなかった。早く見つけなければならないが、これは与力の橋本文一郎と同心の池田半次郎それに長吏の官之助たちの働きにかかっていた。

「もう秋ですね」

おさとの声がした。

「熱いお番茶をどうぞ」

「これはいい。涼しくなってきたので、身体が温まる」

「そろそろ稲刈りも始まります」

「収穫量は減るだろうな。米の値があまり上がらなければいいが」

遠くで「フィーヨ、フィーヨ」と鹿が鳴いた。

「そうそう、猟師の身元が判明したぞ」

川路はこれまでにわかったことをおさとに教えた。じっくりと話を聞いたおさとは、合点がいったようにうなずき、歌を詠じた。

「山辺《やまへ》には　猟夫《さつを》のねらひ　恐《かしこ》けど　雄鹿《をしか》鳴くなり　妻が目を欲《ほ》り」

川路はおさとを見つめた。

「わたしにはもう一つ意味がつかめないが、『万葉集』か」

「はい。山の辺は猟師に狙われて恐いのに、牡鹿が妻に逢いたくて鳴いている。とでも言いましょうか」

「なるほど。そのような歌を知っているとは、さすがだな」

「このまえ、殿さまから猟師の話をお聞きしたあとで、猟師と鹿を詠んだものがあることを思い出し、『万葉集』をひもといてみたのです。あのとき、わたくしは母鹿が子を守るために猟師を打ったと言いましたね。ですが、この歌を詠んでみて、夫を鉄砲で撃たれた妻が仇を討ったのではないかと思い直したのです」

川路は一瞬あっけに取られた。

おさとは、いま川路から聞いたばかりの話も含めて、自分の推測を語った。

「牡鹿にとどめを刺した猟師が立ち上がったところを、後方にいた牝鹿が前足で一撃したのです。猟師は油断をしていたため、首の骨を折って死んでしまった。その襲われた様子を近くで見ていた人物がいます。この人物が鉄砲と玉や火薬入れを奪い、猟師を崖まで運んで落としたのです。鉄砲の行方をくらますために」

「その男は、六兵衛があの場所で猟をすることをどのようにして知ったのだ？」

「奈良へ赴任するとき、わたくしは京へ行かれる殿さまと東海道の関宿《せきじゅく》で別れ、加太越奈良道を進みましたね。それでわかるのですが、梅谷村から南都までさしたる道のりではなく、街道は人々が行き来しています。この人物は太神宮の道標のあたりをたまたま通りかかり、猟師姿の六兵衛さんが森へ入るところを見て、追ったのです」

「なぜだ」

「猟や鉄砲に関心があったか、鉄砲を必要としていたからです」

「そして六兵衛が死んだので、にわかに欲しくなった。あるいは最初から奪うつもりだったというわけか」

「いずれにしても計画的な犯行とは思えませんが」

「自分で鉄砲を撃てる男ということが前提だな」

「ええ」

「最後に一つ。六兵衛を崖まで運んでいけると思うか」

「これまでのお話から推し量ると、六兵衛さんが死んだ所から崖まではせいぜい五、六十間ほどでございましょうから、力の強い大きな人でしたら、背に担いで運べるのではありませんか」

「おさとの考えが正しければ、鉄砲を持っている人物像が見えてきたな」

六

神代の件が進展を見せた。猿沢池のほとりで似た男が捕まったのである。男は抵抗せず、捕まるいわれはないと落ち着いていたという。が、神代本人だった場合は大事だ。川路はすぐに自ら吟味を行った。

男は、川路が見ても人相書とそっくりだった。左眉毛のあざとあごの下の長い毛がないなど、細部はいささか手配とは違っていたが、それでも全体の感じは瓜二つと言ってもよかった。着ているものも神代が出奔したときと同じ紺の縦縞《たてじま》の単物《ひとえもの》だ。川路が名や出所をただすと、男はよどみなく答えた。名は富田梅渓《ばいけい》。紀州の生まれで年齢は四十歳。職業は医者だという。梅渓は貧しげな格好だったが、態度は毅然《きぜん》としていた。

「梅渓とやら」

川路が呼びかけると、梅渓は軽くいなした。

「お役人さんたちはどなたかと間違えておいでのようですが、わたしは確かに梅渓と申す一所《いっしょ》不住《ふじゅう》の貧乏医者です」

「それなら、そなたが梅渓だということを示すものはないか」

「顔はこの通りですので、どこかの誰かに似ていると言われても、わたしにはなんとも答えようがありません。残念ながら、いまは旅手形など身元を確認できるものを所持しておりませんので、わたしの話を信用していただくほかありません。納得されるかどうかはわかりませんが、わたしのことを少しお話しします。それで、判断してくだされ」

その話は興味深いものだった。

梅渓は紀州田辺の薬種屋の三男で、初名は新三郎《しんざぶろう》。七歳のときに父母と離れ、長崎の大音寺《だいおんじ》から来た熊野詣での僧に付き従って、長崎へ向かった。たまたま店を訪れたこの僧侶が新三郎を見て、磨けば人の役に立つ男となるので、自分に預けてくれと父親に申し出たからである。新三郎は幼かったが、旅にあこがれていたので首を縦に振った。熊野の山々の向こうにある村や町、海のかなたにある土地が見たかった。

新三郎は十三歳まで大音寺で読み書きと経書、仏典を学んだ。それから医者を志して長崎の官医の学僕となり、漢方医学の基礎を身につけた。十七歳になると名を梅渓と改め、江戸へ出て多紀元堅《たきげんけん》の家塾に入門した。町医者として開業していた元堅はのちに幕府の医官となり、奥医師、法印にまで出世した名高い医者である。その後も梅渓は京都や長崎などで、多くの医者に教えを受け、蘭方の外科術も学んだ。

医者としての修業を積んだ梅渓は、金山銀山で病に苦しむ者たちを助けるという志を立てて、薩摩から中国筋、奥州まで遊歴した。全国ほとんどの鉱山をめぐり、数え切れないほどの患者を診たという。

川路は思った。梅渓は訥々《とつとつ》と語るが、風貌はいかにも志がある男だ。利をむさぼる神代ごときとは似て非なる人間である。人違いだろう。だが、まだ門前払いにはできない。知り合いという京や大坂の医者たちに、梅渓のことを確かめなければならない。それまで郷宿に滞在してもらう。

「ところで梅渓さん」と川路はたずねた。

「多紀で学んだのなら、それを売り文句にして裕福な商人たちを相手にしたほうが利になるのではないか。なぜ山の者たちの治療を思い立ったのだ」

「はっはっは。そのような医者もかなりおりますな。ですが医は仁術です。わたしはそれを信じており、医療を受けられずに苦しんでいる者たちを救いたいと願ったのです。わたしは元堅さまに医術だけを教えられたのではありません。病に苦しむ者は身分の上下や所持金の多寡を問わず診療し、貧しい人々には救いの手を差し伸べるという仁の心も学んだのです。お奉行の仕事とて同じではありませんか。訴えを裁き、もめ事を仲裁する。悪事を摘発し、町の安寧《あんねい》を守る。それはお金や出世のためではありますまい。世に正義を貫き、仁の道を示すためではないのですか」

梅渓は川路の目をしっかり見つめた。

「こりゃ、やられたわ」

川路は高らかに笑った。

その翌日、京で神代が捕まったという風聞が伝わり、遅れて京都西町奉行所から連絡が入った。捕縛したのは八月二十七日宵の五ツ（午後八時）頃だった。場所は二条通堀川東にある長崎反物問屋の櫛《くし》屋久兵衛方。櫛屋が神代の立ち寄りを西町奉行所に通報したことによる。

川路は梅渓を小書院に呼び、人違いだったことをわびた。すると梅渓は誰と間違えたのかとたずねた。川路は神代徳次郎という男だと答えると、名前を知っていた。

「光栄の至りです。長崎では大物と言われている唐大通事ですね」

「いやいや、わたしには梅渓さんのほうが大物に思えるぞ。で、これからいずこへ」

「せっかくですから、南都の医者の方々と語らいのときを持ちたいと思います。それからまた、気の向くままにいずこかの山へ」

「はっはっは。それはいい。では南都きっての国手《こくしゅ》を二人紹介いたそう」

川路が興福寺の衆徒でもある勝南院宮内と奉行所付き医者の花井隆慶を教えると、梅渓は「では」と一礼し、風のように去っていった。神代の件は奈良奉行所の手を煩《わずら》わせることなく落着したが、鉄砲の行方は依然として定かではなく、秋は深まっていった。

七

京都へ出向く日となった。年に一度、奈良奉行は所司代へ御機嫌伺いをするのが通例となっている。別に報告や相談事をするわけではないのだが、川路にとっては友人知人との会話を楽しみ、江戸の噂を仕入れる機会でもあった。

川路は駕篭に乗り、朝七ツ（午前四時）に奉行所を出発した。馬を引き連れてはいるが、供の者は用人一人に侍三人と少人数にとどめた。出京といえども、ふだんの外出と同じ供連れである。川路は少禄の御家人の養子であることを忘れたことはなく、質素倹約を旨としていた。

奈良坂に差しかかった。いにしえ、この辺の平城山《ならやま》は紅葉がきれいなところだった。おさとが同行していたならば、古人のように旅の無事を祈って峠の道祖神《どうそじん》に幣《ぬさ》を捧げ、感慨にふけったことだろう。川路はおさとが教えてくれた『古今和歌集』の菅原道真《すがわらのみちざね》の歌をそらんじてみた。

時は秋。旅に出るといささか感傷的になる。

このたびは幣もとりあへずたむけ山
紅葉の錦神のまにまに

左遷《させん》先で亡くなった菅公《かんこう》とは比ぶべくもないが、普請《ふしん》奉行から奈良奉行に転じて三年以上になる。愚痴《ぐち》をこぼすことなく職務に励んできたつもりでも、異国船来航に対する江戸の動きが聞こえてくるたびに、時勢から取り残されているという思いがしてならなかった。おそらくあと二年は奈良にいなければならない。

木津の渡しで夜が明け、古くは泉川《いずみかわ》と呼ばれた木津川を越えた。ここから先、京街道はほぼ平坦な道となる。空は曇っているものの、暖かだ。ときどき駕籠を降りて歩き、井出、長池と道をまっすぐ進んだ。川路は健脚だと自負しているが、出世をするにしたがって駕籠を使うことが多くなり、足腰が弱くなってきた。いざというときのために、もっと足を鍛えねばと思う。

小倉《おぐら》村に入り、広大な大池を二ノ丸池と分けている堤の上を歩いた。この小倉堤は京街道になっており、秀吉が造ったので太閤堤とも呼ばれている。豊後《ぶんご》橋で宇治川を渡ると伏見に入る。ここで昼飯を取っても、八ツ半（午後三時）には着く。京まであと三里（十二キロ）だ。

腹ごしらえをした川路は元気を取りもどし、また歩き始めた。稲荷、東福寺、三十三間堂と進み、方広寺大仏殿の近くにある茶店で最後の小休止をした。京の大仏殿は五十年前に落雷で焼失し、仮殿となっている。大仏も再建されはしたものの、半身の木造だ。ここから二条城まではいくばくもない。

名物の大仏餅を食べていると、突然「石井直次郎」と呼び止める声が聞こえてきた。川路が目をやると、茶店の少し手前にいる武士が声の主らしい。相手は大仏殿の方角から歩いてきた総髪の男で、自分の名を呼んだ武士をあぜんとして見つめていた。あまりにも驚いたのだ。武士は三十半ばほどで、ほこりだらけの旅姿をしており、無精《ぶしよう》ひげに月代《さかやき》は伸び放題だった。背に何やら長い布袋を負っている。総髪の男はそれより四、五歳若く、こざっぱりとした身なりをしており、公家侍《くげざむらい》かと思われた。

旅の武士は落ち着いた口調で言った。

「探したぞ。いざ尋常《じんじょう》に勝負しろと言いたいところだが、ここでは往来の邪魔になる。六条河原で勝負をいたそう。おきくはどこにいる」

総髪の男は答えるかわりに、いきなり刀を抜いた。旅の武士のほうは刀に手をかけようともせず、「ここでは人々の迷惑になる」とふたたび言った。だが総髪の男はそれを無視し、上段に構えた。じりじりと間合いを詰める。と見るや、くるりと向きを変え、脱兎のごとく逃げ出した。旅の武士は追いかけようと走り出したが、二十間（三十六メートル）も進まないうちにへたり込んでしまった。

川路はこの武士に関心を持った。外見は貧しい浪人風だが、おだやかな顔をしている。どうみてもあまり遣い手には見えないのだが、相手が刀を抜いても恐れを見せなかった。意外と腕が立つかもしれない。へなへなになったのは、空腹のあまり力が入らなかったのだ。今ではめったに見られなくなった敵討《かたきうち》と思われるが、人々の迷惑とならないように気を遣っている。背に負った大きな荷物はなんだろう。敵を探す旅には不似合いのような気がした。川路は用人の富塚俊作を呼び、武士を連れてくるようにと命じた。

俊作が奈良奉行川路左衛門尉の家来だと告げると、男は素直に応じて川路と会い、名を名乗った。

「拙者は鳥取池田家の元家臣、長谷部恒蔵《はせべこうぞう》と申します。いまは故あって浪人中の身ですが、お見知りおきください。川路さまのご高名はかねがね承っております」

「因幡守《いなばのかみ》さまのご家中でござったか」

「お恥ずかしいところをお見せいたしました。路銀が尽きてしまい、腹に……」

「腹が減っては戦ができぬもの。ささ、まずは大仏餅を口に入れられよ」

「かたじけのうございます。では、遠慮なく」

長谷部はよほど空腹だったのだろう。次々と餅を食べ、茶で流し込んだ。長谷部が腹を満たすと、川路はたずねた。

「敵討とお見受けしたが、卒爾《そつじ》ながら、いきさつをお聞かせ願いたい」

「敵討と誇れるものではございません。情けない話でして」

長谷部は少しためらい、ぽつりと言った。

「妻敵討《めがたきうち》です」

総髪の男に果たし合いを求めるときの口上に、おきくという女の名が出たので、川路はもしやと思っていたが、やはりそうだった。

「主君の許可を受けておりますので、いまさら隠すようなことではありませんが」

敵討は父母、兄姉など目上の親族の敵を討つ場合に許されるが、武士がするためには、自分が仕える大名や領主に願書を出し、許可を求める必要があった。敵が他領へ逃亡している場合には、願書を受けた主君は幕府の寺社、町、勘定の三奉行所へ敵討を許可した旨の届けをし、町奉行所の敵討帳に記載してもらう。主君はその写しを受け取ってから、討手《うって》に暇《いとま》を認める。敵を見つけた討手はその地の領主に願い出て、敵討をする。成就《じょうじゅ》したあとは奉行所の帳簿から帳消しをしてもらう。不貞《ふてい》を働いた妻とその姦夫《かんぷ》を討つ妻敵討も手続きは同じである。もちろん例外もあり、討ってから届け出ても、明らかに敵討とわかれば罪を問われることはない。

長谷部は顔を赤くし、心なしか身を縮ませたように見えた。妻を寝取られて成敗の旅に出たことを、面目ないと思っているのだ。

「大仏餅をごちそうになったお礼に、わたしの恥をお聞かせいたしましょう。もはや妻敵討をするような者などいないでしょうから」

長谷部はそう前置きをすると、いきさつをざっと語った。

一年半ほど前、長谷部は江戸在勤を終えて帰国の途についたのだが、家に着く前日に妻のおきくが男と出奔していた。幼い一人息子を残してのことで、寝耳に水の出来事だった。女中らを問い詰めると、相手は同じ家中の石井直次郎とわかった。長谷部も知っている人物である。石井は御弓奉行の次男だが、自身は鉄砲を好み、腕を買われて師範代をしていた。あとで知ったことだが、二人は実家が隣り合う幼なじみだった。つまり、おきくは里帰りしたおりにでも部屋住みの石井と再会し、心が動いた結果と思われた。石井のほうも一つ年上のあでやかなおきくに引かれたのだ。

長谷部は百五十石取りの馬廻組《うままわりぐみ》で、両親はすでに他界していたが、親戚が烈火のごとく怒った。とりわけ儒者に嫁いだ姉が強硬であり、すぐに追いかけて二人とも討てと主張した。姦夫《かんぷ》はともかく息子の母親を殺すのは忍びないと長谷部は渋ったが、結局押し切られてしまった。長谷部は主君の許可を得て浪人となり、妻敵討の旅に出た。息子は姉が預かった。

それから一年以上も京大坂、江戸、奥州と探し、ふたたび京へ上って大仏殿に差しかかったときに、石井と出会《でくわ》したのである。顔立ちが整った背の高い男なので、見間違えるはずがなかった。だが逃げられてしまった。

「して、これからどのように」

川路は話をもっと聞きたかったが、そろそろ行かねばならなかった。

「当家の伏見屋敷に立ち寄ってから、また探します。京の近辺にいるはずです」

「ご苦労なことです。遠からず本懐《ほんかい》を遂げられることを祈っておりますぞ」

川路は去り際の言葉が見つからず、そう言ったが、思い出したようにたずねた。

「ところで、その背中の大きな荷は何でござろうか。差し支えなければ」

「三味線です。妻敵討の男には不似合いでござろう」

長谷部は自嘲《じちよう》気味に言うと、深々と頭を下げ、伏見へと去っていった。

川路は二条城のすぐ南にある定宿の若狭屋に投宿し、翌朝、所司代屋敷へ参上した。しかし所司代の酒井若狭守《わかさのかみ》には今回も会えなかった。この小浜《おばま》十万三千石の当主は病気がちで、床に伏していることが多かった。

昼過ぎからは宿で友人知人と会った。最初の客人は二条蔵奉行の神尾安太郎で、川路と同じ勘定所上がりだ。十五年も京都に在勤している。武具の話で盛り上がった。夜に入って、西町奉行所の西村藤蔵が来た。西村は同心だが、肩衣《かたぎぬ》の着用を許されている有能な人物である。学問があり、刀剣にも詳しい。酒を酌み交わしつつ、しばらく刀剣談議や関東の噂話をしたが、そうこうしているうちに敵討の話になった。

「最近の仇討《あだうち》と言えば、三年前になりますが、神田の護持院《ごじいんがはら》原でありましたな。ちょうど川路さまが奈良に赴任された頃です」

「覚えているぞ。奈良に来て半年もたっていなかったときだ。まだ敵討があるのかと驚いたものだ。江戸の噂が十二、三日ほどで南都に伝わってきたのだから、そのことにも感心したよ」

護持院原の仇討は弘化三年八月六日のことで、剣術の師である井上伝兵衛をささいな恨みから殺した本庄茂平次という男が、伝兵衛のおいと弟子の二人に仇を討たれたものだ。茂平次は天保の改革で妖怪と恐れられた町奉行鳥居燿蔵の元家来だったので、仇討は複雑な経緯をたどったが、八年目にして成就したのである。

「そう言えば、本庄は鳥居どのの意を受けてだろうが、高島秋帆どの讒訴《ざんそ》の黒幕と言われている男だった。その秋帆どのと同時に捕まった神代を、西町奉行所が召し捕ったのだろう」

「はい。やつはいずれ京の唐物屋《とうぶつや》に立ち寄ると見当をつけて、渡りを付けていました。それが功を奏したわけでして。それにしても仇討というのは、長い年月を要するものでございますね」

「そうだな。一年などはまだ短いほうだ」

「と申しますと」

「じつはな。昨日、大仏殿の前で妻敵討の現場に遭遇したのだ」

川路が長谷部恒蔵のことを話すと、西村が言った。

「鳥取池田家は妻敵討が多いですね。近松門左衛門の浄瑠璃に、京の堀川を舞台にした妻敵討の物語がありますが、あれも家中の実際の出来事をもとにしているとか」

「『堀川波鼓《なみのつづみ》』か」

「はい。妻の不義密通は夫の手で成敗すべきだという家風なのでしょう」

「岡山の池田家などもそのようだ。だが、公儀は届け出があれば受理するという態度で、あまり前向きではない。なにしろ家の恥を公にさらすことになるし、夫が家内をしっかり取り締まっていないためだという考え方もできるからな」

「妻が密通をしたという確かな証拠も必要ですしね。それを疎かにすると、夫がよこしまな考えから妻を謀殺することもありえます」

藤蔵はいかにも同心らしいことを述べた。

「いずれにせよ、妻敵討というのは夫にとって苦しいものがあるだろうな。相手の男はともかくとして、不義をしたとはいえ、いったんはむつまじく暮らした妻を討つのだから。しかも我が子の母親であれば、なおさらだ。討たなければ討たないで、柔弱《にゅうじゃく》な男と批判される。武士は何かと窮屈なものだ」

「町人たちは金で示談《じだん》にするほうが多いですね」

「『間男《まおとこ》は七両二分と値が決まり』というわけか。女房を寝取られた口惜しさや悲しみ、嫉妬心は別として、存外、いい解決方法かもしれない。体面を重んじる武士にはできない相談だろうが……。おぬしならどうする？」

「それがしなら、七両二分を受け取り、古女房などはくれてやりますわ」

「わっはっはっはー。それはいい。わたしもだ」

川路は友人たちとの語らいをしばし楽しむと、翌日、京を離れた。遠国奉行はそう長く任地を離れていることができない。

八

用人の富塚俊作が東大寺の知足院《ちそくいん》へ出向いた帰りのことだった。転害門から京街道へ出ようとしたとき、門の前で同心の池田半次郎が一人の武士を呼び止めていた。男は背に長い荷を負っている。富塚は見たことがある人物のような気がした。近寄ると、京の方広寺大仏殿前で出会った妻敵討の長谷部恒蔵だった。鳥取池田家の元家臣である。仕送りを得たためであろうか、見違えるようにこざっぱりとしていた。

富塚は長谷部に会釈するとともに、半次郎に聞いた。

「池田どの。どうされた」

「例の鉄砲を探しております」

「ははあー。長谷部どの。背の荷物は確か三味線ではなかったですかな」

「はい」

富塚の言葉で、半次郎は気づいた。

「お知り合いでしたか」

「この前、上京したおりに」

「その節はお世話になりました」

長谷部は富塚に一礼して半次郎へ向き直り、荷を下ろして「ご覧あれ」と中身を見せた。半次郎は一応確認し、長谷部を自由にした。

富塚は長谷部を奉行所にある自分の長屋へ招いた。京で聞いた敵討の旅についてもっと聞きたかったからだ。奉行所にもどった富塚が川路に長谷部を連れてきたことを伝えると、川路も奇遇に驚き、今宵《こよい》は月を愛《め》でながら三人で語らおうと誘った。

空に雲はなく、十三夜の月が煌々《こうこう》と輝いていた。三人が池の辺にしつらえた縁台に腰を下ろすと、おさとを先頭に女中たちが膳を運んできた。長谷部はあわてて立ち上がり、折り目正しくあいさつをした。おさとはそれに応え、それから川路に料理を説明した。

「今日は到来物が多うございます。これは隆慶先生がくださった松茸の辛味噌漬けで、こちらは墨屋の陳玄堂さんからの落ち鮎の甘露煮です。あとで革細工師の伊兵衛さんから頂いた牛の肉をあぶってお持ちしますわね。では、長谷部どの。ごゆるりと」

おさとはそれだけ言うと、引き下がった。長谷部が妻敵討をする身と川路から聞いていたので、同席を控えたのだ。

酒杯を何度か傾けると、長谷部は問われるまま、妻敵討の旅について語った。

最初は石井直次郎と妻のおきくの足取りを追って大坂へ向かった。しかし見つからず、そこから先の行方がわからなくなってしまった。そこで二人の身になって考えてみた。女連れの武士だ。城下町や村々では人目を引くので、見知らぬ男女が連れ立っていても目立たない土地を選ぶだろう。それは他国からさまざまな人間が集まって暮らす三都だ。

長谷部は大坂から京都そして江戸へと回り、池田家の屋敷にいる知人に心当たりや目撃話を聞いた。市中をうろつき、似た人物を探し求めた。そんなある日、江戸御殿山の下屋敷を訪れたとき、知り合いが教えてくれた。二人は奥州仙台に滞在しているという噂があると。伊達家の猿楽師《さるがくし》におきくの縁者がおり、そこを頼ったというのだ。言われてみて思い出した。おきくの母方の亡くなった祖父は鳥取池田家に雇われている猿楽師で、南都の春日社から来た禰宜役者だと聞いたことがあった。この祖父に跡継ぎはいなかったが、南都には一族の者がいる。その中に伊達家お抱えの役者がいてもおかしくはなかった。長谷部は奥州道中を北上し、仙台へ向かった。

春日社の禰宜役者は神職の合間に猿楽の技を磨き、大和各地の神事能や勧進能に出向いて能狂言を演じている者たちだ。その中には、すぐれた技を買われて仙台伊達、尾張徳川、彦根井伊、鳥取池田、熊本細川などの大名家に抱えられる役者もいたのである。現に、川路の知り合いの禰宜も伊達家に雇われ、仙台へ赴任していた。

「その禰宜役者の苗字は何と申される」

「梅木という姓でした」

川路が知っている人物は中垣だった。

「仙台に着き、すぐに訪ねました。しかし氏は同じでも流れが異なるようで、鳥取に梅木がいることは存じているようでしたが、妻のことは知るわけもなく」

「さもあろう。確たるあかしはなかったのだ。おそらくは家中の噂話をしたおりにでも、猿楽の世界に詳しい者が想像をたくましくして言った話でござろう」

長谷部は気を落としたが、一方ではほっとしている自分に気がついたという。もともと気が進まなかった妻敵討である。半年以上も旅を続けているうちに、むなしさを覚えるようになっていた。そのうえ、妻敵討よりは目下の路銀である。遠くまで来たので使い果たしてしまった。長谷部が恥を忍んで旅宿の主人に事情を話したところ、石巻湊《いしのまきみなと》なら仲仕の仕事がいくらでもあると言って、廻船問屋を紹介してくれた。石巻は奥州最大の米の積み出し港で、仙台領や南部領、一関領などの米を江戸へ運ぶ千石船でにぎわっていたからだ。長谷部は廻船問屋の船積み人足をして金を稼ぎ、三か月後に江戸へ上った。

舞いもどった江戸も無駄足となったので、今度は中山道《なかせんどう》を進み、京大坂をめざした。ところが醒井《さめがい》まで来たところで、またもや路銀が尽きてしまった。旅費節約のために野宿や力仕事をしながら旅を続けてきたが、木曽の妻籠《つまご》で病を得てしまい、思いのほか早く使い果たしたのである。醒井からの二日間は飲まず食わずで、やっとの思いで京へたどり着いた。そこで敵の石井を見つけ、川路らと知り合ったのだった。

長谷部は京で川路たちと別れたあと、伏見の池田屋敷へ向かった。国元の親戚が出し合った仕送りを受け取るためだが、そこには姉からの書状も届いていた。石井の叔母が公卿《くぎょう》の家臣に嫁いでおり、二人はその屋敷にいるという報せだった。長谷部はすぐに京へ舞いもどって叔母の屋敷を訪れたが、二人はだいぶ前に立ち去っていた。

「このあいだ方広寺の大仏殿前で出会ったのは、何らかの理由で、石井が京へふたたびやってきたときだったのでしょう。わたしは種々考え合わせて、おきくと縁のある南都にいる可能性が高いと推測しました。逃げる側も友人知人それに縁者を頼るしかないからです。そこで、南都で駄目ならあきらめるつもりで、奈良へやってきたのです。いえ、本当は妻敵討などしたくはないのです。好いた男ができたのなら、仕方がないではありませんか。命を取るほどのことではありません。それが武士の意地だというのなら、わたしは武士をやめ、息子と一緒に市井《しせい》でのんびり暮らします」

長谷部は静かにそう語った。三人は沈黙し、酒をゆっくりと口に含んだ。月が長谷部のやつれた横顔を照らした。しばらくして川路がたずねた。

「三味線をいつも持っているのはいかなるわけでござる」

長谷部は三味線を携えてきたのである。

「これは江戸在勤中に妻への土産に買い求めたものなのですが、旅のつれづれにいじり、多少弾けるようになりました。今宵はお招きのお礼に一曲をと思い、持参いたした次第です」

「おお、それはいい。ぜひ」

「では、石巻湊逗留《とうりゅう》のおりに覚えた祝儀の唄をお聞きかせいたします。本来は手拍子だけで唄うのですが、三味線で奏でるようにしました」

長谷部は調弦をすると、ゆっくりと唄いだした。

さんさ時雨《しぐれ》か　萱野《かやの》の雨か
音もせで来て　濡れかかる
ショウガイナアー

この家《や》座敷はめでたい座敷
鶴と亀とが舞い遊ぶ

雉子《きじ》のめんどり小松の下で
夫《つま》を呼ぶ声　千代《ちよ》々々と

格調が高く、しかもそこはかとなく哀愁を感じさせる音曲《おんぎょく》だった。やがて川路は気づいた。長谷部のほおが濡れている。

九

昼過ぎ、長谷部がふたたび川路と富塚をたずねてきた。川路は白州に出ていたので、富塚が執務を中断して会った。長谷部は迷いを断ち切ったような表情をしており、敵討をやめて国元へ帰ると告げた。驚く富塚に長谷部は語った。

一時（二時間）ほど前におきくの縁者がいる社家《しゃけ》町の高畑へ向かったところ、興福寺の大乗院から出てくる石井と鉢合わせをした。寺侍《てらざむらい》の口にありつこうと訪れたのだろうが、うまくいかなかったらしい。考え込んでいて、長谷部に気がつかなかったのだ。声をかけるとぎくりとし、おどおどした顔を上げた。その顔を見た瞬間に心が決まった。逃げるほうにも安らかな日々はないのだ。長谷部は石井に言った。妻敵討は止めるから心配するな。ただし、おきくに渡したいものがあるので、会わせてくれ。指定する時刻にどこへでも行くと。石井はしばらく黙っていたが、やがて、夕の七ツ（午後四時）に春日野にある一本杉の前でと言った。

富塚はたずねた。

「おきくどのに渡すものとは三味線ですか」

「そうです。不義を働いた妻ではあっても、約束した江戸土産ですから」

長谷部は気弱に笑った。

「そのあとで旅立つおつもりですか」

「木津なら、暗くなるまでにたどり着けるでしょう。心を決めると、一刻も早くせがれに会いたくなりました」

長谷部は改めて礼を述べ、奉行所を去っていった。

白州を終えた川路が居間へもどってくると、富塚は長谷部の話を伝えた。川路はしばらく黙っていたが、やがて口を開いた。

「長谷部どのは国元へ帰っても、針のむしろだろう。臆病者とそしられ、武士の風上にも置けぬやつと蔑《さげす》まれる。鳥取池田家の家風はきびしい」

そばで茶を点てていたおさとが言った。

「敵討というのは、追うほうにとっても追われるほうにとっても残酷なものですね」

「そうだな」

川路は素直にそう思った。富塚はつらそうだった。歳が近く、同じ妻子ある身として、長谷部の気持ちが痛いほどわかるのだ。

「何ゆえ長谷部どのは、自分を裏切った妻に三味線を渡すのだろう」

川路が疑問を口にすると、おさとはしみじみと思いを述べた。

「昨夜、わたくしにも聞こえてきましたが、長谷部どのが唄われたのは仙台領の祝言《しゅうげん》の唄、『さんさ時雨』ですね。江戸にいた時分に聞いたことがあります。ゆったりとした閑雅《かんが》な唄でした。ところが長谷部どのの唄には、三弦を奏でていたためか、哀愁が漂っていました。おきくどのと夫婦《めおと》になった夜のことを思い出していたのかもしれません。いえ、いまでも慕《した》っているのだと思いました。ですから土産の三弦をいつも背に負っていたのです。そして、その思いを断ち切るために三弦を渡すのです」

川路は深くうなずき、ふたたび思いに沈んだ。

庭で雨音がした。時雨だ。おさとはわびしい音に聞き入った。と、いきなり叫んだ。

「長谷部どのが危ない」

「なんと」

「昨夜、長谷部どのが帰られたあと、殿さまはわたくしに長谷部どのの妻敵討のことを教えてくださいましたね。そのときに思ったのですが、相手の石井という方が鉄砲の名人だということは、ひょっとして……」

「わかったぞ、おさと。俊作、誰か二、三人連れて、春日野へ行け」

川路は富塚にそう言うと、橋本文一郎を呼んだ。

時雨は御蓋山をさっと濡らして去り、春日野では鹿がのんびり草を食《は》んでいた。走りに走ってきた富塚に、一本杉の下にいる男と女の姿が見えてきた。長谷部とおきくだ。石井の姿は見えない。富塚は声を張り上げた。が、遠すぎて届かない。

菩提院大御堂の十三鐘が七ツを告げだした。すると、おきくが長谷部を包み込もうとするように手を広げた。同時に銃声が聞こえ、おきくはそのまま長谷部に向かって倒れた。富塚は駆けながらおきくの後方に目をやると、三十間先の木陰で次の玉を込めようとしている石井が見えた。その富塚の視野の中を、長谷部が抜刀して鬼神のごとく走った。石井がようやく玉込めを終え、狙いを定めようとした瞬間、長谷部は跳躍した。


富塚と橋本文一郎たちが奉行所へもどったのは日がとっぷり暮れた頃だった。間に合ったかどうか気になっていた川路とおさとは、すぐ富塚に様子を聞いた。

「長谷部どのが石井を斬り、頭を割って即死です。鉄砲はおきくどのに当たりました。隆慶先生のお宅に運びましたが、先生は不在で、代わりに客人の梅渓先生が診《み》ています。ですが出血がひどく、長くは持たないだろうと。長谷部どのが付き添い、池田どのもそばに」

橋本文一郎のほうは、石井が持っていた鉄砲の銘は『江州国友徳太夫重當』だと言った。おさとの推察どおりだった。鉄砲は死んだ六兵衛から奪ったもので間違いなかった。

半時たち、長谷部が半次郎に伴われて出頭してきた。おきくは今し方絶命したという。川路は長谷部を書院公事場に呼び込み、奉行として改めて妻敵討のいきさつをただした。長谷部は妻敵討ではないと言い張ったが、川路はそれを無視して告げた。

「そこもとは公儀に妻敵討の届けを出しているので、江戸へ報せて帳消の手続きをしなければならない。それまでは奈良にいてもらおう。その後は国元へ帰参しようと、どこへ行こうと勝手次第である」

長谷部は平伏せざるをえなかった。

間を置いて、川路は年下の友と話すような調子でたずねた。

「長谷部どの。おきくどのはおぬしを鉄砲から守ろうとしたのであろう?」

顔を上げた長谷部の目は悲しみに沈んでいた。

「そうだと思います。わたしはおきくに会うと、約束の江戸土産だと言って、三味線を手渡そうとしました。おきくはただ黙っていました。やがて目が潤んできて、『危ない』と言ったのです」

「…………」

「そして鉄砲の音がすると同時におきくが倒れたので、石井が撃ったのだと思いました。妻敵討などする気は失せたと告げたのですが、石井は疑心暗鬼にとらわれ、わたしを殺さねば安心できなかったのです。しかしおきくが助けようとした。その瞬間に石井は嫉妬を感じ、おきくをも殺そうと思った。あるいは単にわたしを狙って外れたのか。本人が死んだ今となってはわからないことですが、わたしは怒りが込み上げ、石井を斬りました」

「結果、妻敵討を果たしたというわけか」

川路が公事場から帰ると、おさとが茶を点ててくれた。何も言わず、一口飲む。ほどよい苦みが気持ちを落ち着かせた。川路は静かに飲み干しておさとを見つめ、思っていたことを口にした。

「夫婦というものは心の動きが微妙なものだな」

「ええ」

「長谷部どのの妻に対する思いはおさとの言う通りだと思うが、おきくどのも心の底に夫への思いを残していたのであろうか」

「それはわかりかねますが、土産の三弦を差し出す長谷部どののやさしさが、おきくどのに安らかだった日々を思い起こさせたのではありませんか。平凡ではあっても、幼子《おさなご》と三人水入らずのおだやかな生活を」

「それが長谷部どのを、夫を守ろうとする動きになったと……」

おさとがうなずいた。

「ところで猟師の一件だが。石井直次郎が死んでしまっては謎のままだが、おそらくはおさとが推測した通りなのだろう。石井はたまたま街道で猟師を見て、鉄砲を手に入れたくなったのだ。長谷部どのの追跡に備えようとしてなのかどうかはわからないが。ただ、牡鹿の敵を牝鹿が討ったという考えについては、本当にそんなことがあり得るのだろうかと思う。鹿のことはよくわからないが」

「わたくしも存じ上げません。ですが、春日の神鹿です。そのようなことがあってもおかしくないとは思われませんか」

「そうだな」

川路がそう言うと、それに応えるかのように、若草山のほうから鹿の鳴き声が聞こえてきた。二人は耳を傾けた。

やがて川路はしんみりと言った。

「いつかはわたしたちにも別れの日が来るのだろうな」

「いいえ。死んでも一緒ですよ」

「偕老同穴《かいろうどうけつ》というわけか」

おさとはニッコリとほほえんだ。

大黒《だいこく》の芝の決闘

一昨日長吏のもとより注進あり、其趣は山田奉行所之牢へ何もの共不知十人はかり来りて牢番人二人を切殺し、牢内に居たりし入墨無宿二人一同逃去りて行衛不知というとにて……

（『寧府紀事』嘉永二年十一月十七日）

一

木枯らしが吹き、底冷えのする夜だった。川路は居間で火鉢に当たりながら寧府紀事を書いていたが、ふと気がつくと、そばで書物を読んでいたおさとがいなかった。

やがて、おさとは燗徳利《かんどくり》と小鉢が載った膳を手にしてもどってきた。

「書き終えましたか。少し熱めにしましたから、ゆっくりお飲みになってくださいませ。お供は蕎麦《そば》味噌ですよ」

「さすがはおさと。計ったような頃合いだ。そろそろ飲みたいなと思っていたのだよ」

川路はそう言うと、おさとが注いだ猪口をゆっくり傾けた。

「うーん、五臓六腑《ごぞうろっぷ》に染み渡り、温もる」

川路の満足げな表情に、おさとの頬がほころんだ。

「今回はお母上さまたちにどのようなお話をお書きになったのですか？」

寧府紀事は江戸で留守をしている実母や弟たちに読ませるための日記で、奈良で起きた出来事や日々の暮らしぶりなどを綴っていた。

「二つある。一つは、先日そなたが話してくれた汲み取り大尽のことだ」

「ああ、あの」

奉行所近くの村から用人や給人たちの長屋へ下掃除にやってくる百姓がいる。この農夫は秋の収穫が終わると、毎年のように用人たちを招いて餅を振る舞っているのだが、川路の家来たちは仕事にかこつけて、まだ訪れたことがなかった。が、今年こそは是非にと言ってきたので、みなはむげに断るわけにもいかず、代わりに妻子を行かせた。帰ってきた妻たちはそのときの様子をおさとに聞かせ、おさとはおさとでそれを川路に話してやったのだが、そのことである。

「いや、実に南都らしかった」

話はこうだ。妻たちは、農夫がいつも野良着を着て肥桶を担いでくるので、住まいもそれらしい農家だろうと思いながら訪れた。ところが行ってみると、蔵が三つもある実に大きな屋敷だった。しかも、案内された客間には金屏風《きんびょうぶ》が立てられ、緋毛氈《ひもうせん》の上に唐更紗《とうさらさ》の座布団が用意されていた。驚いた一行が借りてきた猫のように小さくなっていると、小豆《あずき》餅を手始めに次から次へと食べたことも見たこともない料理が出てきて、又々びっくりした。

最後に抹茶が出たが、妻たちは茶の湯の作法を知らなかったのでとまどい、互いに先を譲り合った。そうこうしているうちに、用人筆頭の妻が聞いたことのある作法を思い出した。一口飲んで次へ回すのだと。そこでみながそのようにしたところ、あに図らんや、ほどなくそれぞれに茶碗が出てきた。そして百姓の妻がさらりと「濃茶《こいちゃ》ではなく薄茶《うすちゃ》でございます」と言ったものだから、用人の妻たちは大いに赤面してしまったという。

「わたしの家来たちはみな一芸に秀でているが、そうした作法には弱いから、妻たちもそうなるわけだ」

「外で恥をかかないように、茶の湯ぐらいはわたくしが教えてあげましょう」

「それはいい」

「それにつけても、やはり人は見かけによらないものですわね。特に南都の方々はお百姓や商人であっても、ひとたび住まいの中に入れば、日頃から学問や茶の湯、謡《うたい》などを楽しんでいるのでしょうね」

「そうだろうな。奉行所の門番の息子は和歌が得意だし、奈良町を歩けば謡を口ずさんでいる丁稚や手代の姿を見ることができる。南都の土地柄がそうさせるのだ。もっとも、博奕を楽しむ輩も多い。こちらは悩みの種だが」

「で、もう一つのお話は？」

「山田奉行所で起きた牢破りの件だ。一昨日、長吏のもとへ伊勢の同役から注進があったのだ」

山田奉行所は伊勢奉行所とも呼ばれ、太神宮の警護並びに外宮《げくう》の山田と内宮《ないくう》の宇治という二つの鳥居前町の司法行政を担っている遠国奉行所だ。加えて鳥羽湊の警備も守備範囲なので、多数の同心と水主《かこ》が配属されている。奉行所自体は町から離れたところにあるため、牢屋敷は山田と宇治に一つずつあった。

「長脇差を持った十人の無頼《ぶらい》が山田の牢番二人を殺害し、囚人二名を奪い去った」

「それは大変。まるで『水滸伝《すいこでん》』のようですね」

「まさしく。奪われた囚人は関東から来た博奕打の強盗犯だ。牢を破ったごろつきどもの詳細はわかっていないが、その仲間だろう。二人は外宮前にある御師《おんし》の屋敷へ押し込んで捕まった。それを仲間が奪還したというわけだ」

「御師？　各地から参詣者を集めて案内をしたり宿泊の便を図ったりする伊勢の神職のことで

すね。祈祷《きとう》もするそうですが」

「かなり豊かな御師で、屋敷には建物が大小合わせて十棟もあり、百人が宿泊できるほどだという。そのため押し入った一味は六人だったのだが、御師を見つけて金を取るのに手間取り、気づいた手代たちに抵抗された。そこへ山田の非人頭たちが駆けつけて、逃げ遅れた二人を召し捕ったという次第らしい」

「ほかの四人は逃走したと？」

「そうだ。そしてその三日後に牢が破られた。一味は合わせて十二人に増えているが、これは屋敷に押し込んだ六人とは別の仲間六人が合流したからだ。押し込みと同じ日に五里（二十キロ）ほど離れた松坂で賭場《とば》荒らしがあったので、山田奉行所ではその者たちとみている。この賭場荒らしでも地元の博徒《ばくと》が何人か殺されたという」

「ひどい。なんて乱暴な。お伊勢さんの鳥居前町には、そのような博奕打やならず者たちが沢山いるのですか」

　おさとは咎めるような口調で聞いた。

「うむ。山田にしろ宇治にしろ、その間にある古市《ふるいち》にしろ他国から来る大勢の参詣客でいつも賑わっているので、旅籠や茶店、馬借、駕籠屋などが多い。そのうえ古市には名高い遊郭があり、山田の河崎町は河港《かこう》だ。だからして、罪を犯した者や何らかの理由で逃亡している者、それに故郷を追われた者たちが隠れ住むにはもってこいの土地なのだ」

「南都も似たところがありますわね」

「いささか住民の構成は異なるがね。奈良町のほうは神職よりも僧侶のほうが多い。しかも商いや物作りが盛んなので、住民の多くは商人や職人たちだ。山田や宇治と共通しているのは、他国の人々がしょっちゅう訪れるため、見知らぬ人間が行き来していても気にならないことだろうな」

「それで、一味の行方は？」

「まだつかめていないが、奈良へ向かったという話がある。大和と伊勢は隣国で街道が四通八達《しつうはったつ》しているから可能性は高い。その場合は四日前後で来るとして、早ければ今日、遅くとも明日明後日には奈良へ入るだろう。いずれにせよ、目明しや長吏たちに街道筋を見張らせているので、長脇差の男を見たら奉行所へ連れてくるだろう。もしも襲ってくるようなことがあったら躊躇《ちゅうちょ》なく斬れとも伝えてある」

「まあ、恐ろしい」

「博徒はすぐに段平《だんびら》を振り回すので、油断禁物《ゆだんきんもつ》だ」

二

翌日の朝、文一郎が小書院へやってきた。

「山田の牢から逃げた二人の人相書が届きました。一人は武州無宿の平蔵《へいぞう》、もう一人は上州無宿の惣五郎《そうごろう》という者です」

「武州に上州？」

川路は少し引っかかりを感じたが、すぐ人相書を手に取った。

人相書

十一月十三日夜山田牢ヲ抜出逃去候者共

武州秩父郡下吉田村徳兵衛倅義絶無宿

平蔵

酉《とり》三十四歳

一中肉中背

一長顔色白く薄菊石《あばた》有之

一眉毛濃く鼻筋通り
一月代濃く
一関東言葉
一言舌さわやか成ル方
一着用木綿茶弁慶嶋綿入

上州緑野郡小林村九右衛門倅出奔無宿
惣五郎
酉三十二歳

一背高く痩肉
一長顔色黒く
一鼻筋通り眼大く
一月代濃く
一両腕ニ竜彫物《ほりもの》有之
一上州言葉
一着用木綿藍千筋嶋綿入

川路は思った。平蔵には菊石《あばた》があり、惣五郎は長身で彫りの深い顔をしている。一度でも見れば、印象に残りやすいだろう。この関東者の一味が遠路伊勢までやってきた理由は何だろう。賭場荒らしや強盗は路銀や博奕の金を調達するためで、本来の目的ではないはずだ。もう一つ引っかかることがあった。武州と上州から来た二人の博徒という組み合わせだ。そして、菊石。どこかで聞いたことがあるような気がする……。

「いずれにせよ、この者たちが奈良へ来るのか来ないのか。来るとしたら、奈良あるいは大和で何をするつもりなのか。それが判明しない限り、奉行所としては動きようがない。とりあえず奈良へ入る各街道を引き続き見張るとともに、風聞を集めてくれ」

執務を終えた川路は馬乗袴《うまのりばかま》と打裂羽織《ぶっさきばおり》に着替えて南の馬場へ向かった。久しぶりに乗馬の稽古をするためである。馬場には、中間《ちゅうげん》の平次が股引に半纏を引っかけた鯔背《いなせ》な姿で待っており、川路が馬の背にまたがると、口取りをして馬場を歩き出した。平次は馬の扱いが上手なので馬丁《ばてい》を兼ねている。

平次が川路に話しかけてきた。

「殿さま。馬は時々乗ってやらないといけません。こいつは老いぼれ馬ですが、だからといって乗らないでいると、よけい老いぼれっちまう」

「なんだか、わたしのようだな」

「わっはっは」

平次は奈良娘と所帯を持ち、もうすぐ三歳になる七右衛門という息子がいる。川路は俠気《きょうき》があって腕っ節の強い平次を「梁山泊《りょうざんぱく》の遺風がある男」と評し、七右衛門ともどもかわいがっていた。

平次は馬を引きながら、江戸っ子の間に広がっている噂を話し出した。顔が広く、便りをくれる友がいる。

「殿さまのお耳に入っているかもしれませんが、この夏から関東の博奕打たちがまた各地で暴れ回っているそうです」

川路は思わず平次を見つめた。

「各地とは？」

「武州から甲州信州、駿州遠州にかけてです。首魁《しゅかい》は武州無宿の幸次郎という博徒で、武器も鉄砲やらなんやら大量に持っているらしいです。わたしの友だちが馬喰町《ばくろちょう》で旅籠屋の番頭をしておりましてね。そいつがくれた手紙に書いてあったんです」

「馬喰町の旅籠なら風聞がいろいろと入ってくるだろうな。関東代官たちの御用屋敷も近くにある」

「そうなんですよ」

川路はこの四月に下総で博徒たちが暴れ回ったことは知っていた。大和の五條代官から常陸の上郷《かみごう》代官に転じた旧知の小田又七郎がくれた書状に、そのことが書いてあったからだ。勢力《せいりき》富五郎という博徒が率いる二十人ほどの悪党が八州廻《はっしゅうまわ》りに追われて山に籠《こ》もり、捕り方五百人と戦ったあげく自決をしたというものだった。一味は長脇差どころか多数の鉄砲や槍で武装をしていたという。これは単なる縄張り争いとかお上に楯突いたとかいう段階をもはや通り越していた。武州無宿の一党はこれと無関係のようだが、行動範囲ははるかに広い。

「やつらも二十人前後で、武州無宿に加えて甲州遠州それに勢州の者もいたそうです」

「ほほう。伊勢もか」

「はい。事の発端は、昨年の夏にこの連中が伊勢へ出向いて松坂の博徒を襲ったことでしてね。襲われた博徒は隣の古市を仕切っている盟友に仇討ちを言い残したというわけです。ところがその盟友も自分の義兄弟に当たる伊豆の親分に助っ人を頼んだもんだから、東海道や中山道を行ったり来たりしながらの殺し合いが始まったというわけです」

川路は古市という言葉を聞いて、驚いた。近くには山田奉行所の牢屋敷がある。

「その古市の博徒はなぜ伊豆の者と義兄弟なのだ？」

「もともとが伊豆の出で、博奕でとっ捕まって追放となり、落ち着いた先の古市でのし上がったそうですから、伊豆にいた時分の仲間だったんでしょうね」

「博徒の世界はどこかで繋がっているものだな」

「で、ここまでなら博奕打同士の大喧嘩で話は済むんですがね。その間に、武州の一味は強盗やら人殺しやら掠奪にゆすりと悪事を重ねたもんですから、怒った伊豆韮山の代官所が追跡し、富士山麓で討伐したというわけです。首魁は甲州へ逃げたらしいんで、今頃は甲府勤番のみなさんが捕まえているんじゃないでしょうかね」

「野犬のように凶暴で、よく動く連中だな」

「そうですね。博奕打らしいといやあ、らしい連中ですが、博奕打に多い百姓上がりの無宿とはおよそ思えませんね。根っからの非道な悪党です」

山田の牢破りも同じようなものだと、川路は思った。しかも、この武州の幸次郎一味の動きに合わせたように、伊勢へ遠征してきている。待てよ、これはひょっとして、三輪の仁吉が言い残していったことが起きているのではないか。

仁吉は三輪明神の門前町を縄張りとする老博奕打で、昨年末に筒取の罪で捕まえた男だ。大博奕以外は悪事を為さず、凶作の年には富者から米を供出させて困窮者へ配り、大和一の男伊達《おとこだて》と称されたほどの人物だった。それでも川路は容赦しなかった。民百姓を破滅させる大博奕を、大和から一掃したいと考えていたからだ。仁吉は半年前に島送りとなり、六十という老齢を心配した息子が付き添った。そのときのことである。船が出る大坂へ連行した同心の久保良助に、川路へ渡してほしいと言って、概略こんな文を託したのである。

――わしのような賭け事を好むだけの古い博奕打の時代は終わりました。どこもかしこも任侠《にんきょう》よりもカネの世の中となり、粗暴な若い連中が徒党を組んでのさばっております。わしの耳には、とりわけ関東や駿州甲州の博徒が危険だと聞こえてきています。噂に聞く上州国定村《くにさだ》の忠治《ちゅうじ》のように、非道な役人に抵抗したり百姓を守ったりする任侠の博徒はもうわずかしかおりません。ほとんどは野盗の類いで、人々を暴力で支配する獣です。

そのうち、やつらは縄張りを奪うために大和へ押し寄せてきます。もう伊勢まで来ているのです。食い止めることができるのはお奉行所だけです。どうか大和を守ってやってください。あの者たちはおだやかな大和の村々を破壊します――。

川路はこれを読んだとき、仁吉のような男は村々の押さえとして必要だったのかもしれないと、ふと思ったものだ。

「平次。走ってくる。そこで待っておれ」

川路は脚で馬の腹を軽く蹴り、走り始めた。大和は異国船騒ぎとは無縁で、海防問題の埒外《らちがい》にある。だが、それとは別の時代の波に巻き込まれようとしているのかもしれない。関東では無宿博徒の跋扈《ばっこ》が村々を動揺させて久しい。その対策として、公儀は関東取締出役(八州廻り)を設けたり、改革組合村を編成したりと数々の手を打ってきたが、成功しているとは言いがたい。その波が大和にまで押し寄せようとしている。放っておけば、やがては幕府の統治の根幹がぐらつく。そして異国船の来航とも無縁ではなくなり、二つの波は結びつくだろう。

川路に漠然とした予感はあったものの、山田牢破りの博徒たちが実際に大和への進出を企んでいたことはまだ知らなかった。

三

街道の見張りを開始して四日目。五ツ半(午前九時)を過ぎた頃に、名張《なばり》街道の紀寺《きでら》口で動きがあった。目明しの伝吉とその子分二人が斬られたのだ。いずれも命に別状はなかったが、子分の一人が深手を負った。伝吉が言うには、相手は三度笠に長脇差といかにも博奕渡世らしい三人組の男で、誰何《すいか》した伝吉らに無言でいきなり襲いかかってきたという。連中は手傷を負わせたとみるや奈良町のほうへ駆け去ったので、人相はわからなかったとも。

文一郎は川路に報告し、思ったことを述べた。

「なんとも乱暴な連中ですが、かなり戦いに慣れているというか、場数を踏んでいるようです。山田の一味に違いありません」

川路はうなずいた。

「あの者どもは何組かに分かれて、別々に奈良を目指していると思われる」

「どこかで合流するつもりなのでしょうか」

「うむ。問題は奈良をめざす理由だ。単に通過をするだけとは考えられない」

「確かに。いずれにせよ、男たちを捕まえて吟味すれば、理由がわかると思います」

文一郎は出ていったが、すぐにまたもどってきた。同心の池田半次郎を従えている。

「お奉行。連中の仲間らしき者どもがまたもや出現しました。半次郎が目撃しています」

半次郎は語った。

「つい先ほどです。場所は牢屋敷の前です。わたしが見回りを終えて奉行所へもどろうとしたところ、三人の男が中を覗いていたのです。用件を問うと、墨の古梅園を探していると言って、そそくさと去っていきました。不審に思い、それとなく追いかけたのですが、法蓮村の手前で見失ってしまいました」

「人相書に似た男はいたか?」

「いいえ。ただ、わたしの問いに答えた男は関東言葉をしゃべる唇の分厚い男で、墨屋に用事のある人間には見えませんでした」

「長脇差は？」

「いえ、差してはいなかったのですが、姿は旅の格好でした。宿を当たりましょうか？」

「捨て置け。同心に目を付けられたとあっては、もう奈良から離れているだろう」

「お奉行。これは紀寺口とは別の組ですね。どこかの茶屋に長脇差を預け、牢屋敷を見に来たのでしょう。ひょっとして山田のように牢破りを企んでいるのではありませんか」

「可能性はあるな。その場合、牢抜けさせたい入牢者は誰なのかだ。文一郎。それらしい入牢者を洗い出してくれ」

「わかりました」

「そんな男がいたとして、牢に入れられたのはなぜか。一味はどのようにしてそのことを知ったのか……」

川路はそう言いながら、顎を右手で撫でた。

昼過ぎに、文一郎がふたたびやってきた。調べがついたのだ。

「いたか？」

川路は単刀直入にたずねた。

「本牢に二名おりました」

文一郎は説明した。

「まず長吏役所の仮牢のほうですが、こちらには三十人ほど入っています。しかし、ほとんどが近在の百姓どもの小博奕と酔っ払いで、二、三日以内に出す連中です」

「戒めるために牢に入れている者たちだな」

「はい。次に本牢に入っている二十三名の一件記録を調べてみました。そうしたところ、十名は奈良町や大和の村々の人間で、身元は明らかです。罪状も小盗《こぬすみ》や傷害などです。残り十三名のうち十名は、梅雨に入る前に召し捕った例の一味です」

「ほとけの佐兵衛たちか」

「そうです。客は少し懲らしめてから放免しましたが、佐兵衛たちは御仕置伺書の返答待ちです。最後の三名のうち一人は、江戸から大和遊覧に来た河内屋清兵衛という商人です。丹波市村の旅籠屋で同宿者と博奕をしているところを非人番に捕まりました」

「旅の手慰《てなぐさ》みか。罰するほどではないな」

「はい。少々説教をして放つ予定です。そしてもう一人は上州無宿の利吉《りきち》と称する男です。利吉は二十日前に清滝《きよたき》街道沿いにある辻村の茶屋で、同席した侍と女をめぐって喧嘩《けんか》になり、大けがをさせたものです」

「刀を奪って侍を殴り倒した男か。腕っ節の強さに驚いたものだ」

「近くにある代官陣屋の者が駆けつけて取り押さえ、奉行所が引き取りました。ところがすぐにかっとなるくせに、聞いたことには答えないので、吟味がはかどらず困っております。牢問をするほどの罪ではありませんし……」

「捨て置け。牢入りが長くなれば、外へ出たくなって話すだろう」

「それと、最後の一人は甲州浪人の片岡新兵衛と名乗る剣術遣いです。新兵衛はひと月ほど前に、旧知の博奕打を頼って奈良町にやってきたのですが、用心棒の仕事も賭場の開帳もなく金に困り、食い逃げをして捕まりました。頼られた男もその日暮らしの棒手振《ぼてふり》で身過《みす》ぎをしており、家に泊めるのが精一杯だったそうです」

「剣術遣いが食い逃げを働いたというのが面白かったので覚えている。博奕の取締りがきびしくて、賭場や遊郭に閑古鳥《かんこどり》が鳴いている奈良へやってきたのが、運の尽きというわけだ。それで、新兵衛がここへ来る前にいた国は？」

「伊勢国の松坂です」

「ほう、松坂か」

川路は大きな目を光らせ、顎をなでた。

「連中の仲間かどうかまではわからないが、怪しいとすれば、確かに利吉と新兵衛だ」

四

翌日。長吏筆頭の官之助はせがれの住之助とともに、橋本町にある会所から三条通を見張っていた。ここは奈良一番の繁華な町で、高札場がある。里程《りてい》の基点でもあるので、各街道から人が集まってくる。しかし、朝から昼にかけて目に留まった旅人はいなかった。

官之助たちが監視に倦《う》んできた八ツ（午後二時）過ぎ。報せが入った。奈良町の南の入り口に当たる竹花町で、長吏の一人である善三が襲われたという。善三はかわいがっている弟分である。官之助は現場に急行した。

到着すると、善三は大きな石灯籠の前に座り込んで、町医者と思しき人物に応急手当を受けていた。股を斬られたらしい。そのそばで手下が腹を押さえて寝転がっている。この辺は町外れだが、上街道が通っているので、道行く人は多い。

「二人とも出血を止めたさかい、命に別状はありまへん」

医者は官之助を二人の仲間とみて、教えてくれた。

「お世話になりま。善三。どないだ？」

「何とか。呼び止めたところを、いきなり権太《ごんた》がやられてもうて」

「敵はどんなやつやった？」

「博奕打のような風体の三人組です。一人は人相書にあった菊石面《あばたづら》の男で、もう一人は色黒の背が高い男。そして残る一人は色白丸顔やったです」

「ほほう。ほな最初の男は平蔵で、二人目は惣五郎やな。やはり南都へ来たんか。ほんで、どっちへ行ったんや？」

「そこの能登川を右へ曲がり、大安寺《だいあんじ》のほうへ向かいましたで」

官之助は同行してきた住之助に後を任せ、川沿いの道を西へ向かって駆け出した。道々、三人組が通ったかどうか確認しながら追跡したが、小さな庵があるだけの荒れ果てた大安寺を過ぎ、湿地を抜けて佐保川を北上したところでたどれなくなった。目の前は法華寺《ほっけじ》だ。寺の北には宇和奈辺《うわなべ》や小奈辺《こなべ》などの陵《みささぎ》と集落が点在し、西は西大寺《さいだいじ》まで田畑や草地が広がっている。東へ行けば広い法蓮村で、北に佐保山を控えている。官之助は追跡をあきらめて奉行所へ引き返した。

話を聞いた文一郎は、すぐに川路へ伝えた。川路は瞬時に反応し、与力筆頭の中条惣右衛門を呼んだ。博徒どもは行動が素早い。こちらも迅速に対応する必要がある。

「中条。例の牢破りどもの奈良入りが確実となった。人相書の二人が出現したのだ。一味はおそらく十二人で、奈良へはすでに九人が入っている。残りは不明だが、いずれも三人一組となって動いている。牢屋敷を襲うつもりらしいので、警備の同心が牢屋敷取締方二人だけでは心許ない。応援を出してくれ。また街道の監視は取りやめて、奈良町と近辺の村々を虱潰しに探索する積極策に切り替える」

「わかりました。では斉藤平三郎を警備担当の与力とし、同心は公事方から手の空いている者五人を応援に出します。牢番兼目明しどもは総動員し、牢屋敷と探索に半数ずつ充てましょう」

「頼む。それと、文一郎。明日は稲荷祭りだ。牢屋敷の守りを固めたからには、探索のほうは祭りが済んでからでいい。町の人たちを楽しませるのも大事な仕事だ」

「わかりました」

文一郎は話し合いを終えると、与力同心番所に探索要員の盗賊方同心七人を集めて分担を決めた。奈良町は久保良助ら六人と目明したちの担当とし、奈良回り八か村のほうは池田半次郎と長吏たちが受け持つ。文一郎は言った。

「牢屋敷を襲うつもりなら、あまり遠くへは行かんやろが、念のため国中の村々町々の非人番に指示し、いつも以上に目を光らせてもらう」

半次郎が言った。

「南山《なんざん》と奥それに東山中《ひがしさんちゅう》は必要ないと思いまっけど、西山中《にしさんちゅう》の生駒谷《いこまだに》のほうは手当てしといたほうがええんと違います？」

「おお、そうやな。あっちにも連絡しよう」

大和国は山々に囲まれており、真ん中の盆地を国中《くんなか》と呼ぶ。そして南の吉野地方を南山、その東隣で伊勢国に接している宇陀《うだ》地方を奥、国中と東方の伊賀国の間にある高原を東山中と言った。西山中は生駒山《いこまやま》から葛城山《かつらきやま》、金剛山《こんごうざん》の東麓を指し、河内国や摂津国と結ぶ多くの峠があった。中でも生駒山の東麓に当たる生駒谷から南都までは近く、半日ほどで往復ができるので注意が必要というわけだ。

「やつらについてわかっているのは、九人とも博徒風の男で、年齢は全員三十歳前後。関東言葉をしゃべるということだ。山田牢に入っていた二人は人相書がある。半次郎がばったり出会した三人については、本人から話してもらおう」

「はい。ちらっと見ただけなんで、大雑把にしか言えまへんが、一人は唇が分厚い男で二人目は色浅黒く丸顔の小太り。三人目は赤ら顔で目がぐりっとしてましたで」

五

奉行所の乾（北西）にある稲荷社の祭礼が始まった。この朝、川路は例によって熨斗目に麻上下の礼装で参拝し、桜の苗木を五本奉納した。春に行われる巽（南東）の稲荷社の祭りには紅白の梅だ。奉行の参拝が済むと、南北の総門と正門が解放され、誰でも奉行所に入って参拝することができた。祭りの世話や警備は同心や奉行の家来たちが行う。

奈良町から南の総門を入ると左手が奉行所で、右手には五軒の与力屋敷が並んでいる。その間を走る道の両側には幟《のぼり》が立ち、商人たちが飴《あめ》や菓子を売る場所となる。奉行所の正門をぐって左へ行くと、南側の堀に沿って馬場があり、中ほどに幕を張った即席の舞台が設けられていた。ここでは八ツ（午後二時）過ぎから、与力同心と町衆による能狂言が奉納される。また馬場のそばの空き地には土俵が造られており、町の相撲取りによる奉納相撲で大にぎわいとなる。馬場は西側の堀の手前にもあり、その北の隅が乾の稲荷社だった。

おさとは女中のおみつとともに、庭から馬場へ出る通路に設けられた桟敷で祭りを見物していた。前方にすだれを垂らし、ほかの三方は幕を張っているので、祭りに来た人々の目につかない。近くにある馬見所では、中小姓の渡辺俊介たちが子どもにみかんを投げ与えていた。これも恒例の行事だ。馬場の警備をしている徒士の田村直助の姿もちらほら見えた。

みかん投げが終わったとき、馬場の中がざわめき、参拝客がいっせいに入り口のほうを振り返った。木辻町の遊女たちが入ってきたのである。その数三十人あまり。みな着飾り、うち十人ほどが振袖を着ている。遊女たちはさすがに艶冶《えんや》だとおさとが思ったとき、その後ろから少し遅れて、一段と美しい一人の女がやってきた。遊女には見えず、他国者なのか、どことなく場になじまないところがある。歳は二十五か六。江戸なら三味線か踊りの師匠といったところか。それとも女芸者か。いずれにせよ、まったくの素人娘でも人の妻でもなさそうだった。おさとは近づいてくる女を目で追った。化粧は淡く、着物は木綿だが、袖口と半襟は縮緬《ちりめん》を付けている。派手なようで渋く、粋だ。

おみつも興味を引かれたらしい。

「奥さま。あの女は江戸の鳥追いみたいですね」

「鳥追い？」

「新年を迎えると、鳥追い唄を歌いながら門付けをして回る芸人ですよ。編み笠をかぶって白足袋《たび》に日和《ひより》下駄を履いている姿があだっぽく、女でも惚《ほ》れ惚《ぼ》れする……」

「ああ、女太夫《おんなたゆう》のことですね。確かに、編み笠姿で三味線を手にすれば、よく似合いそうですね」

女は二人の目の前を通り、仮舞台の前にいた田村直助に何やらものをたずね、西の馬場への木戸を入っていった。おみつは桟敷に張られた西側の幕を少し上げて覗き見た。女は縄が張られた稲荷社への順路をおとなしく歩いていたが、やがて参拝者の姿が見えなくなると、挙動がおかしくなった。奉行の役宅を仕切る板塀の中を覗いたり、高さを測るようなしぐさをしたのである。しかも稲荷社へは参拝しようとしない。

「奥さま。なんか変ですよ。キョロキョロと探っているような感じで」

「お奉行所の中へ入るのが初めてで、物珍しいからではありませんか。それより、もうすぐ狂言が始まりますよ」

「そうですかねぇ」

女は南の馬場に引き返すと、狂言見物もせずに立ち去っていった。


日が落ちてくると、仮舞台の前に篝火《かがりび》が焚かれ、猿楽が始まった。川路は晩酌を楽しんでいたが、その耳にもかすかに謡曲《ようきょく》が聞こえてきた。

「おさと。今日の祭りはどうであった？」

川路がそばで酒の世話をしているおさとにたずねた。

「やはり春よりは秋の祭りのほうがにぎわいますわね。木辻町の遊女たちも来て、華やかになりますし」

「何人ほど来たのかな？」

「三十人ほどでした。みなさん素晴らしい衣装を着て立派でしたよ。ですが、それにもまして美しい女人を見ましたわ。殿さまなら、花顔柳腰《かがんりゅうよう》で艶麗《えんれい》な女とでも言いそうな。俊介などはみかん投げが手につかなくなっていましたよ」

「はっはっは。わたしも目の保養をしたかったな」

川路は笑ったが、おさとは真面目な顔をした。

「ですが、おみつはその女人の振る舞いがおかしいと言うのです。何やら奉行所の中を探っているようだと」

「ほほう。おみつには堂社案内人の一件で直助とともに一働きをしてもらったが、それで探り癖が付いたのではないか」

川路は茶化したが、おさとは真剣だった。

「普通、参拝客はみな最初にお稲荷さんにお参りしますわね。その女人が直助に何かたずねたので、社への順路を聞いたのかと思ったら、お参りに行かず役宅のほうを窺《うかが》っていたというのです。おみつはそれが気になり、後で直助に聞くと、お白州の場所をたずねられたというのです。それと牢屋敷は奉行所の中にもあるのかと。何か変でございましょう」

「それはそうだが、人々が奉行所に興味を持つとしたら、まずはお白州と牢舎だろうから、不自然なことではない。しかし奈良の住民なら、牢屋敷は奉行所の外にあることを知っているはずだが……」

「どうやら奈良人ではなさそうなのです。南都の女たちとはどこか雰囲気が異なっておりましたし、直助が言うには江戸言葉を話していたと。ただ少し訛《なま》りがあり、発音が江戸者よりもはっきりしていたらしいです。そこで直助は、武州の秩父《ちちぶ》のあたりの生まれではないかと推測していました。以前の奉公先に秩父の者がいたのでわかると」

とたんに、川路の目が光った。人相書にある平蔵の出所も秩父郡だった。偶然は重なるものか。川路は沈思黙考し、やがて渡辺俊介を呼んだ。俊介なら馬見所から見惚れていたので女の顔はわかるだろう。町人に変装すれば警戒されることもない。

六

興福寺の南北と西に広がる奈良町の人口は二万で家数は五千。さほど大きくはないが、二百五もの小さな町が集まっているので、多くの入り組んだ路地がある。久保良助の組は朝からこの町を虱潰しに探索した。住民の大半は職人や商人だが、東大寺と興福寺の塔頭を除いても百を超える大小の寺社があるので、僧侶や神官の姿も目立つ。その一方で武士の数は少ない。ときおり町で見かけるのは奉行所か柳生家の蔵屋敷の者だ。旅人は遊覧客がほとんどで、長脇差の博徒が現れることは珍しい。

各町の会所や番屋でたずねたり、宿や部屋貸しを改めたりしても、何件か目撃証言はあったものの、滞在は確認できなかった。結局判明したのは、牢屋敷前で目撃された三人組が立ち寄った茶屋だけだった。一味のほかの者たちは紀寺口や竹花町で襲った男たちも含め、目立たぬように奈良町を通過したか、迂回したとしか思えなかった。

半次郎と長吏たちもまた、城戸《じょうど》、杉ケ町《するがまち》、油坂《あぶらさか》、芝辻《しばつじ》、京終、法蓮、野田、川上と奈良町を取り巻く八か村を一日じゅう探索した。この八か村は町場に近いため奈良町と一体化しており、奉行所の支配下にあった。寺社や村役人の家を訪ね回るだけではなく、無住の荒れ寺や潰れた晒し屋の倉庫まで徹底的に探したのだが、人がいた痕跡《こんせき》すら発見できなかった。

一方、俊介は同心たちの動きとは別に、朝から女太夫の宿泊先を探していた。川路は探し当てて張り込み、外出するときには尾行せよと指示したのである。おさとの話を聞いた川路は、女は博徒一味と関わりがあると考えたのだった。奉行所の様子を探り、知らせるつもりなのだと。したがって仲間と連絡を取るはずだから、追跡すれば隠れ家か集まる場所がわかるというわけである。

俊介は知り合いを探す遊覧客のふりをして旅籠をたずね回った。猿沢池のすぐ南にある今御門町と三条通の樽井町は空振りに終わったが、京街道の今小路町で当たった。江州屋という宿である。真偽のほどはわからないものの、自称している名前もわかった。江戸四谷のおけいだ。あとは外でおけいが出てくるのを待ち、跡をつけていく。

昼前、おけいは宿から出てきた。荷物は置いてきたのか、軽装だった。つまり江州屋へはもどってくるということだ。おけいは転害門から往古の一条大路である一条街道を西へまっすぐ進んだ。二十町（二キロ少々）も歩くと法華寺で、さらに行けば西大寺だ。その先は生駒山を越えて河内や大坂へ向かう。

川路が赴任した当初に西方の社寺巡見をしたとき、俊介も供をしてこの道を通ったので土地鑑は働く。おけいはその道をゆっくり歩いていくと、法華寺の門前にいた村人に道を聞いた。おけいはわかったらしく、また歩き始めた。

法華寺の集落を出ると、西へ向かって田畑や草地に湿地が広がっている。進むにつれて、左手に一段高くなっている芝地が見えてきた。一帯は平城宮の跡と推定されている場所である。芝地の右手前方にある集落は超昇寺村《ちょうしょうじ》。村名となっている超昇寺は、南都十五大寺の一つに数えられていたが、今や小堂が一宇残るだけで見る影もない。

おけいは超昇寺村の手前を右へ曲がり、大和と山城を結ぶ歌姫街道に入った。平城京があった時代の主要な街道である。郡山から京伏見へ行くには奈良経由より多少近いので、柳沢家は参勤交代などにこの道を使っている。歌姫街道は暗越大坂街道の尼ヶ辻から来て、超昇寺村の西にある二条の辻で一条街道と重なり、ここで分岐するのである。したがってここは三つ辻になっている。

俊介は三つ辻で草鞋の紐を結び直し、横目で様子を探った。おけいは街道をやや北に上がった右手にある屋敷へ入ろうとしていた。俊介はそこが何かすぐにわかった。川路が巡見したときに目にした公家《こげ》茶屋だ。昔は公卿屋敷だったという触れ込みらしいが、今はいささか怪しげな茶屋となっている。塀と長屋門にはばまれ、中の様子を窺うことはできない。おけいのすぐ後で笠をかぶった中年の男が茶屋へ入っていったが、俊介は昼飯でも取るのだろうと気に留めず、自分も三つ辻を見渡せる南側の小高い芝地に陣取って、持参の握り飯を頬張った。

おけいはそれから半時（一時間）ほどで出てきて、来た道をもどり始めた。いったん江州屋へ帰り、またどこかへ外出するのだろう。俊介はそう推測し、先回りをした。

宿へもどったおけいは、案の定、たそがれてくるとまた旅籠から出てきて、吉城川《よしきがわ》に沿って牢屋敷のほうへと歩いていった。なぜか三味線を小脇に抱えている。牢屋敷の裏手に来ると、おけいは川辺の枯柳の前に立ち、三味線を弾き始めた。俊介は自分も弾くので、すぐに曲が新《しん》内《ない》流しだとわかった。新内節を入牢者の誰かに聞かせるつもりなのだ。

町家の陰に隠れ、音に神経を集中する。上調子を伴わない一人三味線だが、哀切でゆったりした調べが川の音となじみ、そこはかとなく色気も漂っている。科人たちも耳を澄ませているはずだ。やがて語りが始まった。『蘭蝶《らんちょう》』である。夕暮れ時の牢屋敷の裏手はひっそりとわびしく、新内節が合っていた。

遊芸を好む俊介はうっとりと聞き惚れていたが、ふと我に返った。江戸で聞いていた『蘭蝶』と語りが違う。俊介は急いで矢立《やたて》を手に取った。

おけいが旅籠へもどるのを見とどけると、俊介はすぐに奉行所へ立ち帰り、川路に見聞きしたことを伝えた。川路はやはりと思った。女太夫は一味の連絡役であり、公家茶屋はその受け渡し場なのだ。それはわかる。しかし、語りが江戸で流布《るふ》している文句と異なるというのは、何か意味があるのだろうか。考えても、何も思い付かなかった。こういうときはおさとの知恵を借りるにかぎる。川路はおさとを呼び、おけいの行動について意見を聞いた。

「おさと。新内節の文句についてなのだが」

「わたくしは新内節のことをよく存じておりません。『蘭蝶』で耳にしたことがあるのも、触《さわ》りの部分というのでしょうか、誰でも知っている有名な文句だけです。『縁でこそあれ末かけて』とか『今更いうも、すぎし秋』といったものです」

「新内節の講釈をしてほしいわけではないのだ。語りの文句を変えたわけを知りたいのだ。俊介、語りのどこがおかしいのか説明してやってくれぬか」

「はい。奥さまがいま言われた文句『今更いうも』は本来こう続きます」

〽　今更いうも、すぎし秋。四谷で初めて逢うた時。

すいたらしいと思うたが。因果な縁の糸車。

めぐる紋日《もんび》や常の日も。新造《しんぞう》かむろにねだらせて。

呼んだ客衆の目を忍び。手くだの咎め鞍替《くらがえ》えも。二所《ふたとこ》三所《みとこ》流れゆく。


「ところがおけいさんは、『因果な縁の糸車』の後を変えているのです」

俊介は懐紙《かいし》を取り出し、読みあげた。


月日はめぐり春日山。久しき逢瀬《おうせ》は渡る日に。

はばむ客衆の目を忍び。かねての筋は変わりなく。流れる先は歓喜《かんぎ》の峯。


「調子は整っており、早く逢《あ》いたいという思いを伝えているとは思うのですが……」

おさとは文句を口ずさんで少し考えた。やがて得心がいったように微笑んだ。

「伝えたい思いは俊介の申す通りです。そこに逢う場所と日時も乗せているのです。『春日山』は奈良を、『渡る日』は春日若宮おん祭の『お渡り式』を指しています。つまり、お渡り式のときに奈良で再会できますよ、と伝えているのです。それは今日から五日後の二十七日午後ということになります」

おさとの解釈に川路の目がギラリと光った。

「読めた。『はばむ客衆』とは奉行所のことだ。『その目を忍ぶ』とは、祭りの警衛で奉行所が手薄になった隙を狙い、牢を破るという意味だ。すなわち、『お渡り式』が行われる午後に破るということになる。『かねての筋』は、逃げる所もかねての打ち合わせ通りに、というわけだ」

「そうですね。加えて、捕縛《ほばく》されたときは牢を破って救い出すという約束通りに、という含意もあります」

「山田牢のようにか。粗暴な連中だが、仲間に対しては律儀《りちぎ》だな。博徒らしいとも言える」

「この場合は、それに加えて男女の情が感じられます。文をやり取りするときのような」

「ほう。この入牢者とおけいは仲間であるだけではなく、想い合っているというのか？」

「おそらく。『蘭蝶』を用いたことといい、言葉の選び方といい……」

「おさとさま。では『流れる先は歓喜の峯』というのは？」

「逃げていく先を示しています。生駒山の宝山寺《ほうざんじ》です。『歓喜』は『歓喜天』すなわち『聖天《しょうてん》さん』を指しています。そして『聖天さん』は宝山寺の鎮守の神さまとして、大和は言うに及ばず摂津河内でも名高いでしょう」

「宝山寺のことを生駒聖天とも呼ぶゆえんですね」

「そうですよ」

「さすがはおさと。しかも宝山寺なら、奉行所に追われても河内や摂津へ逃げやすい」

川路はすべて腑に落ちた。一味は目立たないように奈良から離れた場所に分散して潜み、公家茶屋を利用して連絡を取り合っている。ということはここを見張っていれば、博徒らは頭からの指示を受けるために必ず来る。それを尾行して、それぞれの隠れ家を突き止めればいい。

もちろん、襲ってくる一味を牢屋敷で一気に召し捕れば簡単なのだが、できれば祭りの前に奈良の外で一網打尽にしたかった。奈良町を預かる奉行として、伝統ある祭りを捕り物や血で穢《けが》したくはないし、それが連中の狙いとわかっていても、おん祭りの運営と警衛は疎かにできないのだ。これは奈良奉行所最大の任務であり、奈良奉行は将軍の名代《みょうだい》として位置づけられているからである。

そのためにも一味の全容と大和に来た目的を事前に知っておく必要がある。牢を抜けさせたい男を特定して吟味すれば、それができるはずだ。上州無宿の利吉と甲州浪人片岡新兵衛のいずれかだが、見当が付かなかった。割り出す方法は何かないだろうか？

川路がふたたび相談すると、おさとは即答した。

「新内流しです。女太夫のまねをして、牢屋敷の裏手で新内流しを弾くのです。俊介ならできるでしょう」

「はい、奥さま。ですが、わたしは新内節の語りまではできません。声を出せば、男だとわかりますし」

「そうですね。ですが語りまでは必要ありません。牢番たちにその二人を監視穴などからひそかに観察させ、新内流しに気づいて一番強く反応する者を探り出すだけですから」

「なるほど」

川路は橋本文一郎を呼んだ。

七

次の日から公家茶屋の周辺に監視の網が張られ、一条街道と歌姫街道に長吏の手下たちが散らばった。官之助と住之助は三つ辻に近い大クスノキの樹上に潜んだ。樹の上から望遠鏡で覗けば、街道の辻と茶屋を出入りする人間の顔がわかる。街道に博徒が現れたときは、鳥笛か手言葉で連絡を取り合う手筈にした。鳥笛の鳴き方は本物と間違われないように工夫をして、みなに周知した。この近辺は陵や森が多く、鳥たちがたくさん棲んでいるからだ。

だがこの日、鳥笛を使うことはなかった。公家茶屋を訪れる者がいなかったのである。歌姫街道を通る旅人もまばらで、柳沢家の家臣と思われる武士が供を連れて京方面へ上っていったぐらいだった。

一方、牢屋敷では俊介と牢番が打ち合わせ、昼の八ツ半（午後三時）から新内流しを弾くことになった。冬場の牢内は暗くなるのが早く、時間が遅いと監視穴から表情を読み取れない。

結果、牢番の報告では俊介の三味線に敏感な反応を示した男はいなかった。ただ、「下手くそめ、まねをしやがって」などと文句を言った男が一人いたという。

この話を聞いた川路はニヤリと笑い、文一郎に聞いた。

「その男、音を聞き分けるいい耳をしているようだな。白州に連れてきてくれぬか。で、どっちだった？」

「上州無宿の利吉です」

利吉が白州に入ってきた。苦み走ったいい男で、頭も切れそうだ。

「利吉。『まねをしやがって』という言葉はよけいだったな」

利吉ははっとした。牢番が見張っていたのだ。ということは、新内流しは奉行所が仕掛けた罠だったのか。そうだとしたら、おけいのことも知っているというわけだ。ひょっとして兄貴のことも。だがおれがどこのだれで何をしようとしているのか、わかるはずもない。このまま白を切るのが一番だ。

「何のことかさっぱりわかりませんが、お奉行さまが直々《じきじき》に吟味をなさるということは、牢から出していただけるということでござんしょうね」

「其の方は相手の侍から刀を奪い取り、重い傷を負わせたのではなかったか。しかも利吉などどうせ変名であろう。吟味のうえ刑罰を決定するまで、そうやすやすと出牢させるわけにはいかぬ」

「たかが喧嘩じゃござんせんか。それに帳外《ちようはず》れになった無宿の名前なんぞ、ご公儀にとってはどうでもいいことじゃねえんですか。それとも何ですかい。侍相手だと罪が重くなるとでも言うんですかね。ちゃんちゃらおかしい。無宿者に刀を取られるなんぞ、侍の風上にも置けねえやつじゃござんせんか。あっしに罪を負わせるよりも、そんなやつ腹を切らせりゃいいんでさ」

「そういう考え方も成り立つな。では、なぜそんなやつと喧嘩をしたのだ？」

「……」

利吉はまた怒りが昂《たか》ぶってきたかのような顔をして、黙してしまった。川路はその顔をじっと眺めた。行きずりの喧嘩など隠すほどの理由はない。顔を睨んだとか、刀の鞘が触れたとか、言葉遣いが無礼だとか、たわいもない理由がほとんどだ。利吉の場合は女をめぐってという話だったが、相手の侍はわけを話さなかったという。侍にとって聞こえのいいことではなかったからだ。おおかた利吉と一緒にいた女に、侍が声をかけるか何かをしたのだ。そこでおれの女に手を出すなとなった。考えられないことではない。侍はいささか品性に欠ける粗忽者《そこつもの》だったのだろう。利吉は短気だった。そうだ。女はおけいだ。おさともこう言ったではないか。「男女の情」が感じられると。

「答えたくなければそれでもいいが、おけいとは会えなくなるぞ」

利吉の身体がピクッと動いた。が、表情は変えず黙秘を続けた。

川路は利吉の気の短さを刺激することにした。

「それともおけいはおまえの親分の妾《めかけ》というわけか」

「ばっかばかしい。仙蔵兄貴の実の妹だぜ」

と吐き捨てるように言った端から、利吉はほぞをかんだ。が、後の祭りだった。

利吉は一味の一人で、親分もしくは兄貴分は仙蔵という男だと自白したも同然だった。しかも思い人のおけいはその妹だとも。牢を破る理由はここにあったのだ。利吉が囚《とら》われているという報せはおけいが仙蔵にもたらしたことになる。

残る謎は利吉とおけいが大和に来た理由だ。おそらくは三輪の仁吉が危惧したようなことと関係しているのだろうが、はっきりしたことが知りたい。とは言え、今日はこれ以上利吉を問い詰めても無駄だろう。自白を導き出す材料がない。いずれ利吉の実名も判明する。そのときだ。目下の急務は一味の集合場所と時刻について知ることだ。これは官之助たちの探索を待つしかない。

「なるほど。では、今日はここまでにしておこう」

八

監視二日目の昼頃だった。歌姫街道の山城方向から鳥笛が鳴った。官之助が急いで望遠鏡を覗くと、長脇差の男が歩いてくる。この男は公家茶屋の長屋門の前に立つと、看板を確認してから中へ入った。初めて来たのだろう。人相書には載っていないが、一味の一人に違いない。そのすぐ後で、今度は西大寺のほうからもう一人来た。顔にあばたがある。官之助は懐から人相書を取り出して確かめた。やはり平蔵だ。

小半時後、二人は茶屋から出てきて、それぞれが来た方角へと去っていった。官之助は住之助に山城からの男を追えと命じ、自分は平蔵を追った。あとは手下たちに任せた。

平蔵は一条街道を西へ進んだ。歌姫街道が南の尼ヶ辻村へと分岐する二条の辻を過ぎ、秋篠川を渡って西大寺の北門に近づいたとき、二十間（三十六メートル）ほど後ろをつけていた官之助は驚いた。川路の家来の松村藤右衛門がだしぬけに門から出てきたのである。しかも顔を隠すようにして笠をかぶると、平蔵の後ろを追っていく。官之助は様子を見ようと思い、声をかけずに距離を保った。博徒は追跡する二人に気づいていない。

ゆるやかな上り道をしばらく行くと尾根道となり、平蔵は小休みを取った。左手に葛城山と金剛山そして吉野の山々の眺望が広がっている。藤右衛門が道端の大木の陰に隠れたのを見て、官之助はサッと近づいた。平蔵からはほどよく離れている。

「松村さま」

官之助が声を低めて呼びかけると、松村は一瞬びっくりした。

「長吏。どうしてここに？」

官之助が手短にいきさつを話すと、藤右衛門は自分の行動を説明した。

「わたしは西大寺へ名産の漢方薬を買いに来たのだ。往きは大坂街道を通ったので、長吏の監視の目に引っかからなかったのだろう。で、豊心丹《ほうしんたん》を入手して帰ろうとしたところ、門の前を通るあの男を見かけ、跡を追ったのだ。というのも……」

藤右衛門は、男が半年前に高野山の宿坊で出会った二人のうちの一人だと気づいた。男たちは武州と上州の商人と称していたが、明らかに博奕打だった。それからずっと、大和近辺をうろついていたのだろうか。解せなかった。藤右衛門は山田牢を破った博徒のことを知っていたので、ひょっとしたらという勘が働いた。そこで行き先を確かめるべく、連中を尾行することにしたというのだ。

「松村さま。こりゃ、早くお奉行にお知らせしたほうがいいでっせ。やつらを追っかけるのは、わしがやりまっさかい」

「そうだな。おぬしの話だと、あの男はただの博奕打ではないな。そうしよう。頼む」

松村はそう言い、急いで引き返していった。官之助は平蔵が歩き出すのを待ち、ふたたび跡を追った。

地蔵山を経て、何度も上り下りを繰り返していくと、長い下り坂に差しかかった。一帯は柳沢領の二名《にみよう》村である。下りきると集落で、その前を少し大きな川が流れていた。大和川に注ぐ富小川《とみおがわ》（富雄川）だ。平蔵は木橋の前で立ち止まり、後ろを振り返った。人の気配を感じたのだろうか。官之助は右手に立っている日限《ひぎり》地蔵を拝むふりをし、そばにある法融寺の階段を上った。

眺望のいい境内から様子を窺うと、平蔵はすでに木橋を渡っており、向こう岸にある小集落の中を進んでいた。集落の背後は法隆寺付近から伸びてきた丘陵で、その奥に生駒山の頂が見える。集落からひと山越えれば辻村だ。この村は北河内から龍田へ行く清滝街道と交差する交通の要所で、領主の旗本松平家の陣屋がある。平蔵はこの辻村へ向かっているらしい。木橋から辻村の中心にある陣屋までは一本道だが、里人が利用する野道を行けば一足早く着ける。官之助は先乗りして、村の非人番に応援を求めることにした。

小半時後、官之助は非人番の作兵衛とともに陣屋の手前にある稲架《はざ》小屋の後ろに潜み、平蔵を待った。生駒山にほど近いとあって、寒い風が吹いている。日暮れも早いので、平蔵はそろそろ宿に入るだろう。

平蔵がやってきた。陣屋を横目に見て西へ向かい、小川を越えた。道はまた上りとなったが、すぐ横道に逸れて、小さな森の中へ入った。官之助と作兵衛が急いで追いかけると、階段を上がっている途中だった。作兵衛が木の間隠れにくねっている小道を指で差した。官之助はうなずき、その迂回路を進んだ。

坂を上がった先は台地になっており、観音堂と庵《いおり》があるだけの小さな寺の境内だった。作兵衛はここの庵には隠居した僧が住んでいるだけだとささやいた。前を行く平蔵は境内を出て、道の先にある大きな百姓家へ入ろうとしていた。

作兵衛は意外そうな顔をして言った。

「長吏。あこは吉左衛門《きちざえもん》の家ですわ。驚きやな、博奕打の宿になっているとは。ま、あり得るか」

「なんでや？」

「吉左衛門ちゅうのは村一番の大百姓なんでっけどね。大の博奕好きなんですわ。ほんで、博奕を取り締まる陣屋の代官は、庄屋から抜擢《ばってき》された矢野幸右衛門《こうえもん》ちゅう人なんでっけど、何かといがみ合っとるんです。年貢が高すぎやとか、村役人の選び方がおかしいとか。わっしも年貢については実際そうだと思うんですがね。困っとるもんが多いよって」

官之助は思った。目的はわからないが、一味は辻村の博奕事情についてよく調べている。官之助は作兵衛に見張りを頼み、屋敷の床下に忍び込んだ。話を盗み聞きするためである。

同じ頃。奉行所の橋本文一郎のもとへ伊勢から書状が届いていた。文一郎は小書院へ行き、川路に告げた。

「山田奉行所の盗賊方与力からです。古市の伝兵衛《でんべえ》ら伊勢の博徒に聞き込んだことがまとめてあります」

「おお、待っていたぞ」

川路は書状を手に取って一気に読んだが、次のようなことが記されていた。

――牢破りの者どもは、武州の幸次郎一味と松坂の半兵衛一家抗争の間隙を縫い、伊勢への進出を企んでいた。ところが半兵衛の盟友伝兵衛の力が予想以上に強かったため断念し、大和へ転進することにした。奈良奉行所の取締りにより大和の博徒が弱体化したことを知っていたからだろう。松坂の賭場荒らしと御師強盗は、大和に縄張りを築くための資金稼ぎだったようだが、平蔵と惣五郎という二人の仲間が捕まってしまった。そこで牢を襲って抜け出させたというわけである。

一味は十二、三人で、頭は武州無宿の仙蔵。この男は命知らずで暴力的だが、子分たちのことは大事にするらしい。人相は唇が分厚いことしかわかっていない。その右腕が上州無宿の与三郎。なぜか牢を破ったときにはいなかった。細面の苦み走った男だが、気が短いという評判だ。

その他の一味については人相書のある平蔵と惣五郎以外は不明だが、別に女が一人いると思われる。山田牢が破られる前日に、牢屋敷の周辺をうろついていた女が目撃されているからだ。何らかの方法で連絡を取っていたのかもしれない。

また、与三郎と平蔵が半年前から伊勢と大和、河内などを歩き回り、進出の下調べをしていたという噂がある。その結果として伊勢をあきらめ、そのかわりに大和の生駒谷を手中にしたうえで、ゆくゆくは生駒山の西にある北河内に手を伸ばすつもりなのだと――。

川路が目を上げた。やはり三輪の仁吉の予言通りだった。

「やつらの狙いは大和に縄張りを築くことのようだな」

「そのようですね。しかし、これは大ごとになってきました」

川路はうなずくと、手元にあった『大和国細見《さいけん》之図』を広げた。

「絵図を見ると、奈良廻り八か村から二名村までの範囲は、寺社領を除けば郡山の柳沢領がほとんどだ。その先の生駒谷は旗本松平勘介どのの領地が多い。五千石だったかな」

「はい。生駒谷は生駒山の東麓にあって南北に細長く、十七か村ありますが、松平さまの知行所はこのうち北田原から小瀬《おぜ》までの十一か村に及びます。したがって一帯を支配する陣屋は真ん中の辻村にあります。ここです」

「山間《やまあい》の土地とは言え、人や物の流れは頻繁にありそうだ。絵図を見ると、天野川《あまのがわ》が北へ流れて淀川へ、竜田川《たつたがわ》は南へ流れて大和川に注いでいる。加えて、河内や龍田《たつた》、奈良と結ぶ街道が幾つも通っているからな」

「お奉行が巡見で行かれた宝山寺へも間近です。辻村から山道がいくつか伸びており、そのうちの何本かは河内と繋がっています。宝山寺の歓喜天は商人たちの信仰を集めていますから、奈良や大坂からの参詣客がけっこう多いのです」

「人や物の流れは博奕を呼び寄せる。あのあたりに博奕宿をするところはあるのか？」

「陣屋をはばかってか、辻村にはありません。しかし、他の村々の中には祭礼や行事の際に博奕場を貸す寺や社があると聞いております。また菜畑《なばた》村は奈良方面から宝山寺へ参詣する正面道ですし、小瀬村は暗越大坂街道の上り口ですから、旅籠や茶屋が建ち並んでおり、そのへんの店でもときおり開帳しているようです。いずれにしましても、博徒が仕切る大博奕とは言えず、参拝客や百姓、馬借、人足たちの手慰みや祭礼の余興程度ですので、代官も村役人たちも見て見ぬ振りをしています。奈良奉行所もたまに触れを出すだけで、今まで取締りは行っていません。山向こうの河内では大博奕が盛んなようですが」

文一郎の話を聞いて川路は思った。だからこそ一味は生駒谷を狙っているのだと。村々から三輪の仁吉のような博徒が出現する前に、自分たちで縄張りを築くつもりなのだ。そして力を蓄え、大和や河内に縄張りを拡大していく。伊豆から流れてきた伝兵衛が伊勢の古市で一家を構え、縄張りを広げていったように……。やはり、仁吉が想定した通りのことが進んでいる。

「ただ」

と文一郎が川路の考えを断ち切るように言った。

「ただ？」

「生駒谷の村々は天明六年（一七八六）の大洪水以来たびたび災害に襲われていまして、土地の荒廃や収穫量の減少が続き、百姓たちは難渋しております。そんなところで大博奕などに現《うつつ》を抜かす者がいるとは思われません。遊覧や参拝のために訪れる人々は別ですが」

川路は腕を組んだ。

「農民たちの多くはその通りだろう。だが、そのような村の状況を利用して豊かになった者もいるはずだ。博徒はそんな富者を博奕に巻き込み、カモにするのだ。一方で、困っている者は藁にもすがる。形勢逆転を狙ってなけなしの金や土地を賭け、ほとんどは失ってしまう。挙げ句の果ては欠落《かけおち》（逃亡）する。あるいは一味に加わる。そして村は崩壊する。いずれにせよ大博奕にいいことはない」

「殿さま。お伝えしたいことが」

藤右衛門の声がした。奉行所へもどったのだ。

「入れ」

「西大寺で牢破りの一人に出会いました」

「まことか？」

「それが、高野山で出会った男の一人だったのです。あばたのある」

話を聞いた川路は、はたと膝《ひざ》を打った。山田牢から逃走した平蔵と惣五郎の人相書を読んだときに覚えた、引っかかりのわけがわかったのだ。武州と上州の組み合わせだ。高野山で藤右衛門に奈良の博奕取締りについてたずねた二人も、武州と上州から来たと言っていたからだ。

しかも一人はあばた。その本人である武州無宿の平蔵と西大寺でふたたび出会ったとは。

「『生駒谷を手中に』という噂はやはり真実だ。噂の出所は平蔵だろう。おおかた伊勢の遊郭か煮売り屋で自分たちが探ってきたことを話し、それが博徒たちの間に広まったのだ。探り屋というのは概してしゃべりが得意だ。そうでなければ聞き出せないからな。いみじくも人相書には、平蔵のことを『言舌さわやか成る方』と記してあったではないか」

文一郎はうなずいた。

「確かにそうですね。与三郎と平蔵が先乗りをして伊勢を探り、博奕打の楽土とも言える高野山へ向かった。それから河内や大和の博奕事情を調べ、伊勢で一味と合流した。半年前に関東を出たとすれば旅日数は十分に合います」

「うむ。いずれにせよその探りの結果、一味は伊勢を取りやめて、生駒山麓のいずこかを拠点にするつもりになったのだ」

「与三郎が山田の牢破りにいなかったのは、その拠点作りに大和へもどったからですね」

「そうだろう。待てよ。その与三郎だが……。利吉は与三郎だ。男前かつ短気ではないか。藤右衛門。今から牢屋敷へ行って、中にいる利吉という男が高野山で話をした男かどうか確かめてきてくれ」

「承知しました」

藤右衛門は小走りに出ていった。川路は文一郎に言った。

「いずれにせよ、関東の博徒たちは山をうまく利用している。役人に追われれば逃げ込み、山を経由して各地に出没する。しかも国持ち大名はおらず、中小の大名や旗本の私領が入り組んでいるので取締りが徹底できない。その意味では関東も上方も同じだ。上方が関東よりましなのは、奉行所と長吏、非人番の仕組みが機能していることだけだ。それでも生駒山麓は奈良奉行所や大坂町奉行所の目が届きにくい。博徒が大和を狙ったゆえんだな。まま、明日には官之助がいい報せを持ってくるだろう。今後のことはそれからだが、もうおん祭りまでは時間がない」

小半時後。藤右衛門が帰ってきて、利吉は高野山の片割れだと断言した。つまり与三郎だ。

官之助が吉左衛門屋敷の床下へ忍び込んだとき、座敷には来たばかりの平蔵と主の吉左衛門のほかに男が一人いた。

「仙蔵親分。お話はようわかりました。そのようにしますわ。ほな、平蔵さんが来はりましたさかい、三人で前祝いといきまひょ。与三郎さんがおらんのは残念でっけどな。酒と肴を用意してきますわ」

吉左衛門が出ていくと、仙蔵と平蔵の二人は仲間内の話に切り替えた。吉左衛門は仲間と見なされていないのだ。

「木津村からは政吉が来ました。明後日の朝五ツ（午前八時）に公家茶屋へ全員が集合だと言うと、喜んでましたぜ。いよいよか。腕が鳴るって」

「あいつはじっとしてるより、段平を振り回すほうが好きだからな。で、言ってくれたんだろうな。宿替えのことも」

「へえ。もちろんでがす。明日、おめえたちは歌姫村の八幡《やわた》屋に移動してくれと」

「ありがとよ。おれのほうは吉左衛門に仁義を切り、例の話はいま聞いたようにうまくいったぜ。隣の谷田《たにだ》村に持っている家を貸してくれることになった。ま、自分がそこで博奕をしたいからだろうがな」

「むしり取られることも知らずに」

「おいおい、平蔵。壁に耳ありだぞ。で、牢破りの件にもどるとだな。明日んなったら、おれは直接西大寺村の疋田《ひきた》屋へ行く。おれの組の吉次と友吉は今日から移ってる。おめえは小瀬村へもどり、あさっての夕方までには、残りのみんなを引き連れて尼ヶ辻へ宿替えしてくれ。みんな奉行所へ近くなるし、万一かぎつけられても、踏み込まれる危険を分散できるからな」

「念のため、尼ヶ辻では角屋と昆布屋に分宿させます。三人一組のまんまで」

「おお、そうしてくれ。公家茶屋へは一人か二人ずつ目立たねえようにしてこいとも言ってくれ。で、茶屋には話つけてんな。早飯《はやめし》の支度とか?」

「へえ、大丈夫です。前金をたっぷり払っときやしたんで。口止めを兼ねて」

「ようし。おめえはよう気が回る。感心するぜ。で、みんなが公家茶屋に集まったら、段取りを決める。それから腹ごしらえをして出発だ。着いた頃には奉行を始め役人どもはほとんど出払っているはずだ。おけいの話じゃ、やつらは一の鳥居の向こう側でお渡り式とやらに参列するらしいからな。牢屋敷には何人か警備のやつらが残っているだろうが、そんなのは蹴散らせばいい」

「わかりやした。後の手筈はこのあいだ決めた通りでよござんすね、山田の牢破りのときと同じように」

「そうだ。うまく牢抜けさせせたら、バラバラに逃げる。で、翌日の昼には宝山寺で落ち合うというわけだ。だがよ、そっからは違う。おめえと惣五郎、与三郎におけいは山伝いに山城へ行け。牢抜けするとお尋《たず》ね者だ。人相書が出回り、やばいからな」

「親分、奉行所はおけいさんのことを知らねえと思いやすが」

「なあに、あいつのことだ。どうせ与三郎と一緒に行くと言うだろう。いずれにせよ、大和と伊勢はおめえらにとっちゃあ危なくてしょうがねえ。中山道《なかせんどう》に出て上州か武州へ帰れ。いったん身を隠したほうがいい。おれたちは面が割れてねえから平気だが」

「でも、言葉で関東者とばれちまって、密告されますぜ」

「そんなことはなんとでもなるってもんよ。仮に手が回って大和が危険になったら、河内へ逃げ込みゃあいい。そこでシマ作っておめえたちを呼び寄せるさ」

聞くべきことはすべて聞いた。官之助はそっと床下から出ると、作兵衛に向かって手をあげた。

九

官之助は作兵衛の非人番小屋で一夜を明かすと、粥《かゆ》をかっこんで奈良奉行所への道を急いだ。文一郎に仙蔵たちの話を伝え、捕り物の段取りをしなければならない。早朝の街道は霜柱が立っており、人っ子一人通っていなかった。道々、官之助は昨夜の話を反芻《はんすう》し、一味の奈良に入ってからの行動と居場所が、おおかたわかったと思った。

伊勢の山田牢を破って惣五郎と平蔵の二人を牢抜けさせたあと、一味は南都の牢屋敷にいる仲間を助け出すため、三人一組で別々に大和をめざした。

一組目の連中は紀寺で目明し伝吉たちに誰何され、斬りかかって木津村まで逃げた。二組目は牢屋敷を探っているところを池田半次郎に見つかり、小瀬村へ走り去った。三組目は翌日になって奈良入りしたが、竹花町で善三らに呼び止められたため襲撃し、小瀬村に向かった。残り一組の経路はわからないが、見つかることなく小瀬村へ直行した。つまり一味は、大和に入ったら木津村か小瀬村の旅籠へ行くことを、最初から申し合わせていたのだ。離れ離れになった場合は仙蔵または平蔵が公家茶屋へ出向いて連絡することも。しかも経緯から考えると、接触するのは偶数日の昼頃と決めている。

そして二日後、おけいは公家茶屋へ行った。おそらく、小瀬村から出てきた仙蔵におん祭りの日の奉行所の動静を伝えるためだ。仙蔵はその話をもとに、お渡り式に合わせて牢を破ることを決断し、おけいに準備を指示したと思われる。

仙蔵は小瀬へ帰ると、平蔵らと相談して牢破り当日の集合場所と時を決めた。その翌日、今度は平蔵が公家茶屋へ行き、木津村から来た仲間に伝えた。帰りは仙蔵が訪れている辻村の吉左衛門宅へ向かった。仙蔵が吉左衛門をたずねたのは、与三郎と平蔵が世話になった礼をするとともに、博奕場に使う家を借りるためだった。

そして明日、一味は牢破りに備え、南都により近い尼ヶ辻村と西大寺村それに歌姫村に宿替えをする。いずれも公家茶屋に近くて交通の便が良く、たとえ踏み込まれても四方八方へ散りやすい場所だ。逃げ込める山や丘も近い。

官之助は、用意周到でよく動く連中だと思った。そのうえ決断も行動も素早い。捕り物のやり方を間違えると逃げられてしまう。生駒山に逃げられたらお手上げだ。

官之助が奉行所に着くと、文一郎が待ち構えており、すぐに小書院へ連れていった。官之助は驚いた。奉行の執務室に長吏が入るのは、あり得ないことだったからである。だが川路はそんなことを気にするような人物ではなかった。

「官之助、ご苦労。寒かったろう。まずは茶を飲め」

川路はねぎらい、用意した茶を勧めた。川路の性格を知っている官之助は遠慮せず、「頂戴いたします」と飲み干した。それを見た文一郎が急かした。

「長吏。早速だが、一味の居場所はわかったか？」

「はい。牢を破る日の集結場所と時もわかりました」

官之助は藤右衛門と別れてからの一部始終を語った。

「確かにあの者たちは用意がよく、動きがすばやい。それだけにいささか慎重さに欠けるようにも思える」

「夜に入ったら、やつらが分宿している四つの旅籠屋を急襲して捕まえましょう」

文一郎は意気込んだが、川路は同意しなかった。

「いや、旅籠屋の急襲はよそう。捕り方を四か所に分散しなければならず、取り逃がす危険がある」

「では、牢屋敷で迎え撃つのですか？」

「いや、町中に逃げられる恐れがあるし、おん祭りのお渡り式を騒がすことにもなる。人手も取られ、祭りの警衛が疎かになる。南都の奉行としては避けたいところだ。だからして、その前に捕まえたい」

文一郎と官之助はうなずいた。

お渡り式は多くの見物客が集まる祭り最大の見どころで、祭礼の行列がお旅所に社参する古式ゆかしい儀式だ。九ツ半（午後一時）になると、奈良奉行は十万石格の大名行列で一の鳥居近くにある影向《ようごう》の松の下へ向かい、与力らとともにこの社参の行列と披露される芸能を改めるのが決まりになっている。したがって、それまでに捕り物を決着させなければ、奈良奉行所の沽券《こけん》に関わる。

川路は官之助のほうを向いた。

「公家茶屋周辺の図を描けるか？」

「はい。簡単なものでしたら」

「それでいい」と川路は言い、床棚から美濃紙《みのがみ》と筆墨を取り出した。

官之助は筆を持つと、一気呵成《いっきかせい》に一帯の概略図を描いた。まず、図の中央へ丁の字を逆さに書く。左右が一条街道、上下が歌姫街道で、北の方角は上だ。そして三つ辻から上へ少し上がった右手に公家茶屋を表し、歌姫街道を挟んで家々が取り囲んだ。その左には超昇寺といくつかの社を、右には大きなため池や陵を配置した。外側の三方は山や田畑だ。一条街道の南側には田畑と荒れ野を表現し、最後に三つ辻の少し南東へ四角い囲みを書き加えた。

「これは？」

「大黒の芝というところです。平城宮の大極殿《だいごくでん》があった場所だという言い伝えがあり、まわりより小高くなっています。かつては階段らしきものがあったと思われるのですが、今は土に埋もれているので、一見なだらかな芝地に見えます」

川路は図を見ながらしばらく考え、やがて口を開いた。

「公家茶屋に集結したときを狙おう。やり方は捕り方に任せるが、公家茶屋を包囲してから召し捕りに来たことを告げ、この大黒の芝へ逃げ込むように仕向ける。そしてまわりを取り囲み、一網打尽《いちもうだじん》に生け捕りするのだ」

「確かに。ここなら村人に迷惑をかけることなく捕り物ができます。見通しがいいので、逃げようとしてもすぐに追いつけます」

「広さも牢屋敷の敷地の半分くらいはあり、捕り物をするには十分です。そのうえ公家茶屋のほうから追い込むなら、芝より低くなっている東と南側に捕り方を潜ませることができます」

「それはいい。では、文一郎。具体的な方法をみなで検討し、準備を進めてくれ。必要なら鉄砲や鑓《やり》を使ってもかまわないが、できたら威すだけに留めてほしい」

「わかりました」

二日後の早朝。陽が上がり始めると、捕り手たちは奉行所を出発した。総勢五十人。盗賊方与力の橋本文一郎は火事羽織に野袴姿で、帯に短い指揮十手をはさんだ。久保良助、池田半次郎らの同心は鉢巻を締めて鎖帷子を着用。籠手と脛当てを付け、着流しをじんじん端折りにしてたすきを掛けた。腰には刃引きの刀を帯し、十手は緋房がついた長い捕り物用だ。長吏とその手下の捕り方たちもまた鉢巻を締めてたすきを掛け、突棒《つくぼう》、刺股《さすまた》、袖搦《そでがら》みの長柄《ながえ》三つ道具と六尺棒を肩に担いだ。戸板、梯子《はしご》も用意している。

昨日は馬場で捕り物の修練を繰り返しており、準備は怠りない。官之助は尼ヶ辻村、西大寺村、歌姫村と一味が分宿している旅籠をそれとなく見回り、一味の所在を確認している。

小半時（三十分）後に現場へ着き、みなそれぞれの持ち場に散った。村人が異変を察知して外へ出てくると、同心たちは門を閉じて家にいるようにと説得して回った。住之助は官之助に命じられ、三つ辻の近くにある例の大クスノキへ登った。博徒が姿を現したら鳥笛で報せるためだ。

住之助が北の歌姫村と西の二条の辻のほうへ交互に目を配っていると、やがて一条街道を歩いてくる三人組が見えてきた。離れて歩いているつもりだろうが、遠くから見ると一団に見える。男たちは菅笠手甲脚絆に尻をからげて道中合羽を羽織り、旅商いの近江商人を思わせる道中姿をしていた。異なるのは天秤棒を担ぐ代わりに長脇差を差していることだった。つまり博徒ということになる。笠を取れば、精悍《せいかん》で血走った顔が見えただろう。住之助が鳥笛を吹いて合図を送ると、捕り手たちは家の陰や路地に身を隠した。

一味は間を置いて北からそして西からと姿を現し、公家茶屋の長屋門を入っていった。その数十二人。南都のおけいと牢に入っている与三郎を除き、一味の全員が揃《そろ》ったのである。

長屋門が見える路地に隠れていた文一郎は、頃合いを見計らって往来に出てくると、十手を振った。それを見た住之助がまた鳥笛を吹くと、捕り手が路地や家の陰から続々と現れ、茶屋の屋敷を取り囲んだ。次いで門の北側と東西にある路地、それに三つ辻を戸板でふさいだ。開いているのは、門と辻の南側の田地だけとなった。戸板の後ろには六尺棒を持った捕り手が控えている。

文一郎は用意ができたとみるや、また十手を振った。すると捕り手たちは一斉に呼子《よぶこ》を鳴らした。

文一郎が大音声《だいおんじょう》で叫んだ。

「われらは奈良奉行所の者である。伊勢山田牢襲撃の疑いでおまえたちを召し捕りにまいった。素直にお縄を頂戴しろ。屋敷はすでに包囲している」

屋敷の中から騒々しい音が聞こえ、抜刀した男たちが一団となって門に駆けてきた。最初に惣五郎が屋敷の外へ出てきたが、戸板で囲まれていると知ると、「こっちだ」と言いながら開いている南へ走った。後ろのほうから「こりゃ罠《わな》だ」という仙蔵の声がしたが、もう止まらない。戸板で誘導されるままに三つ辻まで来てしまった。

惣五郎はここでみなを立ち止まらせ、西側の戸板に蹴《け》りを入れ突破口を開こうとした。手下たちも続いたが、捕り手が六尺棒で殴りつけたり突棒で突いたりするので、倒せない。手間取っている間に、屋敷のまわりを固めていた捕り手も駆けつけ、包囲を狭める。仙蔵が叫んだ。

「戸板は放《ほ》っといて、おれに続け。あいつらを斬りまくって、田んぼまで走れ」

仙蔵は率先して田地へと走った。左右に三つ道具を手にした捕り手が待ち構えている。仙蔵たちが斬りかかると、捕り手は道具を使って避けたり防いだりするだけで、一向に相手をしない。そうこうするうちに、一団から少し遅れた二人が、梯子に取り囲まれてしまった。捕り手はまわりをぐるぐる回りながら梯子の輪を狭めていき、その外側から一人に刺股が突き出された。男は喉を押さえられてもがいた。もう一人は袖搦みに袖を引っかけられ身動きできなくなった。捕り手の一人が二人の長脇差を奪い取り、早縄《はやなわ》を打った。

残った仙蔵たちは、いつの間にか小高くなっている大黒の芝まで導かれていた。と、また呼子の音が鳴り、まわりに隠れていた新手《あらて》の捕り方が出現した。大黒の芝を取り囲み、芝から降りようとすると三つ道具で牽制《けんせい》する。長脇差を振るおうにも、捕り手は低い位置から長柄を使うので効果がない。それどころか足を突いたり引っかけたりするので、転倒しそうになる。業《ごう》を煮やした一人が飛び降りたが、すぐに刺股で動きを封じられてしまった。さらに一人が転倒したところを引きずり落とされ、縄を打たれた。

網に入った魚をすくい取るように、捕り手は次から次へと一味を捕縛していき、残るは仙蔵に平蔵、惣五郎の三人となった。

指揮を執っていた文一郎は仙蔵に呼びかけた。唇が厚いのですぐにわかる。

「仙蔵。もはやこれまでだ。命は取らぬ。降参しろ」

「うるせえ。つべこべ言わずに、かかってこい。おれは役人とか侍がでえ嫌いなんだよ」

「それでは仕方がない。かかれ」

この声で、腕が鳴っていた半次郎が真っ先に芝へ跳び上がった。次いで久保良助、官之助と続いた。文一郎はほかの者が行こうとするのを止めた。この三人なら取り押さえることができるし、戦いの邪魔になるからだ。大黒の芝は時ならぬ一対一の決闘の場となった。

半次郎は刃引きの刀を抜き、一番手強《てごわ》そうな惣五郎と対峙した。刃引きなら血を流すことなく相手を制することができる。半次郎は中段に構えた。惣五郎は長脇差を片手でぶらぶらさせながら、半次郎のまわりを回った。相手の出方を待つけんか剣法だ。半次郎は惣五郎の動きに合わせながら、八方目《はっぽうもく》でさりげなくその左手を注視した。半次郎が試しに斬りつけると、惣五郎は刀で受けるとき必ず左手を柄へ添えた。斬りかかるときも同様だ。つまり片手斬りはできない。半次郎は構えを大上段に変えて、相手の動きを誘った。惣五郎の目が光った。半次郎の胴体が空いている。左手が動いた。その瞬間、電光石火、半次郎は真っ逆さまに右小手を打った。強烈な痛みとしびれで、惣五郎は長脇差を取り落としてしまった。

久保良助は平蔵を相手にしていた。得物《えもの》は打ち払い十手だ。長さが二尺（約六〇センチ）もある刀剣用である。口の達者な平蔵は、刀を中段に構えながら言った。

「そんなもんでおれの長脇差に勝てると思ってんのか、ん？」

「かかってこい。そうすりゃわかるで」

良助が侮《あなど》りに乗らず逆に煽《あお》ったので、平蔵はかっとなった。すかさず良助はすっと寄り、平蔵の刀に十手を軽く当てて棒身を滑らせた。刃が棒身と鉤《かぎ》の間に挟み込まれると、良助は半身になりながら十手をねじった。すると長脇差はポキッと折れてしまった。

「おまえ、博奕の負けが込んどるんやろ。こんな安物の刀しか買えんかったちゅうのは」

平蔵は口でも良助に負けてしまった。

仙蔵の相手をしたのは官之助だった。長吏の頭と博徒の親分の戦いとなった。官之助は一刀流の達人だが、これは捕り物だ。六尺棒を使って生け捕りにしなければならない。親分なら吟味のためになおさらだ。

向き合うやいなや、仙蔵は刀を振りかざして官之助に斬りかかった。官之助は六尺棒を顔の前にかざし、刀を止めた。官之助はそのまままぐいっと押し返すと、棒をくるくると回転させながら仙蔵に向かっていった。仙蔵はその勢いに押され、踏み込めない。それどころか、じりじりと下がっていく。と、仙蔵は奇策に出た。刀の鞘を帯から抜き出すやいなや、六尺棒に投げつけたのである。官之助は鞘を叩き落としたが、その隙を狙って、仙蔵は突きを入れてきた。官之助は棒を構える体勢が取れず、とっさに後ろへ飛んだ。仙蔵はそこへ刀ごと体当たりをしたものの、つんのめってしまった。官之助がそのまま倒れ込み、横へ転がったからだ。官之助はすぐさま立ち上がり、仰向けになったままの仙蔵の肩と背中を六尺棒で押さえつけた。

十一

奈良奉行所における仙蔵一味の吟味が終わり、みな伊勢の山田奉行所へ唐丸駕籠《とうまる》で護送されていった。牢破りに御師強盗、賭場荒らしなど、向こうで吟味すべきことが多々あったからである。関連でおけいも召し捕られ、与三郎とともに送られた。

おん祭りは掏摸《すり》や万引きが多かったものの無事に済み、博徒の一件も片付いた。川路は久しぶりに居間でくつろいだ。

「お疲れさまでした」

おさとが上燗を猪口に注ぐと、川路はぐいっとあおり、ふっと息を吐いた。膳の上にはあぶった鴨とネギそれにふろふき大根があった。外は暗くなり、小雪が舞っている。

「まもなく大晦日だな。今年もいろいろな事が起きた。最後は牢破りときたが、血を見ることなく召し捕ることができてよかった」

「博徒たちは素直に自白したのですか?」

「うむ。概して博徒というのは腹をくくると思いっきりがいいのだ。そのうえ親分子分の絆が強い。仙蔵なぞは『おれは獄門になっても仕方ないが、子分たちの命は助けてくれ。すべてはおれの指図でやったことだ』と言ったほどで、これには感心した。江戸の役人の中には平気で同僚や部下に罪をなすりつける輩がいるというのに」

「赴任当初に捕まえた贋銀造りもなかなかでしたね」

「おお、そうだな。似ている。もっともこの一味の方が乱暴で、仲間以外は平気で殺傷するがね」

「贋銀の人たちも博奕打でしたが、博奕というものは根絶することができないのですか?」

「正直に言って無理だな。博奕は農民にとっては身近な娯楽であり、同時に手軽な金策の手段でもあるのだ。つまり生活の中に溶け込んでいる。だから、時々取締りはするが、全面的になくすことはできない。しかし、博徒が介在している大博打だけは野放しにできない。野放しにしておくと、村は荒廃して村人たちは困窮していく。なかには田畑を捨てて欠落をしたり、自分自身が無宿博徒になったりする者も出てくる。仙蔵を始め一味のほとんどもそうだった」

「まるで流行《はや》り病のようですね」

「上手《うま》いことを言う。その通りだ。もっとも、疫病《えきびょう》は薬を工夫したり一定の場所に封じ込めるなどの処置をすれば、症状を抑えたり流行を食い止めたりできる。博奕もそれと同じことだ。賭場を開く胴元や中盆すなわち博徒を村から追い出し、蔓延《まんえん》を防ぐ。そして博徒が発生しないように、村のあり方を建て直し、村人の暮らしと生活を豊かにするのだ」

「ですが、それだけでできることとは思えません。暴力やお金のことはさておいて、博徒たちの自由気ままな生き方は、田畑と年貢《ねんぐ》に縛り付けられているお百姓たちにとって羨望《せんぼう》の的なのではありませんか。ご公儀や領主地頭に反抗することも、時には喝采《かっさい》の対象になっているのではないでしょうか。お百姓のすべてがそうだとは言いませんが」

おさとの思いも寄らない洞察に、川路は答えられなかった。直吟味の最後に仙蔵が言った言葉が川路の耳に残っていた。「おめえたち侍が支配しているこの世の中が、おれたち百姓の間尺《ましやく》に合わなくなったんだよ」と。

川路はゆっくりと猪口を傾け、「そうかもしれないな」と一言つぶやいた。おさとはかすかに頬に笑みを浮かべ、また酒を注いだ。川路は話を変えるともなく言った。

「今年は民人にとって難儀な年だったが、何とか欠落や餓死を出さずに済んだ。残念ながら盗っ人は増えたがね」

「日照りが続いて不作となり、お米の値段が上がりましたものね。来年は豊作であってほしいものです」

「そうだ。切実に思う。いずれにせよ、与力同心を始め奉行所の者たちは、みなよく働いてくれた。おかげで公事訴訟も吟味物も滞《とどこお》りなく、多くは落着した。また、奈良町の人々が困窮者の基金に銀《かね》を快く供出してくれたので、大いに助かった。そういう意味では、まんざら悪い年ではなかったかもしれない。奉行所にとってだが」

おさとはうなずいた。

「で、いま牢屋敷にはいかほど」

「盗賊と博奕打を合わせると、年初から最多で三百五十二人も入っていたが、三百四十人が落着出牢した。だから、十二人しか残っていない。そこで努力に報いるため褒美《ほうび》を上げたところ、褒美をもらったのは大塩平八郎の一件以来だというので、大騒ぎになった。おさとにも見せたかったぞ。みなが狂喜乱舞する姿を。というわけで狂歌を一首」

ももひらに
　あまるこがねをわかちやりて
　　こころたのしきとしのくれかな

「いかがかな」

「ほほほほほ。何とも素直と言いますか、ひねりがないと言いますか。自慢げでもありますわね。それともやけっぱちですか？」

「まいりました」

おさとはまた笑い、川路の猪口を酒で満たした。

往事《おうじ》夢の如《ごと》し

おのれあまたの春秋をへて、つらく〲来し方をおもへば、いと遠ういと長うさまく〲なりし世わたりを、今は大方わすれしことおもふ、実に往事如夢といふはむへなり……

（『ね覚《ざ》めのすさひ』明治十六年一月）

逝《い》くべき時がやってきたようです。夫が亡くなってからもう十七年の歳月がたちました。この一日か二日の間には、お迎えがまいるでしょう。そろそろ辞世《じせい》の歌を詠まねばなりません。わたくしは看病している孫嫁のお花に、短冊《たんざく》と筆を持ってくるように頼みました。わたくしの一期《いちご》のことは、まだ健《すこ》よかなうちに『ね覚めのすさひ』に書き記しておきましたが、死をいよいよ前にすると、さまざまな思い出がふたたび三たび脳裏を過《よ》ぎります。

夫の自決後、上総に難を逃れていたわたくしたちは、上野の戦が終わると、意を決して江戸三年坂の屋敷へもどったのでした。平沢村にいたのはわずか三月半でしたが、その間にお花の娘の愛しいお万喜《まき》が死んだという知らせを受けました。お世話になった利右衛門どのの孫息子も流行病《はやりやまい》で亡くなりました。山里のおだやかな日々の中でも、人の世の無常を感じざるをえなかったのです。

屋敷へ帰る道すがら見た上野のお山の変わり果てた姿。今でも思い出されます。薩長と肥前の大砲が寛永寺の堂塔伽藍を無残にも灰燼《かいじん》に帰したのです。戦いの様子が偲《しの》ばれて、涙が止めどなく流れてきたことも忘れることはできません。

待ち焦がれていた嫡孫の太郎は、それから二十日ほどして英国から帰参しました。幕府瓦解の報を異国で聞き、故国へと急ぐ気持ちは如何《いか》ばかりだったでしょう。太郎は上陸するや否やきびしい官軍の検問に遭い、忍ぶようにして古里の家へ帰ってみれば、祖父と三歳になる愛娘《まなむすめ》の姿はなかったのです。

明治の世になると太郎は禄《ろく》も屋敷も返上して一平民となり、横浜で貿易商を営みました。ですが、ご多分に漏れず武士の商法です。失敗してしまい、なけなしの家産を失いました。そののち官途に就いて名を寛堂《かんどう》と改め、ふたたび洋行するなど一時は活躍したものの、薩長の藩閥が牛耳《ぎゅうじ》る官界では出世の道が開かれず、職を辞したのでした。いまは私塾を開く準備をしています。このの ちは教育者として生きていくことでしょう。

わたくしもまた太郎に従って住まいを転々とし、心安まらぬ日々が続いたのでした。いまは東京の蛎殻町《かきがらちょう》に居が定まりました。夫とともに過ごしたあの三年坂の屋敷とは比ぶべくもない小さな住まいですが、おだやかな気持ちです。ともに上総に逃れた幼い兄弟も大人となり、もはやわたくしが心配する必要はありません。新吉郎は学校教師となり、又吉郎は兄である市三郎の養子として原田家を継ぎます。

夫の自決後、哀しいときにいつも思い出されたのは、足かけ六年にわたる南都の日々でした。わたくしのあの追憶の町も、明治とともに様相が変わったと聞いております。廃仏毀釈《はいぶつきしやく》の荒波にもまれ、眉間寺も内山永久寺も破却《はきやく》されました。興福寺までもが廃寺同然の憂き目に遭ったのです。興福寺は三年前に再興を許されましたが、境内は無残な姿のままとか。多くの人々が出入りをして活気に満ちていたお奉行所も荒れ果て、打ち捨てられた古城の如しと聞いております。文明開化の世とはなんと粗暴で、味気ないものなのでしょうか。

お花の足音が聞こえてきました。わたくしにもう時は残されていません。老いの繰り言《くごと》はよしましょう。有為転変《ういてんぺん》は世の常です。この日の本が戦も争いもなく平かで、人々が和やかに暮らせる国になることを、ただただ祈るばかりです。

もうすぐ、懐かしい奈良の町をふたたび訪れることができます。秋には赤や黄、橙色に染まったカエデが風にそよぎ、春には今を盛りとサクラが咲き誇るあの町へ。もうすぐ、夫とともに……。

境内を掃き清めていた橋本文一郎は、今年の紅葉は一段と美しくなるだろうと思った。鳥羽伏見の戦いのあと、一時は奈良府などに勤めたが、手向山八幡《たむけやま》の神職となって久しい。六十の坂を越えて体は衰えてきたものの、手にほうきを持って掃除をするのはまだ苦にならない。むしろ無心になれて、気持ちがすっきりとした。文一郎は本殿の右手にあるオガタマノキまで来ると、手を休めて何気なく老木を見上げた。やがて、人が近づいてくる気配がしたので後ろを振り向くと、羽織袴姿の壮年の男が立っていた。官之助の後を継いで長吏をしていた住之助だった。いまは大阪に出て事業をしている。

「長吏やないか。もどってきたんか」

「いえ、この記事を読んだら、なんや急に奈良へ帰りとうなりましたんや」

住之助はそう言って、懐から新聞を取り出した。

「みなさんにお見せして、お奉行所で昔を偲ぼうと思いましてん」

「今や、強者《つわもの》どもの夢の跡やけどな」

文一郎は住之助が差し出した新聞を手に取った。大阪で発行されている自由民権派の新聞だった。二日前の日付だ。文一郎は付箋《ふせん》のある所を開き、記事を読んだ。すぐに表情が変わった。文一郎は繰り返し記事を読み、顔を上げた。

「わたしの中の徳川はこれで終わってしもた」

「わしの南都もでっせ」


『日本立憲政党新聞』明治十七年十月十七日

閨秀死矣《けいしゆうしすかな》

故岩倉右府の欧米を巡廻せらるゝに当り書記官を以て随行されし川路寛堂氏の母堂ハ故川路左衛門尉聖謨氏の室にて、婦徳を備へ能く聖謨氏をたすけられて、兼て文学にも秀で水戸烈公へ歌文さゝげられし事もあり、又た島津斉彬《なりあきら》氏の母儀英章院殿の伝を作り竹の一葉《いちよう》と名づけて贈られしともありて、稀なる賢婦なりしかど常に沈慎の意深くして名を知らるゝを厭《いと》ひ、聖謨氏旧幕瓦解の時慷慨《こうがい》の余り自殺せられし際なども悲嘆に取乱す抔《など》めゝしき挙動なく、弔ふ人に能《よ》く其の遺言を語り聞かせて夫君の意旨を明白にせらるゝなどハ、男も及バざる気象なりと驚きし人もありし程なりしが、去月中旬より胃癌を患い齢八十一にて去る十二日物故せられたり、さて其の終に臨み自ら筆を執りて左の一首を遺されしと

高子

いとながくおもひしかともかきりあり
我世の夢もいまそさめぬる

了

編集部註／作品中に一部差別用語とされている表現が含まれていますが、作品の舞台となる時代を忠実に描写するために敢えて使用しております。

主な参考文献

「上総日記」川路高子（『学習院大学史料館紀要第十三号』二〇〇五）
「寧府紀事」川路聖謨（『川路聖謨文書二〜五』日本史籍協会叢書　一九八四）
『川路聖謨之生涯』川路寛堂（世界文庫　一九七〇）
『川路聖謨』川田貞夫（吉川弘文館　一九九七）
『江戸の女の底力』氏家幹人（世界文化社　二〇〇五）
『奈良市史・通史三』奈良市史編集審議会編（奈良市　一九八八）
『新編日本古典文学全集』（小学館　一九九四—二〇〇二）
『近世の畿内と奈良奉行』大宮守友（清文堂　二〇〇九）
『奈良奉行所与力橋本家文書』（奈良県立図書情報館所蔵写真複製版）
『藤田文庫』（奈良県立図書情報館所蔵）
「奈良奉行所の景観」菅原正明（『奈良女子大学構内遺跡発掘調査概報』一九八三）
『おほゑ：奈良奉行所管内要覧』奈良県立同和問題関係史料センター編
（奈良県教育委員会　一九九五）

『奈良市歴史資料調査報告書一六、十七』（奈良市教育委員会　二〇〇〇―二〇〇一）
『奈良坊目拙解』村井古道（喜多野徳俊訳註　綜芸舎　一九七七）
『大和名所圖會』秋里籬島（臨川書店　二〇〇二）
『奈良町風土記』山田熊夫（豊住書店　二〇〇一）
『古事類苑・法律部』（吉川弘文館　一九七八）
『近世刑事訴訟法の研究』平松義郎（創文社　一九六〇）
『定本御定書の研究』奥野彦六（酒井書店　一九七五）
『江戸の刑罰』石井良助（中公新書　一九九二）
『江戸時代の罪と刑罰抄説』高柳真三（有斐閣　一九八八）
『大坂町奉行と刑罰』藤井嘉雄（清文堂　一九九〇）
「奈良奉行川路聖謨が見た幕末大和の被差別民」吉田栄治郎
（『奈良県立同和問題関係史料センター研究紀要第十二号』二〇〇六）
「大和における〈非人番〉史料」谷山正道（『部落問題研究五二号』一九七七）
「近世大和における非人番制度の成立過程」溝口裕美子
（『奈良歴史通信第三十九、四十号』一九九四）
「近世奈良町における都市政策の展開」古川聡子（『ヒストリア一九一号』二〇〇四）

「近世大和観光における案内人の史的研究」安田真紀子（『奈良史学二八号』　二〇一一）
「大和の竜門騒動をめぐって」谷山正道（『ビブリア・天理図書館報一三一』　二〇〇九）
『吉野町史』吉野町史編集委員会編（吉野町　一九七二）
『編年百姓一揆史料集成』青木虹二編（三一書房　一九七九）
『地方支配機構と法』服藤弘司（創文社　一九八七）
『日本村落史講座七』日本村落史講座編集委員会編（雄山閣　一九九〇）
『賭博の日本史』増川宏一（平凡社　一九八九）
『香芝町史・史料編』香芝町史調査委員会編（香芝町　一九七六）
「近世における高野山と紀州藩」白井頌子（『高円史学二二号』　二〇〇六）
『日本銃砲の歴史と技術』宇田川武久編（雄山閣　二〇一三）
『日本経済史の研究』小葉田淳（思文閣出版　一九七八）
『近代日本の伸銅業』産業新聞社編（産業新聞社　二〇〇八）
「近世大坂の銅関連業者」今井典子（『大阪市文化財協会研究紀要二号』　一九九九）
「江戸の釘鉄銅物問屋と銅物流通」滝口正哉（『千代田区文化財調査報告書一六』　二〇〇六）
『新しい近世史Ⅰ　国家と秩序』山本博文編（新人物往来社　一九九六）
「江戸時代の妻敵討に関する若干の史料」神保文夫（『法政論集二五〇号』　二〇一三）

『近世庶民生活史料　藤岡屋日記　第三巻』藤岡屋由蔵（三一書房　一九八八）
『生類をめぐる政治』塚本学（講談社学術文庫　二〇一三）
『鉄砲を手放さなかった百姓たち』武井弘一（朝日新聞出版　二〇一〇）
『日本民謡集』町田嘉章・浅野建二編（岩波文庫　二〇〇九）
『博徒の幕末維新』高橋敏（ちくま学芸文庫　二〇一八）
『生駒市誌』生駒市誌編纂委員会編（生駒市　一九八五）
『定本新内集』岡本文弥編（同成社　一九九五）
「ね覚のすさひ」川路高子（『川路聖謨文書八』日本史籍協会叢書　一九八五）
「日本立憲政党新聞」（マイクロ資料　国会図書館）

【著者略歴】

宮澤 洋一（みやざわ よういち）
一九四八年岩手県生まれ
著書『過ぎし南都の日々 〜おさと寧府紀事余聞〜』
『大池戦記 〜二条城公用金山城国大池隠置ノ顛末〜』

往《おう》時《じ》夢《ゆめ》の如《ごと》し ——続《ぞく》・おさと寧《ねい》府《ふ》紀《き》事《じ》余《よ》聞《ぶん》——

2021 年 1 月 18 日　第 1 刷発行

著　者 — 宮澤《みやざわ》 洋一《よういち》

発行者 — 佐藤 聡

発行所 — 株式会社 郁朋社《いくほうしゃ》

〒 101-0061　東京都千代田区神田三崎町 2-20-4
電　話　03（3234）8923（代表）
ＦＡＸ　03（3234）3948
振　替　00160-5-100328

印刷・製本 — 日本ハイコム株式会社

落丁、乱丁本はお取り替え致します。

郁朋社ホームページアドレス　http://www.ikuhousha.com
この本に関するご意見・ご感想をメールでお寄せいただく際は、
comment@ikuhousha.com までお願い致します。

 ISBN978-4-87302-729-6 C0093